Ullstein Krimi

Ullstein Krimi
Lektorat: Georg Schmidt
Ullstein Buch Nr. 10453
im Verlag Ullstein GmbH,
Frankfurt/M – Berlin
Titel der englischen-amerikanischen
Originalausgabe:
Fletch Won

Deutsche Erstausgabe

Umschlaggestaltung & Fotorealisation:
Welfhard Kraiker & Karin Szekessy

Printed in Germany 1987
Gesamtherstellung:
Ebner Ulm
ISBN 3 548 10453 3

Juni 1987

Vom selben Autor
in der Reihe der
Ullstein Bücher:

Toby ist verschwunden (10138)
Fletch (10238)
Gestehen Sie, Fletch! (10247)
Fletch und die Witwe (10255)
Fletch und Moxie (10268)
Flynn und der Dollarsegen (10270)
Fletch – Vermögen bringt Ärger (10279)
Fletch und der
Präsidentschaftskandidat (10286)
Fletch in Brasilien (10315)

CIP-Kurztitelaufnahme
der Deutschen Bibliothek

Mcdonald, Gregory:
Fletch siegt / Gregory Mcdonald.
Übers. von Sigrid Gent. – Dt. Erstausg. –
Frankfurt/M; Berlin: Ullstein, 1987.
(Ullstein-Buch; Nr. 10453:
Ullstein-Krimi)
Einheitssacht.: Fletch won <dt.>
ISBN 3-548-10453-3
NE: GT

Gregory Mcdonald

Fletch siegt

Übersetzt von Sigrid Gent

Ullstein Krimi

Für Edward (Ned) Leavitt,
Gelehrter, Agent und Freund

1

»Habe ich um Ihr Erscheinen gebeten?«

»Nein, Frank, ich –«

»Ich wollte Sie sowieso sprechen«, Frank Jaffe, der Chefredakteur, faltete das Konkurrenzblatt, die *Chronicle-Gazette*, wieder zusammen und schob es unter seinen Ellbogen auf dem Schreibtisch. »Ich habe Ihnen nämlich ein paar unangenehme Dinge zu sagen.«

»Meiner Wenigkeit?«

»Wie würde es Ihnen gefallen, acht Stunden pro Tag, jeden Tag, fünf Tage pro Woche, vielleicht auch noch den halben Samstag, Schaufel und Besen zu schwingen?«

Fletch betrachtete seine Turnschuhe auf Franks Büroteppich. Durch die Kappe des linken Turnschuhs sah er die Knöchel dreier Zehen. Durch die Kappe des rechten Schuhs lugte nur der kleine Zeh. »Eigentlich habe ich schon einen anderen Platz in der Parade des Lebens für mich vorgesehen, Frank.«

»Das ist aber der Platz, den ich für Sie vorgesehen habe. Und der Platz, den Sie für sich in der Parade des Lebens vorgesehen haben, ist wo?«

»Im Journalismus.«

»Und was ist Journalismus, mein kleiner Fletcher?«

»Vielleicht die Fertigkeit zu entwickeln, Sätze mit einem Fragewort zu beenden? Insbesondere Fragesätze?«

»Hab' ich das gerade getan?« Franks wäßrige Augen hinter den dicken Brillengläsern huschten über die Unordnung auf seinem Schreibtisch. »Offensichtlich.«

»Frank, weswegen ich Sie sprechen wollte –«

Frank öffnete eine Mappe auf seinem Schreibtisch. »Ich habe Ihre Personalakte ausgegraben.« Die Mappe war nicht dick. »Sie eignen sich sowohl zum Journalisten als auch zum Straßenkehrer. Ich bin gespannt, wofür Sie sich entscheiden.«

»Warum sehen Sie sich meine Personalakte an? Sie haben mich doch schon vor Monaten eingestellt.«

»Vor drei Monaten, um genau zu sein. Wissen Sie noch warum? Ich nicht.«

»Weil ich wirklich gut sein kann, Frank. Ich –«

»Wenn ich mich nicht irre, war ich der Meinung, daß diese Zeitung ein bißchen frischen Wind gebrauchen könnte, einen jungen Außenseiter, der die Dinge vielleicht ein bißchen durcheinanderwirbeln, sie mit anderen Augen sehen und die Leute aus ihren eingefahrenen Gleisen reißen würde.«

»Wie soll ich das denn anstellen, Frank, wenn Sie mir keine Arbeit geben wollen?«

»Ich habe Ihnen Arbeit gegeben. Eine Menge Arbeit sogar.«

»Keine anständige Arbeit.«

»Als erstes habe ich Sie in die Endredaktion gesteckt.«

»Schlagzeilen schreiben ist was für Poeten, Frank.«

»Und Sie dort gelassen, gegen die wachsenden Proteste Ihrer Kollegen, könnte ich hinzufügen –«

»Ich habe irgendwem Orangenlimonade über die Terminaltastatur geschüttet.«

»Das war noch nicht alles.«

»Ich hab' ihn ja dafür entschädigt und ihm ein Paar Operationshandschuhe gekauft.«

»– bis Sie die Schlagzeile GOUVERNEUR MACHT ABSICHTLICH WITZE geschrieben haben.«

»Ich hielt das für die Nachricht.«

»Und irgendwie erschien die Schlagzeile in zwei Ausgaben, bevor sie rausflog.«

»Reine Poesie, Frank. Keine langlebige Poesie, zugegeben, keine unsterbliche Poesie, aber –«

»Daraufhin habe ich Ihnen den Auftrag erteilt, Nachrufe zu schreiben.«

»Sie wissen doch, daß ich gerne über Sport schreiben möchte, Frank. Das ist auch der Grund, warum ich heute morgen zu Ihnen gekommen bin.«

»Nicht gerade die schwierigste Arbeit auf der Welt, Nachrufe zu schreiben. Man nimmt den Anruf entgegen, hört höflich zu, manchmal muß man auch ein paar Fakten recherchieren.«

»Im Faktenrecherchieren bin ich Spitze.«

Frank hielt ein Stück Papier in die Höhe. Seine Hand zitterte, und seine Augendeckel klimperten, als er den ersten Absatz vorlas. »›Ruth Mulholland verstarb heute friedlich im Alter von sechsundfünfzig Jahren, ohne in ihrem Leben jemals etwas geleistet zu haben.‹ Haben Sie das geschrieben?«

»Das war ein Faktum, Frank. Ich hab's recherchiert.«

»Fletcher, wenn Sie Nachrufe schreiben, dann geht es unter anderem auch darum, daß wir sie drucken können.«

»Ich habe ihre Schwester immer wieder gefragt: *Was hat sie jemals in ihrem Leben getan?* Die Schwester hat ununterbrochen geredet. Aber ich habe zugehört, ehrlich. Diese Ruth Mulholland hat nie irgendwo Examen gemacht, nie geheiratet, nie ein Kind gehabt, nie eine Stellung bekleidet, hat nicht einmal selbst für ihren Unterhalt gesorgt. Ich meine, in sechsundfünfzig Jahren hat sie nicht das Geringste geleistet. Schließlich habe ich die Schwester gefragt: Hat sie wenigstens irgendwem mal einen Pullover gestrickt? Für irgendwen mal Schokoladenplätzchen gebacken? Oder gar für sich selbst? Die Schwester sagte ständig: Nein, nein, im Grunde hat Ruthie in ihrem ganzen Leben keinen einzigen Finger gerührt. Ich sagte: Na gut, soll ich das drucken? Und die Schwester sagte: Na gut, ja, das ist wohl die Wahrheit über Ruthie. Ich habe die Fakten recherchiert, Frank. Ruthie hat nie Sozialhilfe beantragt oder einen Führerschein; sie hat nicht einmal ihren örtlichen Schönheitssalon unterstützt!«

»Fletcher –«

»Sagen Sie bloß nicht, daß in Nachrufen kein Fünkchen Wahrheit zu stecken braucht? Wenn jemand den Nobelpreis gewonnen hat, dann drucken wir das in einem Nachruf. Warum drucken wir dann nicht auch, wenn jemand in seinem Leben absolut nichts geleistet hat? Absolut nichts zu tun, ist eine Aussage, Frank, eine Antwort auf das Leben. Das ist eine Nachricht, das ist interessant.«

»Ruthie hat es auch nicht geschafft, daß ihr Nachruf gedruckt wurde.« Frank hielt noch ein zitterndes Stück Papier in die Höhe. »Daraufhin erhielten Sie den Auftrag, Hochzeitsanzeigen zu schreiben. Da braucht man nur nach Diktat zu schreiben. Da braucht man nicht mal für das wesentlichste Faktum, die Hochzeit, den Kopf hinzuhalten, weil die nämlich noch gar nicht stattgefunden hat. In Ihrer allerersten Anzeige steht: ›Sarah und Roland Jameson, Kusine und Vetter ersten Grades, werden am Mittwoch in einer rein familiären Feier getraut.‹«

»Knackig.«

»Knackig«, stimmte Frank zu.

»Prägnant.«

»Prägnant.«

»Treffend.«

»Absolut treffend.«

»Und«, sagte Fletch, »sachlich.«

»Erfordert Talent, diese Geschichte auszugraben.«

»Nicht viel. Als die Mutter der Braut anrief, fragte ich sie einfach, warum Braut und Bräutigam den gleichen Nachnamen hätten.«

»Und sie antwortete Ihnen, ohne zu zögern?«
»Sie zögerte.«
»Sie sagte, sie wären Kusine und Vetter ersten Grades?«
»Sie sagte, ihre Väter wären Brüder.«
»Und weder die Braut noch der Bräutigam war adoptiert, richtig?«
»Frank, ich hab's recherchiert. Wofür halten Sie mich denn?«
»Ich halte Sie für einen unerfahrenen Journalisten.«
»Wenn die Grundsätze des Journalismus für die Rubriken Politik, Verbrechen und Sport gelten, warum dann nicht auch für die Rubrik Nachrufe und Hochzeitsanzeigen? Zeitungen sollen doch über beide Seiten einer Story berichten, richtig? Pah! Sonntags widmen wir Seite um Seite den Hochzeitsanzeigen. Warum räumen wir Scheidungsanzeigen dann nicht genausoviel Platz ein?«
»Fletcher –«
»Nachricht bleibt Nachricht, Frank.«
»Sie meinen also, daß Sie sich durch das Schreiben von Nachrufen und Hochzeitsanzeigen in diesem plumpen, sachlichen Stil für die Sportseiten qualifiziert haben, ja?«
»Wahrheit bleibt Wahrheit, Frank.«
»Eines Tages, Fletcher, werden Sie vielleicht mal einem Ihres Schlags zum Opfer fallen.« Frank blickte Fletch durch seine in Muschelsaft getauchten Pupillen an. »Sie heiraten am Samstag?«
»Ja. Kommenden Samstag.«
»Warum?«
»Barbara hat ihren freien Tag.«
»Sofern man nicht die Absicht hat, Kinder zu bekommen«, dozierte Frank, »ist die Ehe eine gesetzliche Institution mit der einzigen Garantie, daß man von Rechtsanwälten übers Ohr gehauen wird.«
»Glauben Sie denn nicht an die wahre Liebe?«
»›Wahre Liebe‹ lief am Samstag in Saratoga. Kam stark weg, baute rasch ab und landete am Ende des Feldes. Vermutlich erwarten Sie, daß Sie für die Flitterwochen Urlaub bekommen?«
»Barbara rechnet eigentlich fest damit. Das war der zweite Grund, warum ich Sie sprechen wollte.«
»Sie haben noch kein Jahr hier gearbeitet. Genaugenommen sagen einige sogar, Sie hätten überhaupt noch nicht hier gearbeitet!«
»Na ja, aber, Frank, wie oft in seinem Leben hat man schon Flitterwochen?«
»Fragen Sie mich nicht. Wieso sind Sie eigentlich so braun?«
»Ich bin gestern im Sardinal-Rennen mitgelaufen.«

»Ihre Haare sehen aus, als hätten sie die Ziellinie noch nicht überquert.«

Fletch lächelte. »Da ist eine Story drin.«

»In Ihren Haaren? Würde mich nicht wundern, wenn bei Ihnen alles in die Haare geschmiert ist.«

»In dem Rennen. Ist Ihnen der Ben Franklyn Freundservice ein Begriff?«

»Glaube nicht.«

»Im Grunde ist es eine Firma, die auf Fitneß und Prostitution spezialisiert ist.«

»Was?«

»Man ruft da an, und dann meldet sich diese sinnliche Stimme und sagt: ›Ben Franklyn Freundservice. Sie möchten einen Freund?‹ Nur daß sie manchmal etwas nuschelt, und dann klingt's eher wie: ›Sie möchten einmal, Freund?‹«

»Rufen Sie da oft an?«

»Die Jungs in der Redaktion haben mir eines Nachts mal einen Streich gespielt. Sie trugen mir auf, telefonisch Pizzas zu bestellen und gaben mir diese Nummer. Das Mädchen am Telefon versuchte, einen Termin für mich zu vereinbaren, und ich fragte dauernd, ob sie welche mit Sardellen und Peperoni hätte. Vermutlich hielt sie mich für pervers. Sie müssen sie irgendwann mal anrufen.«

»Ich brauche einen Freund.«

»Also hab' ich sie mir mal angesehen. Mordsladen. Tolle Mädchen. Alle in prima physischer Verfassung. Sie sind zum Trainieren verpflichtet, wissen Sie?«

»Und wo ist da die Story?«

»Gestern sind sie gelaufen. Im Rennen. Alle. Eine Flottille von Callgirls. Insgesamt ungefähr zwölf. Liefen durch die Straßen. In der Innenstadt. In T-Shirts, auf denen vorne BEN FRANKLYN stand und hinten SIE MÖCHTEN EINEN FREUND? Sie sind übrigens alle durchs Ziel gekommen.«

»Also, wo ist da die Story? Nein, nicht verraten. Ich hab's.« Frank legte die Hände an die Stirn. »STRICHMÄDCHEN ZUCKELN –«

»Juckeln.«

»CALLGIRLS RENNEN UM DIE WEITE?«

»Denken Sie an ihre Beinmuskeln, Frank.«

»Ich bin schon ganz erregt.«

»Sie warben für ihr Gewerbe, Frank.«

»Und auf welchem Platz sind Sie in diesem Rennen gelandet?«

»Direkt hinter ihnen. Ich bin sozusagen einer Story hinterhergerannt.«

»Pflichtbewußt bis zum Äußersten.«

»Sie kapier'n den Witz der Sache nicht.«

»Ach, nein?«

»Diese Callgirls haben eine von der Stadt ausgerichtete Fitneß- und Sportveranstaltung dazu benutzt, für ihre Dienste Reklame zu machen.«

»Also gut, ein paar Prostituierte haben gestern am Wettlauf der Stadt teilgenommen. Warum sollten sie nicht? Verstößt nicht gegen das Gesetz. Sie hatten T-Shirts an, die für ihre Dienste Reklame machten. Zur Begeisterung von ein paar alten Lustmolchen, die am Bordstein standen. Also, wo ist da die Story?«

»Sie haben heute Bilder von ihnen gebracht. Auf Ihren Sportseiten. Von vorn und von hinten.«

Frank erbleichte. »Wir?«

»*Sie*.«

»Allmächtiger!« Frank grapschte nach der *News-Tribune* auf dem Fußboden und schlug die Sportseiten auf. »Wir.«

»Da ist die Story.«

»Sie meinen, wir sind die Story.«

»Flächendeckende Reklame für einen Callgirldienst. Jede Menge kostenlose Publicity. Hat sich der Erzbischof schon bei Ihnen gemeldet? Was ist mit dem District Attorney? Proteste irgendeines Ihrer Anzeigenkunden?«

»Verdammt. Das hat jemand mit Absicht getan.«

»Sie brauchen mich für die Sportseiten, Frank.«

»Sehen Sie sich doch nur mal die Bildunterschrift an. Oh, mein Gott. *Körperliche Schönheit und Lebenskraft beispielhaft vorgeführt von Angestellten der Ben Franklyn Dienstleistungsgesellschaft, die gestern geschlossen im Sardinal-Rennen der Stadt mitliefen. Die Gruppe kam kurz vor Ende des Rennens ins Ziel*... Das überlebe ich nicht.«

»Sie hatten's nicht eilig.«

»Sie offensichtlich auch nicht.«

»Sie haben mir doch gerade gesagt, daß ich meine Story nie überholen dürfte.«

»Da steige ich am frühen Montagmorgen aus dem Bett und komme ins Büro...« Frank wütete durch die Konkurrenzzeitung, die *Chronicle-Gazette*, die auf seinem Schreibtisch lag, versuchte die Sportseiten zu finden. »... Und muß den ganzen verdammten Tag damit vergeuden, Leute zu feuern ...«

»Die *Gazette* hat keine Fotos von den Callgirls gebracht, Frank. Weder von vorn noch von hinten. Die haben nur Fotos von den Siegern gebracht. Mannomann, die praktizieren da drüben vielleicht einen müden, antiquierten Journalismus.«

Frank lehnte sich in seinem Stuhl zurück. »Warum mußte ich auch die Woche mit Ihrem Anblick beginnen?«

»Weil ich ein bißchen Frische in Ihr Leben bringe. Ein paar Lacher. Sie ein bißchen durcheinanderwirbele. Sie ein paar Dinge mit anderen Augen sehen lasse, wie zum Beispiel zwei Fotos auf ihren Sportseiten.«

»Besitzen Sie eigentlich eine Krawatte?«

»Klar.«

»Die hab' ich aber noch nie gesehen.«

»Sie hält das eine Ende meines Surfbrettes vom Fußboden fern.«

»Das meinen Sie vermutlich ernst. Und was hält das andere Ende hoch?«

Fletch blickte auf den Bund seiner Jeans nieder. »Ein Gürtel, den mir mal irgendwer geschenkt hat.«

»Ich habe übers Wochenende beschlossen, Ihnen noch einmal eine Chance zu geben.« Frank schaute auf seine Uhr.

»Sie wollen mich als Sportschreiber testen!«

»Nein. Als Arbeitgeber kann man von einem Mitarbeiter ja schließlich nicht erwarten, daß er sowohl Jugend als auch Tatkraft und Erfahrung in sich vereint. Das ist nicht fair.«

»Das Polizeirevier? Prima!«

»Dachte, wir könnten versuchen, ein paar Ihrer rauhen Kanten abzuschleifen.«

»Stadtverwaltung? Das kann ich. Sie brauchen mir bloß aufzuschreiben, wer wo gegen wen spielt.«

»Daher meine ich, daß Sie Erfahrung brauchen, Schliff. Sie besitzen doch einen Anzug, oder?«

»Die Gerichte! Verdammt, Sie wollen mich als Gerichtsreporter einsetzen. Ich weiß, wie die Gerichte arbeiten, Frank. Bemerkenswert, wie wenig die mit dem Gesetz zu tun haben, wissen Sie? Ich –«

»Gesellschaft.«

»Gesellschaft?«

»Gesellschaft. In Anbetracht der Schnelligkeit, mit der Sie Verstorbenen auf die Schliche kommen, die in ihrem Leben nie irgendeine

Leistung vollbracht haben, und die Öffentlichkeit auf Vettern und Kusinen ersten Grades aufmerksam machen, die sich zu verehelichen beabsichtigen, meine ich, daß Sie ein gewisses Talent zum Gesellschaftsreporter besitzen könnten.«

»Sie meinen Gesellschaft im Sinne von feiner Gesellschaft?«

»Feine Gesellschaft, unfeine Gesellschaft, Sie wissen schon, wer wie lebt: diese ganzen Features, in denen die Gelüste unserer Mittelstandsleser befriedigt werden.«

»Frank, ich halte nicht viel von der Gesellschaft.«

»Das macht nichts, Fletch. Die Gesellschaft hält ja auch nicht viel von Ihnen.«

»Ich gäbe keine gute Figur ab.«

»Sie könnten durchaus attraktiv aussehen, wenn Sie sich die Haare kämmten.«

»Kleine alte Damen, die heimlich Wodka in ihren Tee kippen?«

»Habeck. Donald Edwin Habeck.«

»Hat der sich nicht mal als Torwart bei den Red Wings versucht?«

»Wenn Sie jemals etwas anderes als die Sportseiten lesen würden, dann wüßten Sie, daß Donald Edwin Habeck einer der aufsehenerregenderen Verteidiger dieser Gegend ist.«

»Ist er gerade mit einem aufregenden Fall beschäftigt?«

»Habeck rief mich gestern abend an und sagte, daß er und seine Frau nach reiflicher Überlegung beschlossen hätten, dem Kunstmuseum fünf Millionen Dollar zu spenden. Sie interessieren sich doch für Kunst, oder?«

»Nicht in Form von Pokerchips.«

»Er wünscht, daß die Geschichte richtig behandelt wird, wissen Sie? Würdig. Keine Verletzung ihrer Intimsphäre, kein Eindringen in ihr Privatleben.«

»Frank, hätten Sie etwas dagegen, wenn ich mich setze?«

»Tun Sie sich keinen Zwang an. Ich hatte ganz vergessen, daß Sie gestern um die Wette gejuckelt sind.«

Fletch hockte sich auf den Teppich.

»Setzen Sie sich einfach irgendwohin.«

»Danke. Tralala, ein Menschenfreund ist da.«

»Wenn Sie noch ein paar Zeilen dazu dichten, landen Sie vielleicht in der Hitparade.«

»Frank, Sie wollen, daß ich, I. M. Fletcher, eine höfliche Machmichnichtnaß-, Händeweg-, Wischiwaschi-Geschichte über irgendein mildtätiges Paar aus der Gesellschaft schreibe, das dem Kunstmuseum fünf Millionen Blatt Seidenpapier spendieren will?«

»Höflich, ja. Warum nicht höflich? Da sind zwei Menschen, die der Menschheit etwas Gutes tun, ihren Reichtum teilen wollen. Zügeln Sie Ihr Bedürfnis zu berichten, daß Mrs. Habeck heimlich Wodka in ihren Tee kippt. Wird Zeit, daß Sie endlich lernen, wie man höflich ist. Übrigens kann ich Sie über die Schreibtischkante nicht mehr sehen.«

»Ich bin untergetaucht.«

»Dann sollten Sie besser wieder auftauchen. Sie treffen sich um zehn Uhr mit Habeck im Büro des Verlegers. Jammerschade, daß Ihr Schlips und Ihr Gürtel Ihr Surfbrett hochhalten.«

»Lieber Gott! Wenn es überhaupt einen Sinn hat, sich für eine Story zu erheben, die schon damit losgeht, daß der Reporter die betreffende Person im Büro des Verlegers trifft, dann sag mir bitte welchen.«

»Sehen Sie? Sie machen bereits Fortschritte als Journalist. Gerade haben Sie einen Satz mit einem Fragewort beendet.«

»Ich weigere mich.«

»Fletch, ich bin ziemlich sicher, daß Sie als Straßenkehrer genauso attraktiv aussähen. Sie brauchten keinen Schlips, keinen Gürtel zu tragen und Ihr Haar nicht zu kämmen. Ich kann dafür sorgen, daß man Sie am Freitag hier weggehen läßt, und dann können Sie und Lucy so lange flittern, wie ihr's euch leisten könnt.«

»Könnte für ein nettes Wochenende langen. Außerdem heißt sie Barbara.«

»Dachte ich mir. Am Sonntag der Lust mit Barbara frönen. Am Dienstag der Last mit Blasen.«

»Frank, warum lassen Sie Habeck die Story nicht selbst schreiben? Er bezahlt immerhin fünf Millionen Dollar für dieses Privileg.«

Hamm Sturbeck streckte seinen Kopf zur Bürotür herein und warf einen Blick auf Fletch, der mit gekreuzten Beinen auf dem Teppich saß. »Ist so 'n Morgen, was?«

»Bis jetzt«, antwortete Frank. »Einen hab' ich schon auf die Matte geschickt. Nach einem kurzen Blick auf gewisse Fotos auf der Sportseite wird mir wohl nichts anderes übrigbleiben, als noch ein paar hinterher zu schicken.«

»Frank, hast du Donald Habeck erwartet?«

»Ich nicht. John erwartet ihn. Er soll zum Büro des Verlegers geschickt werden.«

»Das wird er wohl nicht schaffen.«

»Hat er angerufen?«

»Nein, er liegt tot auf dem Parkplatz.«
»Was soll das heißen?« fragte Frank.
»In einem dunkelblauen Cadillac Seville. Einschuß in der Schläfe.«
Fletch sprang vom Boden hoch, ohne die Hände zu benutzen. »Meine Story!«
»Schätze, wir sollten die Polizei verständigen.«
»Schick zuerst die Fotografen runter«, sagte Frank.
»Schon erledigt.«
»Außerdem Biff Wilson. Ist er schon hier?«
»Ich hab' ihn angefunkt. Er ist auf dem Freeway.«
»Biff Wilson!« sagte Fletch. »Frank, diese Story haben Sie mir gegeben.«
»Ich habe Ihnen überhaupt nichts gegeben, Fletcher.«
»Habeck, Donald Edwin. Sollte ich ihn nicht um zehn Uhr interviewen?«
»Fletcher, tun Sie mir einen Gefallen.«
»Jeden, Frank.«
»Verschwinden Sie. Melden Sie sich bei Ann McGarrahan im Gesellschaftsressort.«
»Vielleicht liegt ja eine Krawatte in meinem Wagen.«
»Ich habe gerade eine berufliche Entscheidung getroffen«, sagte Frank zu seinem Schreibtisch.
»Und welche, Frank?«
»Ich komme nie wieder montags so früh ins Büro.«

2

»Habeck, Harrison und Haller. Guten Morgen.«
»Hallo, H hoch drei?«
»Habeck, Harrison und Haller. Kann ich Ihnen behiflich sein?«
»Mr. Chambers, bitte.«
»Verzeihung, Sir. Würden Sie den Namen wiederholen?«
»Mr. Chambers.« Niemand, der sich in der Lokalredaktion der *News Tribune* umsah, wäre auf die Idee gekommen, daß auf dem Parkplatz des Gebäudes gerade jemand erschossen worden war und daß alle Anwesenden davon wußten. Wußten es wirklich alle? Zweifellos. Denn der Prozeß, der ein Gerücht in Klatsch, den Klatsch in eine Tatsache und die Tatsache in eine handfeste, zuverlässige Nachricht verwandelt, geht in einem Zeitungsbüro aus beruflichen Grün-

den schneller vonstatten als in den meisten anderen Büros. Er vollzieht sich mit geradezu raketenartiger Geschwindigkeit. Und ebenso schnell werden Nachrichten absorbiert. Denn Journalisten sind an den Storys interessiert, an denen sie gerade arbeiten; manche besitzen einen geistigen Aktenschrank, andere einen Papierkorb, in die sie alle anderen Nachrichten stopfen. »Alston Chambers bitte. Er steckt vermutlich irgendwo ganz unten in Ihrem Haufen. Ein Referendar, ein Azubi, wie Sie ihn auch immer nennen. Ein Veteran und ein Herr.«

»Ach so, Sir. A. Chambers.«

»Wahrscheinlich irrt er auf Ihren Fluren herum, weil er keinen Platz hat, wo er sich seine Hose verknittern kann.«

»Einen Moment, Sir.« Eine Leitung klingelte. Das Telefonfräulein sah sich genötigt hinzuzufügen: »Verzeihen Sie, Sir, daß mir der Name nicht gleich geläufig war. Mr. Chambers hat keine Mandanten.«

»Chambers am Apparat.«

»Klingt gramgebeugt.«

»Muß Fletcher sein.«

»So ist es.«

»Hoffentlich rufst du an, weil du mit mir Mittag essen gehen willst. Ich muß raus aus diesem Laden.«

»So ist es. Um eins bei Manolo's?«

»Du willst sicher über deine Heirat reden. Du willst meinen Rat, wie du da wieder rauskommst. Hat Barbara immer noch den Samstag dafür vorgesehen?«

»Nein, nein, ja. Kann jetzt nicht reden, Alston. Wollte dir nur die Neuigkeit mitteilen.«

»Hat Barbara dir etwa mitgeteilt, daß sie schwanger ist?«

»Habeck, Harrison und Haller. Ist das die Kanzlei, für die du arbeitest?«

»Wie dir bekannt ist. Schlechte Bezahlung und jeden Mist, den ich nur kriegen kann.«

»Donald Edwin Habeck?«

»Einer der Seniorpartner in dieser legalen Lasterhöhle.«

»Donald Edwin Habeck wird heute nicht ins Büro kommen. Dachte, ich sollte für ihn anrufen.«

»Kapier' ich nicht. Warum nicht? Wo ist da der Witz?«

»Er ist erschossen worden.«

»Soll das ein Witz sein?«

»Nicht aus seiner Sicht.«

»Wo, wann?«

»Bei der *News-Tribune*. Vor ein paar Minuten. Ich muß weg.«

»Möchte wissen, ob er ein Testament hinterlassen hat.«

»Warum sagst du das?«

»Anwälte sind berühmt dafür, daß sie für sich selbst keine Testamente aufsetzen.«

»Alston, ich wäre dankbar, wenn wir uns beim Lunch über Habeck unterhalten könnten. Erzähl mir, was du weißt.«

»Bist du etwa an der Geschichte dran?«

»Ich denke schon.«

»Denkt das auch sonst noch jemand?«

»Ich bin dran, bis man mir sagt, daß ich die Finger davon lassen soll.«

»Fletch, du wirst am Samstag heiraten. Das ist nicht der rechte Zeitpunkt, deinen Arbeitsplatz aufs Spiel zu setzen.«

»Bis um eins im Manolo's.«

3

»Hat er's selbst getan?« Fletch blickte über Biffs Schulter auf den Vordersitz des Cadillacs.

Ein Mann in den Sechzigern war über die Armstütze zusammengesunken. Sein linkes Bein hing aus dem Wagen. Der Schuh berührte fast den Boden.

Biff wandte langsam den Kopf, um Fletch anzusehen. Sein Blick belehrte ihn, daß Plebejer kein Recht hatten, mit Majestäten ein Gespräch zu beginnen.

»Oder wurde er erschossen?«

Ohne ihn einer Antwort zu würdigen, richtete sich Biff Wilson auf und drehte sich um. Er wartete darauf, daß Fletch den Weg freigab. Trotz der Hitze, der sengenden Sonne auf dem Parkplatz trug Biff Jackett und Krawatte, lediglich der gelockerte Hemdkragen zollte den Temperaturen Tribut. Aus seinen Ohren sprossen Haare.

Biff ging die paar Schritte zu den drei Polizisten, die neben dem schwarz-weißen Polizeiauto standen. Nur zwei der Polizisten waren in Uniform.

»Wissen wir schon, wer ihn gefunden hat?« fragte Biff.

»Wir?« sagte Fletch zu sich selbst.

Der jüngere der beiden uniformierten Polizisten starrte Fletch an.

Drei Autos standen in seltsamen Winkeln um den blauen Cadillac herum. Das eine, eine neutrale grüne Limousine, gehörte dem Polizisten in Zivil. Bei dem zweiten, der schwarz-weißen Limousine, stand die Fahrertür offen, quakte der Polizeifunk und rotierten rote und blaue Lichter auf dem Dach.

Seiten und Heck des dritten Wagens trugen die Aufschrift NEWS-TRIBUNE. Diesen Wagen benutzte Biff Wilson. Auch hier stand die Fahrertür offen, quakte der Sprechfunk aus dem Innenraum und zuckte ein Blaulicht auf dem Dach.

Der ältere Uniformierte warf einen Blick in sein Notizbuch. »Angestellte der *News-Tribune* mit Namen Pilar O'Brian.«

Biff spuckte zwischen seine Schuhe auf den Gehweg. »Nie von ihr gehört.«

»Ist vermutlich Sekretärin.«

»Und die hat die Cops gerufen?«

»Sie informierte den Parkwächter am Tor.«

»Und der rief die Cops?«

»Nein«, sagte der Zivile. »Der rief die Nachrichtenredaktion an.«

Biff feixte. »Sind alle ganz heiß auf Beförderung.«

»Eure Fotografen sind auch schon dagewesen«, sagte der ältere Uniformierte.

»Die haben aber nichts berührt«, sagte der jüngste Cop. »Ich hab' dafür gesorgt. Haben ihn von der Seite und durch die Windschutzscheibe fotografiert. Machten ein paar aus der Totalen. Berührten aber weder den Wagen noch das Opfer.«

»Waffe gefunden worden?« fragte Biff.

»Nichts zu sehen. Könnte unter den Sitz gerutscht sein«, sagte der Zivile. »Wo bleibt die Spurensicherung? Ich will meinen Kaffee.«

»Donald E. Habeck«, las der ältere Uniformierte aus seinem Notizbuch vor. »Weiß jemand, was er hier wollte?«

»Ja«, antwortete Biff. »Er wollte John Winters, den Verleger, besuchen. Waren für zehn Uhr verabredet. Sie wollten die Ankündigung aufsetzen, daß Habeck und seine Frau vorhaben, vor*hatten*, dem Kunstmuseum fünf Millionen Mäuse zu spendieren.«

»Wieso weißt du das, Biff?« fragte der Zivile.

»Wieso weiß ich wohl alles, Gomez?« Wieder spuckte Biff auf den Gehweg.

»Du bist der Größte, Biff, ich weiß. Hab' die ganze letzte Nacht damit zugebracht, meiner Frau das zu verklickern.«

Biff zuckte die Achseln. »Autotelefon, Blödmann. Ham Starbuck sagte, Donald Habeck läge tot auf dem Parkplatz. Ich fragte ihn: Was hat er bei der *News-Tribune* zu suchen? Ist doch 'ne berechtigte Frage, oder?«

»Deswegen hab' ich sie ja gerade gestellt, Biff.« Wenigstens Gomez hatte seine Jacke ausgezogen und die Hemdsärmel hochgekrempelt.

Der Parkplatz lag in der prallen Sonne.

Der jüngere, uniformierte Polizist bedachte Fletch weiterhin mit langen, strengen Blicken.

»Fünf Millionen Dollar. Herr des Himmels.« Der ältere uniformierte Polizist rieb sich mit dem Ärmel die Stirn. »Stellt euch mal vor, ihr hättet fünf Millionen Dollar zu verschenken.«

»Hatten Sie etwa noch nie soviel zu verschenken?« fragte Biff.

»Am Samstag hab' ich meiner Nichte und ihrem neuen Mann 'ne alte Couch vermacht, die wir in der Bude hatten. Der Stiesel hat sie nicht mal selbst abgeholt. Mußte sie eigenhändig rüberkarren.«

»Netter Zug von Ihnen«, sagte Biff.

»Trotzdem bin ich dafür nicht in die Zeitung gekommen.«

»Vielleicht schreibt Biff ja was Nettes über Sie«, sagte Gomez.

»Klar«, sagte Biff. »Freitagabend hab' ich meinem Bengel ein Veilchen unterm linken Auge verpaßt. Bin auch ein großzügiger Mensch.«

»Da kommt deine Konkurrenz, Biff.« Gomez nickte zum bewachten Tor hinüber, wo zwei Wagen der *Chronicle-Gazette* standen.

»Am Sonntag ist mir dann aufgegangen, wie sehr mir diese Couch abging. Mußte während des ganzen Baseballspiels stocksteif dasitzen. Und vom Schleppen von diesem verdammten Ding am Tag vorher tat mir auch noch der Rücken weh.«

Der jüngere uniformierte Cop zupfte Biff am Ärmel und zeigte dann auf Fletch. Er sprach leise. »Gehört der zu Ihnen?«

Biff musterte Fletch von seinem Thron als Kriminalreporter der *News-Tribune* herab. »Nee.«

»Arbeitet er für die *News-Tribune*?«

»Keine Ahnung.« Biff bemühte sich erst gar nicht, leise zu sprechen. »Kann sein, daß ich ihn mal da gesehen habe. Als er Papierkörbe ausleerte.«

»War mir neu, daß die *News-Tribune* überhaupt Papierkörbe hat«, sagte Gomez. »Hätte nur Lieferwagen, dachte ich.«

Am Tor verzögerte der Wächter das Eintreffen der *Chronicle-Gazette*-Reporter und -Fotografen am Tatort.

»Hast du heute morgen denn noch keinen Kaffee getrunken?« fragte Biff Gomez.

»Bloß zwei Tassen«, sagte Gomez. »Hiesigen.«

»Du stellst dich an, als hättest du überhaupt noch keinen getrunken.«

»El mismo«, sagte Gomez.

»Ich hab' nämlich irgendwas von dem Burschen gesehen«, sagte der jüngere Beamte. »Kürzlich. Ein Bild oder so was.«

Biff taxierte Fletch wieder mit seinem überheblichen Blick. »Vielleicht auf der Comicseite.«

Schließlich trafen die beiden Wagen der *Chronicle-Gazette* am Tatort ein. Ohne zuckende Blaulichter und quakende Funkgeräte.

»Daß ihr Burschen ja nichts anfaßt«, rief ihnen der jüngere uniformierte Beamte zu.

»Halt den Rand«, sagte der Reporter und blickte ins Wageninnere.

Der Fotograf verrenkte sich nach allen Seiten, um Aufnahmen zu machen, auf denen der Reporter nicht zu sehen war.

»Wer ist das?« fragte der Reporter.

»Nicht erwiesen«, antwortete Biff.

»Angestellter der *News-Tribune*?«

»Wahrscheinlich«, antwortete Biff. »Die meisten von uns fahren Caddy Sevilles. Mit meinem durfte mein Sprößling heute in die Schule fahren.«

»Der Wärter muß wissen, wer er ist«, sagte der Reporter. »Bei der Einfahrt muß er seinen Namen angegeben haben.«

»Dann frag ihn doch«, sagte Biff.

»Das ist wohl deine Story, hä, Biff?« fragte der Reporter.

»Ist ja schließlich in seinem Hinterhof passiert«, sagte Gomez.

»Ja, ja«, sagte der Reporter. »Denke, daß ich daraus was machen kann. Mord auf dem Parkplatz eines Familienblättchens. Ttz. Ttz.«

»Das ist Habeck«, sagte der Fotograf. »Donald Habeck, der Verteidiger. Reicher Knilch. Wohnt drüben in The Heights.«

»Ach nee?« sagte der Reporter. »Was hatte denn der hier zu suchen?«

»Berechtigte Frage«, sagte Biff.

»Muß erst noch ermittelt werden«, sagte Gomez.

»Wie lange arbeiten Sie eigentlich schon für die *News-Tribune*, Gomez?« fragte der Reporter.

»Auskünfte werden erst erteilt, wenn der Gerichtsmediziner und die Spurensicherung dagewesen sind«, antwortete Gomez.

»Nicht von Ihnen.« Der Reporter ging zu seinem Wagen und begann in sein Telefon zu sprechen.

»Da kommt sie.« Gomez nickte zu den Kombis, die durch das Tor auf den Parkplatz fuhren. »Wollen wir uns drin etwas Kaffee besorgen, Biff?«

Biff sah zur Schmalseite des *News-Tribune*-Gebäudes hinüber. »Der Kaffee da drin taugt auch nichts.«

»Ich werde Maria bitten, einen besonderen zu machen.«

»Ach, richtig«, sagte Biff. »Hatte ja ganz vergessen, daß deine Schwägerin in der Cafeteria arbeitet.«

»Von wegen. Du hast ihr schließlich den Job besorgt.«

Fletch entfernte sich aus dem Bereich, den jetzt die Spurensicherung mit Beschlag belegte.

Der jüngere uniformierte Polizist sagte zu Fletch: »Sie arbeiten hier?«

»Nee«, sagte Fletch. »Hab' bloß was geliefert. Hab' Mr. Wilson bloß sein Gebiß gebracht.«

Der junge Cop sah ihn mißtrauisch an. »Sein Gebiß?«

»Genau«, sagte Fletch. »Das hat er nämlich gestern mit 'nem kandierten Apfel total versaut. Das Zahnlabor hat heut' morgen 'ne geschlagene Stunde gebraucht, um 's wieder sauber zu kriegen.«

»Oh.«

Der ältere uniformierte Polizist beugte sich in den Wagen und betrachtete Donald Edwin Habeck. »Wetten, daß es mir mehr ausgemacht hat, diese alte Couch herzugeben, als diesem Burschen, fünf Millionen Mäuse zu verschenken.«

4

»*News-Tribune*-Dokumentation. Code und Name, bitte.«

»Siebzehn neunzig Strich neun«, antwortete Fletch ins Autotelefon. Er fuhr in Richtung The Heights. »Fletcher.«

»Sie haben sich aber noch nie bei mir gemeldet.«

»Die lassen mich nicht oft raus.«

»Wir haben einige Nachrichten für Sie.«

»Ich möchte die Adresse von Mr. und Mrs. Donald Edwin Habeck. Ich glaube, das schreibt sich H-A-B-E-C-K, irgendwo in The Heights.«

»Die Adresse lautet: 12339 Palmiera Drive.«

»Wo ist das?«

»Das ist eine kleine Straße nordwestlich des Washington Boulevard. Da drin gibt's eine Menge kleiner Straßen. Kurvenreiche Straßen. Am besten halten Sie an der Kreuzung Washington und Twenty-third und fragen nach dem genauen Weg. Sie können dann in die Twenty-third einbiegen.«

»In Ordnung.«

»Die Nachrichten lauten: Barbara Ralton anrufen. Sie möchte mit Ihnen zu Mittag essen. Sagt, sie hätte mit Ihnen einiges zu besprechen.«

»Zum Beispiel, wie viele Babys wir haben werden?«

»Na, na. Lassen Sie sich von einer alten Mutter empfehlen, erst mal zu Mittag zu essen, bevor Sie sich an dieses schwierige Thema wagen.«

»Danke.«

»Weiß, wieviel es kostet, nur zwei Mäuler zu stopfen.«

»Ein Kind zu ernähren, kostet doch nicht viel. Brauchen ihm bloß mehrmals täglich Orangensaft einzuflößen. Und Erdnußbutter.«

»Ha.«

»Wie bitte?«

»Ha.«

»Was kostet Erdnußbutter?«

Auf dem Stoßstangenaufkleber des Wagens vor ihm stand: MIT GEMEINHEIT KOMMST DU ÜBERALL ANS ZIEL.

»Hätte auf mich hören und im Bett bleiben sollen. Noch eine Nachricht für Sie, Fletcher. Von Ann McGarrahan, Redakteurin im Gesellschaftsressort. Falls Sie sich melden, soll ich Ihnen ausrichten, daß Sie sich unverzüglich bei ihr melden sollen. Ihr Auftrag ist geändert worden.«

»Oh.«

»Demnach sieht's so aus, als brauchten Sie diese Adresse in The Heights gar nicht.«

»Noch eine Frage: Wer ist Pilar O'Brian?«

»Warum wollen Sie das wissen?«

»Was ist denn das für eine Antwort?«

»Eine persönliche Antwort. Warum wollen Sie das wissen?«

»Hab' gerade von ihr gehört. Arbeitet sie für die *News-Tribune*?«

Ein kaum merkliches Zögern, ehe die Dame der *News-Tribune*-Dokumentation sagte: »Sie sprechen mit ihr.«

»Ah! Dann sind Sie also die Dame, die heute morgen Habeck gefunden hat.«

»Wen?«

»Den toten Knaben auf dem Parkplatz.«

»Heißt der so? Hatten Sie nicht gerade nach der Adresse von –«

»Vergessen Sie's, ja?«

»Wie kann ich das? Wie kann ein Reporter, von dem ich vorher noch nie gehört habe, nach der Adresse von –«

»Ich sagte, bitte, vergessen Sie's. Ich habe nie danach gefragt.«

»Mrs. McGarrahan –«

»Ich werde sie anrufen. Erzählen Sie mir, wie Sie Habeck gefunden haben.«

»Mir ist es nicht gestattet, mit irgendeinem Reporter zu sprechen, bevor mich die Polizei befragt hat. Und dann darf ich auch nur das sagen, was ich schon der Polizei gesagt habe.«

»Mannomann, Sie kennen sich aber mit den Spielregeln aus.«

»Das hat Mr. Starbuck gesagt.«

»Als Sie ihn fanden, war die Wagentür da offen oder geschlossen?«

»Ich kann Ihnen nicht antworten.«

»Es ist wichtig.«

»Vielleicht kann ich Ihnen ja gerade deswegen nicht antworten.«

»Haben Sie eine Pistole gesehen?«

»Wie heißen Sie ... Fletcher. Soll ich Mrs. McGarrahan ausrichten, daß Sie ins Büro zurückkommen.«

»Klar«, sagte Fletch. »Tun Sie das.«

»Würden Sie mir bitte sagen, wie ich zum Palmiera Drive komme?«

Der Blick des Mannes hinter der Theke des Spirituosenladens an der Kreuzung Washington Boulevard und Twenty-third Street wanderte von Fletch durch das Ladenfenster zu Fletchs Datsun 300 ZX, der mit laufendem Motor vor der Eingangstür stand, und wieder zurück zu Fletch. Der Auspufftopf des Wagens hatte ein Loch. Der Motor röhrte.

»Ich suche den Zwölftausenderblock des Palmiera Drive, falls es den gibt.«

Ohne Fletchs Gesicht aus den Augen zu lassen, pfiff der Mann hinter der Theke die ersten Takte des »Colonel Bogey's March«.

»Biege ich an der Twenty-third Street rechts ab?«

Der Mann zog eine 45er Automatikpistole unter der Theke hervor und richtete sie auf Fletchs Herz.

Fletch wurde von hinten gepackt. Muskulöse braune Arme mit

Fingern, die sich genau unter Fletchs Brustkorb zusammenhakten, klemmten Fletchs Arme an den Seiten fest.

»He!« schrie Fletch. »Ich hab' doch nur höflich gefragt.«

Die Pistole zielte weiterhin auf Fletchs Herz.

Der Mann, der die Pistole in der Hand hatte, rief zum hinteren Teil des Ladens: »Rosa! Ruf die Bullen!«

»Ich werde den Auspuff reparieren lassen!« sagte Fletch. »Ehrenwort!«

»Melde, daß hier ein Raubüberfall läuft!« rief der Mann hinter der Theke.

»Ich hab' doch nur nach dem Weg gefragt! Ich hab' ja nicht mal um Wechselgeld für die Parkuhr gebeten!«

»Er hat kein Schießeisen«, knurrte die Stimme hinter Fletchs Ohr.

Der Mann hinter der Theke schaute auf Fletchs Hände und dann auf die Taschen seiner Jeans.

»Ich möchte Sie darauf hinweisen«, sagte Fletch mit vollem Ernst, »daß Sie mich mit dieser Kanone nicht erschießen können, ohne auch den Burschen hinter mir umzupusten.«

Die Pistole wackelte. Die Stahlbänder, die Fletchs Arme an den Seiten festklemmten, lockerten sich nur geringfügig.

»Mehr Lohn für die arbeitende Klasse!« brüllte Fletch, als er sich und den Burschen, der ihn festhielt, rückwärts drängte.

Nach weniger als einem Meter krachten sie in ein hohes Flaschengestell aus Draht.

Flaschen zerbarsten, und sofort roch es nach Bourbon.

Die Hände des Burschen lösten sich von Fletch. »Da schneidet mich was«, kreischte er.

Fletch, der auf dem Schoß des Burschen hockte, hopste ein, zwei Mal auf und nieder und lehnte sich dann an dessen Brust.

»Aua!« kreischte der Bursche.

Flaschen prasselten auf sie nieder. Eine landete auf Fletchs Knie, schmerzhafter, als Fletch es für möglich gehalten hätte.

Die Flaschen, die auf den Boden knallten, zersplitterten und bespritzten sie beide mit Bourbon.

Der Kerl mit der Pistole schob sich an der Theke entlang und versuchte, Fletch so aufs Korn zu nehmen, daß der Bursche, auf dem Fletch hockte, nicht getroffen werden konnte.

Fletch rollte sich durch Glasscherben und Bourbonlachen auf die Tür zu. »Das war das letzte Mal, daß ich euch Typen nach dem Weg gefragt habe!«

Im Aufstehen riß er die Tür auf.

Er war gerade halb durch die Tür, als die Pistole losballerte. Das bruchsichere Glas in der Tür ging zu Bruch.

Als er die Tür seines Wagens öffnete, rief Fletch zu dem Laden zurück: »Wenn ihr nicht wißt, wo der Palmiera Drive ist, warum habt ihr das denn nicht gleich gesagt?«

In gemächlichem Tempo bog er nach rechts von der Washington in die Twenty-third ein.

Sirenen heulten.

5

»Mrs. Habeck?«

Die Dame mit dem blaugetönten Haar, dem blumengemusterten Kleid und den grünen Turnschuhen saß auf einem Stuhl allein am Swimmingpool. Eine rote Handtasche stand in der Nähe ihrer Füße.

»Ja, ich bin Mrs. Habeck.«

Als sie im Sonnenlicht zu Fletch hochblinzelte, zuckte ihre Nase wie bei einem Hasen.

»I. M. Fletcher. *News-Tribune*. Ich war um zehn Uhr mit Ihrem Mann verabredet.«

»Er ist nicht hier.«

Fletch hatte eine Weile an der Haustür von 12339 Palmiera Drive geklingelt. Es war ein hübsches Anwesen, ein in einem Meer von Rhododendronbüschen schwimmendes Backsteinhaus, das nach Fletchs Meinung allerdings nicht den Eindruck machte, als ob dort jemand wohnte, der fünf Millionen Dollar verschenken könnte oder würde, ohne vorher tief Luft zu holen.

Und im Haus war niemand gewesen, der ihm an einem Montagmorgen die Tür geöffnet hätte.

Fletch hatte sich einen Weg durch die Rhododendronbüsche gebahnt, bis er auf die Dame mit dem blaugetönten Haar gestoßen war, die gedankenverloren den klaren, stillen Swimmingpool betrachtete.

»Man weiß nie, wo er ist«, sagte Mrs. Habeck. »Donald stiefelt einfach davon. Das ist sicher das einzige, was man zu Donalds Rechtfertigung vorbringen kann. Er stiefelt einfach davon.« Sie streckte die Hand aus und schloß die Finger, als packte sie etwas, was gar nicht da war. Sie sagte: »Er stiefelt einfach in der Welt herum.«

»Vielleicht kann ich mich ja mit Ihnen unterhalten.«

Wieder zuckte ihre Nase. »Junger Mann, sind Sie sehr, sehr betrunken?«

»Nein, Ma'am. Wirke ich denn betrunken?«

»Sie riechen betrunken.«

Fletch zog einen Zipfel seines T-Shirts an die Nase und schnüffelte daran. »Das ist mein neues Deodorant. Gefällt es Ihnen?«

»Es ist ein Odorant.«

»Es heißt Bamn-o.«

»Es heißt Bourbon.« Mrs. Habeck wandte ihre Nase ab. »Sie stinken nach Bourbon.«

Fletch schnüffelte erneut an seinem T-Shirt. »Ziemlich mies, was?«

»Ich erkenne Bourbon, wenn ich ihn rieche«, sagte Mrs. Habeck. »Sie benutzen keine besonders gute Marke.«

»Es war ein Sonderangebot, glaube ich.«

»Am Freitag gab's diesen Bourbon noch nicht.« Mrs. Habeck sprach langsam, und in ihren kleinen grauen Augen lag Traurigkeit. »Von euch Zeitungsleuten habe ich schon gehört. Donald hat mir mal von einem ihm bekannten Journalisten erzählt, der sein Wasserbett mit Bourbon füllte. Seinen Freunden erzählte er, er hätte die Kunst des Besoffenseins verfeinert. Wenn er dort läge, könnte er am Ventil des Wasserbetts nuckeln. Er sagte, er könnte die Bewegung seines Bourbonbettes genau den Schwingungen und Schwankungen der Welt anpassen, während er allmählich betrunken wird. Nun, er sank immer tiefer. Innerhalb von drei Monaten schlief er wieder flach auf dem Boden.« Mrs. Habeck ließ ihre Hände wieder in den Schoß sinken. »Es war übrigens ein Doppelbett.«

Fletch atmete tief ein und hielt die Luft an. Er spürte, daß Mrs. Habeck gekränkt wäre, wenn er jetzt lachte.

Mit angespannten Bauchmuskeln, um sich im Zaum zu halten, wandte er seinen Blick ab und schaute über den Pool hinweg. Am Fuße einer Rasenböschung war ein Gärtner mit einem Sombrero auf dem Kopf dabei, ein Blumenbeet zu jäten.

»Ach ja«, seufzte er schließlich. »In Wahrheit hatte ich einen Unfall.«

»Leute wie Sie finden immer eine Ausrede fürs Trinken. Gute Nachrichten. Schlechte Nachrichten. Keine Nachrichten.«

»Nein«, sagte Fletch. »Ein echter Unfall. Ich hielt bei dem Schnapsladen an der Kreuzung Washington und Twenty-third an, und während ich da drin war, kippte ein Gestell mit Bourbon um. Ein Angestellter und ich wurden von Kopf bis Fuß damit bespritzt.«

Ihre fahlen, traurigen Augen musterten Fletch.

»Ich habe nichts getrunken. Ehrlich nicht. Darf ich mich setzen?«

Widerstrebend sagte sie: »Na, schön.«

Er setzte sich auf einen anderen schmiedeeisernen Stuhl, der in der prallen Sonne stand. Sie dagegen saß im Schatten des Tischsonnenschirms.

»Was ist nun mit diesen fünf Millionen Dollar, Mrs. Habeck...«

»Fünf Millionen Dollar«, wiederholte sie.

»... die Sie und Ihr Mann beschlossen haben, dem Kunstmuseum zu spenden?«

»Tttschsch«, zischte sie langsam wie ein Reifen, aus dem die Luft entweicht. »Erzählen Sie mir etwas darüber.«

»Wie bitte?«

»Was ist damit?« fragte sie.

Fletch zögerte. »Ich hatte gehofft, daß Sie mir etwas darüber erzählen würden.«

Mrs. Habeck richtete sich leicht auf ihrem Stuhl auf. »Ja, nun, mein Mann und ich haben beschlossen, dem Kunstmuseum fünf Millionen Dollar zu spenden.«

»Soweit bin ich unterrichtet. Ihr Mann ist Rechtsanwalt?«

»Mein Mann«, sagte Mrs. Habeck, »stiefelt davon. Fort, fort. Das hat er schon immer gemacht, wissen Sie. Das kann man über ihn sagen.«

»Ich verstehe«, sagte Fletch höflich. Er begann sich zu fragen, wieviel Wodka Mrs. Habeck wohl heimlich in ihren Morgenkaffee gekippt hatte. »Er ist Seniorpartner in der Firma Habeck, Harrison und Haller?«

»Ich habe ihn davor gewarnt«, sagte Mrs. Habeck stirnrunzelnd. »Drei verschiedene *H*-Laute. Genauer gesagt, drei verschiedene *H-a*-Laute.« Immer noch stirnrunzelnd sah sie Fletch an. »Finden Sie nicht auch?«

»Gewiß«, sagte Fletch. »Verwirrend.«

»Erweckt den Eindruck von Unbeständigkeit«, sagte sie. »Als ob man sich nicht darauf verlassen könnte, wissen Sie, daß sich die Partner über irgend etwas einig werden. Übereinstimmen.«

»Ja«, sagte Fletch.

»Ganz zu schweigen von der Tatsache, daß die Leute, wenn sie ›Habeck, Harrison und Haller‹ sagen, sich im Grunde *Hä Hä Hä* sagen hören, unterschwellig, wissen Sie?«

»Aha«, sagte Fletch.

»Nur, daß es ja eigentlich wie *He Hä Ho* klingt. Was noch schlimmer ist.«

»Viel schlimmer«, pflichtete Fletch ihr bei und wischte sich mit den Fingern den Schweiß von der Stirn.

»Ich wollte, daß er einen vierten Partner aufnimmt«, sagte Mrs. Habeck. »Mit Namen Burke.«

»Aha. Wollte Mr. Burke nicht in die Firma eintreten?«

Mrs. Habeck blickte Fletch grollend an. »Donald sagte, daß er niemanden mit Namen Burke kennt.«

»Oh. Ich verstehe.«

»Zumindest keinen Anwalt mit Namen Burke. Keinen Anwalt mit Namen Burke, der in die Firma hätte eintreten können.«

»Haben Sie denn einen Anwalt mit Namen Burke gekannt, der in die Firma hätte eintreten können?«

»Nein.«

Fletch, der in seinen bourbondurchtränkten Kleidern in der Sonne vor sich hin schwitzte, wurde allmählich schwindlig. Er kam sich vor, als läge er auf einem Bourbonbett. »Beschäftigt sich Ihr Mann mit Gesellschaftsrecht?«

»Nein«, sagte sie. »Er war nie auch nur ein bißchen gesellschaftlich. Er hat immer nur vor Gericht gestritten.«

In ihren traurigen Augen glimmte immer noch kein Funken Humor.

»Ich weiß, daß Ihr Mann einen Ruf als Verbrecheranwalt hat«, sagte Fletch und duckte sich sofort in Erwartung dessen, was Mrs. Habeck wohl aus dem *Verbrecheranwalt* machen würde.

Sie machte: »Tttschsch.«

Fletch atmete aus. »Mrs. Habeck, hatten Sie oder Ihr Mann irgendwelche Einkünfte außer denen, die aus seiner Strafrechtspraxis und aus seiner Partnerschaft bei Habeck, Harrison und Haller stammten?«

»He, Hä, Ho«, sagte sie.

»Ich meine, besaß einer von Ihnen Privatvermögen, hatten Sie geerbt . . .?«

Mrs. Habeck sagte: »Mein Mann trägt mit Vorliebe schwarze Schuhe. In The Heights sieht man schwarze Schuhe nicht allzu häufig. Er kleidet sich nicht gern extravagant, wie das so viele Strafrechtler tun.«

Fletch wartete einen Moment.

Sie fragte: »Sie kämen doch auch nicht auf die Idee, daß ein Mann, der schwarze Schuhe trägt, mit solcher Vorliebe einfach davonstiefelt, nicht wahr?«

Er wartete noch einen Moment. »Sie müssen nicht denken, daß ich versuche, in Ihr Privatleben einzudringen, Mrs. Habeck.«

»Ich habe kein Privatleben.« Sie betrachtete ihre grünen Turnschuhe.

»Ich versuche mir lediglich ein Bild darüber zu machen, was es für Sie und Ihren Mann bedeutet, dem Museum fünf Millionen Dollar zu stiften. Ich meine, ist er im Begriff, nahezu den gesamten Ertrag seines Lebenswerkes herzugeben?«

»Mister, Sie machen mich krank.«

»Verzeihung?«

»Ihr Geruch. Für einen Zeitungsmenschen, für einen jungen Mann, scheinen Sie ja ziemlich nüchtern zu sein, aber Sie stinken nach Bourbon. Und das beginnt sich mir auf den Magen und den Kopf zu schlagen.«

»Tut mir leid«, sagte Fletch. »Ehrlich gesagt, mir geht's genauso.«

»Nun? Was beabsichtigen wir dagegen zu tun?«

Fletch sah zur Rückfront des Hauses. »Vielleicht könnte ich unter die Dusche gehen.«

»Falls, wie Sie behauptet haben, Ihre ganzen Sachen mit Bourbon bespritzt wurden, dann nützt es gar nichts, wenn Sie duschen und dieselben Sachen wieder anziehen.«

»Richtig«, sagte Fletch. »Das klingt einleuchtend.« Er nickte. »Sehr einleuchtend.«

»Warum springen Sie nicht in den Pool? Er ist direkt vor Ihrer Nase.«

»Keine schlechte Idee.« Fletch begann seine Taschen auszuräumen. »Angezogen.«

»Warum wollen Sie denn angezogen in den Pool springen?«

»Um den Bourbongeruch aus den Sachen loszuwerden?«

»Aber dann würden Sie ja naß. Wollen Sie denn für den Rest des Tages in nassen Sachen herumlaufen?«

»Es ist heiß heute.«

»Heiße hat nichts mit Nässe zu tun.«

»Heiße?«

»Meine Tochter hat das früher immer gesagt. Als sie ein kleines Mädchen war. *Heiße*. Kein Wunder, daß sie schließlich einen Dichter heiratete. Wie heißt er noch gleich?«

»Keine Ahnung.«

»Tom Farliegh.«

»Okay. Ich wollte sowieso nach Ihren Kindern fragen.«

»Es geht ihnen gut, danke. Keine Frage, Sie ziehen Ihre Sachen aus, bevor Sie in den Pool springen.«

»Dann habe ich aber überhaupt nichts mehr an.«

»Meinen Sie etwa, daß mir das was ausmacht? Ich bin schließlich Mutter und Großmutter. Mir macht das überhaupt nichts aus. Das ist ein privater Pool.« Sie blickte die Böschung hinunter zu dem Gärtner. »Das ist Pedro. Ihm macht es auch nichts aus. Und wenn es ihm doch etwas ausmacht, einen nackten Mann zu sehen, dann hätte er nicht Gärtner werden dürfen.

»Keine Frage.«

Mrs. Habeck stand auf. »Ziehen Sie Ihre Sachen aus. Ich werde die Augen abwenden, damit Sie Ihrer Freundin erzählen können, daß Sie keine Frau mehr nackt gesehen hat, seit Ihnen Ihre Mutter zum letzten Mal die Windeln gewechselt hat. Das war letzte Woche, nicht?«

Fletch zog seine Turnschuhe aus. »Ehrlich, mir macht's nichts aus.«

»Lassen Sie Ihre Sachen auf dem Stuhl liegen. Wenn Sie im Wasser sind, sagen Sie *Huhuu*, und dann nehme ich Ihre Sachen, trage sie hinein, stecke sie in die Waschmaschine und anschließend in den Trockner.«

»Das ist sehr nett von Ihnen.« Im Stehen schälte sich Fletch aus seinem stinkenden T-Shirt.

»Huhuu!« rief Mrs. Habeck laut und winkte dem Gärtner zu.

Der hob den Kopf und spähte unter seinem Sombrero hervor zu ihr herüber. Er sagte weder ein Wort noch winkte er zurück.

Fletch wandte die Augen ab, zog seine Jeans und seine Unterhose aus und hechtete in den Pool.

Das kühle Wasser genießend und befreit vom Gestank seiner Kleider, ließ er sich unter Wasser durch den Pool treiben, wendete und schwamm zurück.

Er streckte seine Nase über den Beckenrand.

»Huhuu«, sagte er.

Doch Mrs. Habeck steuerte bereits mit seinen Kleidern und Turnschuhen auf das Haus zu.

Ihren roten Geldbeutel hatte sie auch dabei.

6

»Heda!«

Schon zum dritten Mal hörte Fletch jemanden rufen, doch dieses Mal, als er gerade zwischen seinen Runden wenden wollte, konnte er es deutlich hören. Kein Zweifel, der fröhliche Gruß galt ihm. Er legte seine Hand auf die Beckenumrandung und hob den Kopf.

Als das Wasser aus seinen offenen Augen gelaufen war, sah er Biff Wilson, voll bekleidet, einschließlich Jackett und Krawatte, am Beckenrand stehen.

»Huhuu«, sagte Fletch.

»O Gott«, sagte Biff. »Sie sind das.«

»Nein«, sagte Fletch. »Fletcher ist das.«

Zwei Meter hinter Biff stand Lieutenant Gomez.

»Heißen Sie so? Fletcher?«

»Ja, Sir.«

»Sie waren doch gerade erst auf dem Parkplatz der *News-Tribune*«.

»Ja, Sir.«

»Wie sind Sie so schnell hierhergekommen?«

»Ich habe keine Kaffeepause eingelegt.«

»Hat der junge Cop mich Ihretwegen gefragt, ob ich falsche Zähne hätte?«

»Falsche was?«

Biff drückte seinen Daumen hinter seine oberen Schneidezähne und demonstrierte, wie stabil sie waren. »Falsche Zähne!«

»Mensch, Biff, dieser Zahnfleischkitt, den Sie da benutzen, muß ja ganz toll sein.«

Biff warf Gomez einen angewiderten Blick zu und wandte sich dann wieder an Fletch. »Sind Sie oder sind Sie nicht bei der *News-Tribune* angestellt?«

»Ich bin, Sir.«

Biff sprach artikuliert. »Wem sind Sie zugeteilt?«

»Neuerdings der Gesellschaft.«

»Gesellschaft.« Aus Biffs Miene sprach die ganze Verachtung, die er für Gesellschaftsreporter hegte. »Was machen Sie hier?«

»Hier?«

»Hier. Im Hause von Donald Edwin Habeck.«

»Schwimmen, Sir.«

Biff fuhr wutschnaubend zu Gomez herum. »Er schwimmt mit nacktem Arsch!«

Fletch sagte: »Ich hatte den Auftrag, heute morgen um zehn Uhr Donald Habeck wegen der fünf Millionen Dollar zu interviewen, die er und seine Frau dem Kunstmuseum spenden wollten.«

»Aber Sie wußten doch, daß Donald Habeck tot war! Ich hab' Sie doch auf dem Parkplatz gesehen!«

Fletch zuckte mit den Schultern. »Komplikationen gibt's bei jeder Story.«

Als wäre er persönlich beleidigt, rief Biff gen Himmel: »Er schwimmt mit nacktem Arsch im Pool des Mordopfers!«

Lieutenant Gomez trat näher an den Beckenrand. »Was haben Sie gemacht, seit Sie hier sind?«

»Ich interviewte, beziehungsweise ich versuchte, Mrs. Habeck zu interviewen.«

Die Augen der beiden Männer weiteten sich.

»Haben Sie Mrs. Habeck gesehen?« fragte Gomez.

»Ja.«

»Berichten Sie uns von Mrs. Habeck«, sagte Biff. »Wie sieht sie aus?«

»Ungefähr sechzig. Blaue Haare. Rotes Kleid. Grüne Turnschuhe. Eine etwas ulkige Dame.«

Biff und Gomez sahen sich an.

»Kleiner«, sagte Biff mühsam beherrscht, »wieso schwimmst du zwei Stunden nach dem Mord an Habeck mit nacktem Arsch in Habecks Pool herum?«

»Ich roch nicht sonderlich gut, meine Sachen –«

»Was?« sagte Gomez.

»Tja, sehen Sie, auf dem Weg hierher wurde ich durch diesen Schnapsladen aufgehalten und von oben bis unten mit Bourbon bespritzt, ich stank richtig nach dem Zeug –«

Bill trat Fletch auf die Hand.

»Aua.« Fletch tauchte einen Moment ganz ins Wasser ein und massierte sich die Hand.

Als er wieder auftauchte, waren Biff und Gomez immer noch da und glotzten zu ihm herab.

Fletch steckte seine linke Hand in einen Schwimmbadabfluß.

»Was ist eigentlich los mit euch Typen?« fragte er.

»Oh, nichts«, antwortete Biff. »Wir hätten schließlich darauf vorbereitet sein müssen, einen Reporter von der *News-Tribune* vorzufinden, der zwei Stunden nach dem Mord mit nacktem Arsch im Pool des Mordopfers herumschwimmt.«

»Ist das denn nicht die Aufgabe von Gesellschaftsreportern?« fragte Fletch.

»Kann sein«, antwortete Biff. »Ich kenn' mich da nicht aus.«

»Wo sind Ihre Klamotten?« fragte Gomez.

»Die hat Mrs. Habeck mitgenommen.«

»›Die hat Mrs. Habeck mitgenommen‹«, wiederholte Biff und seufzte.

»Wo ist sie?« fragte Fletch. »Hat sie Sie denn nicht ins Haus gelassen?«

»Die Köchin hat uns ins Haus gelassen«, sagte Gomez und fügte hinzu: »Sie war gerade in dem Moment vom Einkaufen zurückgekommen.«

»Sie haben nicht mit Mrs. Habeck gesprochen?«

»Mrs. Habeck ist nicht da«, sagte Gomez.

»Nicht da? Wo sind meine Sachen?«

»Ich glaube, das wüßten wir alle gern«, antwortete Gomez.

»Sie kann doch nicht einfach so mit meinen Sachen abhauen«, sagte Fletch.

»Vielleicht wollte diese Mrs. Habeck einem Museum noch was spenden.« Biff kicherte in sich hinein. »Das Exemplar eines Gammlerkostüms aus dem späten zwanzigsten Jahrhundert.«

Gomez lachte.

»Ich habe sowieso nicht viel aus ihr herausluchsen können«, sagte Fletch.

»Oh, Sie nicht«, sagte Biff. »Dafür hat sie Ihnen Ihre Klamotten abgeluchst.«

»Also, offen gestanden schien sie etwas von der Rolle zu sein. Ulkig, wenn Sie wissen, was ich meine.«

»Ulkig, hä? Sie hat Ihnen Ihre Klamotten abgeluchst und ist damit abgehauen, und Sie sagen, daß *sie* ulkig ist?«

»Nun halten Sie aber mal die Luft an, Biff«, sagte Fletch.

Über der Rasenböschung sah Fletch den Sombrero des Gärtners auftauchen, sich ein paar Meter bewegen und dann wieder wegtauchen.

Biff sagte: »Von Rechts wegen haben Sie hier nichts zu suchen, und das wissen Sie auch.«

»Bleibt immer noch die Spendengeschichte, Biff. Was passiert denn jetzt damit?«

»Sie heißen Fletcher?« vergewisserte sich Biff.

»Vorne mit *F*.«

»Gehen Sie mir aus den Augen. Verschwinden Sie und lassen Sie sich nie wieder blicken.«

Tropfend und nackt stand Fletcher über dem Gärtner.

»Irgendeine Ahnung, wo ich ein Handtuch herkriegen kann?«

Der Gärtner schaute zu ihm hoch. Sein Gesicht war jünger, als Fletch erwartet hatte.

Langsam richtete sich der Gärtner auf, zog sein Körperhemd aus und reichte es Fletch.

»Mann, danke. Das mein' ich ehrlich. Diese Typen eben haben gesagt, daß die Köchin im Haus ist.« Er schlang sich das Hemd um die Hüften. »Ich brings' Ihnen zurück, sobald ich was zum Anziehen gefunden habe. Netter Kerl, zieht einfach so sein Hemd aus und gibt's einem.«

Der Gärtner kniete nieder und begann wieder das Blumenbeet zu jäten.

»Haben Sie irgendeine Ahnung, wohin Mrs. Habeck gegangen sein könnte?«

»La señora no es la señora.«

»Wie bitte?«

»La señora no es la mujer, la esposa.«

»Wie bitte? ›Die Frau ist nicht die Frau.‹ Mann, Sie sprechen besser Englisch als ich. Was sagen Sie da?«

»Sie meinen doch diese alte Schachtel, mit der Sie vorhin gesprochen haben, richtig?« fragte der Gärnter.

»Richtig.«

»Das ist nicht Mrs. Habeck.«

»Nicht?«

»Mrs. Habeck ist jung und hübsch.« Der Gärnter zeichnete mit den Fingern stattliche Formen in die Erde. »So etwa. Blond.«

»Sie sagte aber, sie wäre Mrs. Habeck.«

»Ist sie aber nicht.«

»Die Köchin?«

»Die Köchin ist spanisch. Vierzig Jahre alt. Sie wohnt zwei Blocks von mir entfernt.«

»Aber wer war sie denn dann?«

»Keine Ahnung«, sagte der Gärtner. »Hab' sie vorher noch nie gesehen.«

Als Fletch die Küche der Habecks durchquerte, stieß die Köchin beim Anblick eines fremden Mannes, der bis auf ein um die Hüften geschlungenes Hemd nackt war, einen schrillen Schrei aus.

Als Fletch die Treppe hinaufstieg, kam Biff Wilson aus dem Wohnzimmer und sagte: »Ich habe gerade mit Frank Jaffe gesprochen. Er sagt, Sie seien ein dummer Junge, der seinen Auftrag mißverstanden hat. Sie sollen Ihren Arsch im Eiltempo zurück zum Büro bewegen und sich bei Ann McGarrahan in der Gesellschaft melden.«

»Gut«, sagte Fletch. »Im Eiltempo.«

Er begann die Treppe hinaufzueilen.

»He, was haben Sie da oben zu suchen?« brüllte Biff.

Fletch brüllte zurück: »Ich hab' meinen Wagen da oben geparkt.«

Als er dem Gärtner das Hemd zurückgab, sagte Fletch: »Tut mir leid, daß ich's Ihnen nicht gewaschen, getrocknet und gebügelt zurückgeben kann, aber auf diese Weise bin ich meine eigenen Klamotten losgeworden. Sie waren auf dem Weg in die Waschmaschine.«

Als der Gärtner aufstand und sein Hemd wieder anzog, kniff er beim Anblick der Sachen, die Fletch trug, die Augen zu.

Fletch zuckte die Achseln. »Hab' diesen Anzug in Habecks Kleiderschrank gefunden. Er wird ihn nicht mehr vermissen.«

»Der Anzug ist kurz und fett.«

»Ich hab' einen Gürtel. Hübsche Krawatte. Der Schlips sollte eigentlich den Blick vom übrigen Ensemble ablenken, was meinen Sie?«

»Damit können Sie in die Disko gehen, Mann.«

»Nochmals vielen Dank. Die Köchin hat mich angeschrien.«

»Ich hab's gehört. Dachte, es wäre der Mittagspausenpfiff.«

»Was hätte sie wohl getan, wenn Sie mir nicht Ihr Hemd geborgt hätten?«

»Rührei, obwohl die Eier noch im Kühlschrank standen.«

»Wo haben Sie Spanisch gelernt?« fragte Fletch.

»BHHS.«

»BHHS.«

»Genau«, sagte der Gärtner über seine Arbeit gebeugt. »Beverly Hills High-School.«

7

»Cecilia's Boutique. Cecilia am Apparat. Haben Sie schon an Jodhpurs gedacht?«

»Ich denke sehr ernsthaft über Jodhpurs nach«, sagte Fletch in sein Autotelefon.

»Sie sind gerade hereingekommen, Sir. Nächsten Monat werden sie der letzte Schrei sein. Ihre Frau Gemahlin wäre gewiß sehr beeindruckt, wenn Sie ihr schon jetzt Jodhpurs kauften. Beeindruckt von Ihrem Weitblick.«

»Die Jodhpurs sollten sehr beeindruckt sein. Ich habe nämlich keine Frau Gemahlin.« Während er an der roten Ampel an der Kreuzung Washington und Twenty-third wartete, sah Fletch, daß in dem Schnapsladen alles friedlich war. Über das zerbrochene bruchsichere Glas der Tür war Sperrholz genagelt worden. Man war bereit für den nächsten Angriff. »Kann ich bitte mit Barbara Ralton sprechen?«

Cecilia zögerte. »Dem Verkaufspersonal ist es nicht gestattet, Privatgespräche entgegenzunehmen. Kann ich ihr etwas ausrichten?«

»Gewiß. Hier spricht Fletcher. Richten Sie ihr aus, daß ich sie heute nicht zum Lunch treffen kann. Richten Sie ihr bitte auch aus, daß ich mich schon darauf freue, ihr ein Paar Jodhpurs zu kaufen, bei Saks.«

»Da bin ich«, sagte Fletch.

»Da ist wer?« Ann McGarrahan, Gesellschaftsredakteurin der *News-Tribune*, war eine hochgewachsene, breitschultrige Frau in den Vierzigern, die hinter einem für sie zu kleinen Schreibtisch in einem für sie eindeutig zu kleinen Büro saß.

»Ich dachte immer, ihr von der Gesellschaft würdet jeden kennen.«

»Jeden, der jemand ist«, sagte Ann freundlich. Um ihre Mundwinkel zuckte ein Lächeln. »Was mich zwingt zu wiederholen: Wer sind Sie?«

»I. M. Fletcher.« Fletch blickte zu dem toten, braunen Farn auf Anns Fensterbank. »Ein Niemand. Ihrer Beachtung nicht wert. Darf ich jetzt gehen?«

»Wo sind Sie gewesen?«

»Oh, ich habe mich umgezogen.« Fletch lupfte die Rockschöße von Donald Habecks Anzug. »Frank ließ irgend so eine Bemerkung fallen, daß ich für diesen Job einen Anzug und eine Krawatte brauchte.«

Ann musterte ihn über den Rand ihrer Halbbrille. »Und das also ist der Anzug? Das ist die Krawatte?«

»Guter Stoff.«
»Allerdings. Wie man sieht, haben Sie Ihr Geld in den Stoff und nicht in den Schneider investiert.«
»Ich bin dünner geworden.«
»Größer obendrein. Ihre Hosenaufschläge enden eine gute Handbreite über den Knöcheln.«
»Haben Sie schon gehört, daß Jodhpurs im nächsten Monat der neueste Schrei sein werden? Himmel, was bin ich doch ein Gewinn für diese Abteilung.«
»Aha. Und Ihre Ärmel sind wohl ebenfalls abgewandelte Knickerbocker, ja? Sie enden auf halber Armlänge.«
»Ich bin bereit, über die Gesellschaftsszene zu berichten.«
»Die jungen Frauen hier sagen Fletch zu Ihnen, nicht wahr?«
»Wenn sie überhaupt etwas zu mir sagen.« Fletch setzte sich auf einen Holzstuhl mit geschwungener Rückenlehne.
»Warum benutzen sie nicht Ihren Vornamen?«
»Irwin?«
»Was gibt es an Irwin auszusetzen?«
»Klingt wie zögernder Beifall.«
»Dann eben Ihren zweiten Namen. Haben Sie denn keinen zweiten Namen?«
»Maurice.«
»Ich kenne eine Menge netter Leute, die Maury genannt werden.«
»Ich gehöre nicht dazu.«
»Na, schön. Dann sind Sie eben ein Fletch. Klingt nur so sehr nach einem Verb.«
»*To fletch, or not to fletch*, den Pfeil befiedern oder nicht befiedern: Das ist hier das Verb.«
»Dann werde ich den Pfeil wohl mal befiedern müssen. Nun denn, Fletch. Frank Jaffe hat mir nicht nur Sie geschickt, samt einer Vorwarnung über Ihr Äußeres, die, so schrecklich sie auch klang, immer noch untertrieben war, sondern er hat mir auch einen überzeugenden Vorschlag hinsichtlich Ihres ersten möglichen Auftrags geschickt.«
»Ich weiß, was das für einer ist.«
»Ach, tatsächlich?«
»Klar. An dieser Story über die fünf Millionen Dollar dranbleiben, die Donald Habeck und seine Frau dem Kunstmuseum spenden wollten. Hautnah dranbleiben, bis ich dieser Sache und allem anderen, was die Habecks betrifft, auf den Grund gekommen bin. Richtig?«

»Falsch. Natürlich.«

»Diesen Auftrag hatte ich heute morgen, etwa eineinhalb Minuten lang.«

»War Donald Habeck nicht der Mann, den man heute morgen auf unserem Parkplatz ermordet hat?«

Fletch zuckte mit den Schultern. »Macht die Story nur noch interessanter.«

»Oh, wir haben eine interessante Story für Sie, mit der Sie sich beschäftigen können, Fletch. Das war Franks Vorschlag. Genauer gesagt, er erwähnte, daß dieser Vorschlag ursprünglich von Ihnen selbst stammte.«

»Von mir? Eine Story für die Gesellschaftsseiten?«

»Wir betrachten diese Rubrik eigentlich nicht mehr als eine, die sich ausschließlich gesellschaftlichen Themen widmet. Obwohl der gesellschaftliche Aspekt natürlich immer dabei ist. Uns interessiert mehr der menschliche Aspekt mit der Betonung auf den Interessen der Frauen.«

»Deswegen hab' ich ja den neuesten Knüller, die Jodhpurs, zur Sprache gebracht.«

»Es geht nicht mehr nur um Mode, sondern mehr um die Lebensweise. Es geht nicht nur um Schönheit, sondern auch um Gesundheit.«

»Mit einem Wort: um die gesunde Lebensweise der Frauen.«

»Sie würden sich wundern, welche Themen manche unserer jüngeren Schreiberinnen heute behandeln wollen.« Ann nahm eine Druckfahne von ihrem Schreibtisch in die Hand. »Hier ist zum Beispiel ein Artikel, der die jeweiligen Vorzüge von künstlichen Penissen miteinander vergleicht. Mit Bildern, die von den Herstellern geliefert wurden, wie ich annehme. Meinen Sie, daß wir einen Artikel bringen sollten, der künstliche Penisse miteinander vergleicht, Fletch?«

»Äh ...«

»Welchen künstlichen Penis halten Sie für den besten, den es heute auf der Welt gibt?«

»Das kann ich Ihnen nicht sagen.«

»Warum nicht?«

»Ich könnte nicht unvoreingenommen urteilen. Ich hänge an ihm. Es wäre eine subjektive Meinung.«

»Verstehe.« Wieder kämpfte Ann McGarrahan damit, ihre Mundwinkel nicht zu verziehen. Sie ließ die Druckfahne auf den Schreibtisch fallen. »Ach ja, die Leiden eines Redakteurs. Ich brauche ja wohl kaum zu sagen, daß diese Sache eine Weile auf meinem Schreibtisch lag.«

»Die künstlichen Penisse?«

»Ja.«

»Ich bin sicher, daß Sie einen Platz dafür finden.«

»Sie sehen also, daß wir auf allen möglichen Gebieten tätig sind, die Sie interessieren. Wir beschäftigen uns nicht nur mit kleinen alten Damen, die heimlich Wodka in ihren Tee kippen.«

»Frank, diese Klatschbase.«

»Dann haben Sie also noch nicht herausgefunden, wie Ihr Auftrag lautet? Ich hätte gehofft, Sie kämen von alleine drauf.«

»Etwas über sexuelle Hilfsmittel? Ich weiß: Sie möchten, daß ich einen Bericht darüber schreibe, welche sexuellen Hilfsmittel zwei von drei Gynäkologen empfehlen.«

»Sie sind gestern beim Sardinal-Rennen mitgelaufen.«

»O nein.«

»Nicht?«

»Doch.«

»Frank erzählte mir, Sie wären hinter einer Gruppe von ungefähr einem Dutzend Frauen hergelaufen, die zu überholen Sie sich nicht durchringen konnten.«

»O nein.«

»Eben diese Frauen haben eine ziemlich große Publicity erhalten, wie's scheint, auf den heutigen Sportseiten der *News-Tribune*.« Während sie das sagte, schlug Ann McGarrahan den Sportteil der *News-Tribune* auf und betrachtete die beiden großen, auf Doppelseiten abgedruckten Fotos, auf denen diese Frauengruppe von vorn und von hinten zu sehen war. »Donnerwetter, das sind aber attraktive, gesunde junge Frauen, was?«

»Nicht ganz übel.«

»Aus irgendeinem Grund hält Frank diese Doppelseite in seinem Sportteil für eine Art persönlichen Affront. Außerdem, fürchte ich, sitzt er gerade jetzt in seinem Büro und kriegt dafür gehörig den Marsch geblasen, von den üblichen Gruppen.«

»Au Backe.«

»›Ben Franklyn Freundservice. Ein Dienstleistungsunternehmen‹«, schien Ann aus der Zeitung vorzulesen. »Welche Art von Dienstleistung mögen die wohl anbieten, Fletch, daß Frank so aus dem Häuschen gerät?«

»Sie belieben zu scherzen!«

Ann reckte ihr großes Gesicht über den Schreibtisch und fragte: »Hat es vielleicht was mit Männern zu tun?«

»Ich fürchte ja.«

»Verraten Sie's mir?«

Fletch fühlte, wie sich die Lehne seines Stuhls gegen seine Schulterblätter preßte. »Es ist ein Begleitservice vom Typ Wanderbordell, und ich vermute, das wissen Sie auch.«

»Ah! Klingt, als wäre da eine Story drin.«

»Was? Keine Story . . .«

»Wie ich Ihnen bereits in Umrissen dargelegt habe«, sagte Ann, »beschäftigen wir uns in dieser Rubrik mit den Interessen der Frauen, ihrer Gesundheit, wie sie ihren Lebensunterhalt verdienen –«

»Aber das ist eine Familienzeitung!«

»Schön, daß Sie das sagen. Ihre Recherchen werden selbstverständlich mit der nötigen Diskretion abgehandelt.«

»Sie wollen, daß ich in einem Puff recherchiere?«

»Wer wäre besser dafür geeignet?«

»Ich heirate, am Samstag!«

»Haben Sie Ihre Blutuntersuchung schon hinter sich?«

Fletch holte tief Luft.

Ann bremste ihn mit erhobener Handfläche. »Das ist etwas Neues, wenn ich recht verstehe: Prostituierte, die verpflichtet sind, sich in vorzüglicher körperlicher Kondition zu halten. Knüpft an einige Artikel an, die wir über organischen Gartenbau gebracht haben, meine ich. Wie funktioniert dieser Ben Franklyn Freundservice? Woraus schöpfen sie ihre Disziplin? Wie unterhalten sie Männer professionell, ohne selbst eine Menge trinken zu müssen? Wenn sie selbst nicht drogenabhängig sind, warum sind sie dann Prostituierte? Wieviel Geld verdienen sie?« Ann hielt ihre Hand weiterhin hoch. »Am wichtigsten, wem gehört der Ben Franklyn Freundservice? Wer macht den Reibach?«

Fletch ließ die Luft wieder raus und schwieg.

Ann sagte: »Ich meine, daß wir daraus eine Story machen könnten.«

»Dann wäre es vielleicht das Beste«, sagte Fletch, »wenn Sie eine Ihrer jungen Schreiberinnen hinschickten, die sich um eine Stellung beim Ben Franklyn Freundservice bewirbt.«

»Ah, aber Sie hatten die Idee zu der Geschichte, Fletch. Das hat Frank selbst gesagt. Es wäre nicht recht, wenn wir sie Ihnen wegnähmen. Natürlich können wir zusätzlich eine junge Frau hinschicken, zu einer Vorrecherche über diesen Aspekt der Geschichte.«

»Ich sagte, daß ich am Samstag heirate.«

»Läßt Ihnen nicht viel Zeit, was?«

»Ann –«

»Davon abgesehen, glaube ich«, sagte Ann und faltete die Zeitung auf ihrem Schreibtisch wieder zusammen, »daß Frank das Gefühl hat, eine solche Story – gut gemacht, versteht sich – würde ihm für einige Zeit aus der Patsche helfen, in die er wegen dieser unseligen Bilder sitzt, die heute morgen auf den Sportseiten gelaufen sind.« Sie faltete ihre Hände auf dem Schreibtisch. »Auf den Lebensstilseiten dreht sich nicht alles nur um Tee und Biskuits, Fletcher. Ohne Frage sind Sie der richtige Mann für diesen Job.«

Fletch sah aus dem Fenster: »PS: Ihr Farn ist kaputt.«

»Zufälligerweise mag ich braune Farne«, sagte Ann, ohne sich umzusehen. »Ich glaube, daß sie etwas aussagen: Hoffnungslosigkeit ist ein ewiger Ansporn.«

»Au Backe.«

»Erfreut, Sie in der Abteilung zu haben, junger Mr. Fletcher. Wenigstens wird man Ihnen nicht die Handtasche rauben.«

»Um meine Handtasche mache ich mir eigentlich keine Sorgen.« Er stand auf.

»Ich bin gespannt, was Sie zustande bringen.«

»Sie fordern mich auf, unter widrigen Umständen etwas ›zustande zu bringen‹.«

»Ach, noch etwas, Fletcher ...«

»Ja, Ma'am?«

»Nehmen Sie sich vor Biff Wilson in acht. Kommen Sie ihm nicht in die Quere. Sonst überrollt er Sie wie ein fünfzig Waggon langer Eisenbahnzug. Er ist ein gemeiner, ekelhafter Dreckskerl. Ich muß es wissen. Ich war mal mit ihm verheiratet.«

»Fletch, da wartet ein Anruf auf Sie.« Die junge Frau im Vorzimmer von Ann McGarrahans Büro rasselte ihm ihre Armreifen entgegen. »Leitung 303. Hübscher Anzug. Angst, daß Sie hier vergewaltigt werden könnten?«

»Hallo«, sagte Fletch in den Apparat.

»Hallo«, sagte Barbara. »Ich bin wütend.«

»Ich wäre lieber Fletch.«

»Was zum Teufel denkst du dir eigentlich dabei, meine Arbeitgeberin zur Schnecke zu machen?«

»Hab' ich das getan?«

»Cecilia ist es gerade jetzt sehr ernst mit den Jodhpurs. Sie hat zu viele eingekauft.«

»Von mir aus. Sie wollte dich nicht ans Telefon kommen lassen.«

»Firmenprinzip. Das Telefon ist fürs Geschäft da, nicht für die Angestellten.«

»Aber ich bin schließlich der Verlobte ihrer Topverkäuferin.«

»Und was soll das heißen, daß du nicht mit mir zum Lunch gehen kannst?«

»Hier geht's ein bißchen turbulent zu.«

»Heute ist Montag, Fletch. Am Samstag werden wir heiraten. Wir müssen noch etliches besprechen, ist dir das klar?«

»Trotzdem, ich bin bereits mit Alston zum Lunch verabredet. Wir wollen doch, daß er mein Trauzeuge wird, das will ich doch, oder?«

»Das ist meine geringste Sorge. Wir haben nicht mehr viel Zeit. Du mußt fit sein.«

»Ich bin fit.«

»Ich meine, richtig fit. Schau dir bloß mal an, was du noch alles zu tun hast. Cindy sagt –«

»Barbara! Reg dich ab! Mach du mich jetzt nicht auch noch zur Schnecke!«

»Warum nicht?«

»Weil ich gerade von der absoluten Meisterin ihres Faches zur Schnecke gemacht worden bin. Gegen sie hörst du dich wie ein Waschweib an.«

»Warum heiratest du dann nicht sie, wer immer sie auch ist?«

»Das täte ich ja«, antwortete Fletch, »wenn sie nicht den Ehrgeiz hätte, meine Neigungen in andere Bahnen zu lenken.«

8

»Guten Tag, Alston.« Fletch glitt auf einen Stuhl an dem Café-tisch.

»Guten Tag,« sagte Alston. »Ich werde ein Bier trinken.«

»Laß es dir schmecken.«

»Willst du auch ein Bier?« Fletch nickte. Alston machte dem Kellner Zeichen. »Zwei Bier, bitte.« Mit dem Handrücken wischte Alston dann einen kleinen Fussel vom Ärmel seines Jacketts. »Fletch, ich konnte mich einfach nicht von dem Anblick losreißen, als du den Bürgersteig entlanggeschlurft kamst . . .«

»Wovon?«

»Von deinem Anzug.«

»Ich bin dem Gesellschaftsressort zugeteilt worden.«

Alston grinste. »Nun, das ist ein echter Zur-Hölle-mit-der-Gesellschaft-Anzug.«

»Er sagt etwas aus, glaube ich«, sagte Fletch. »Wie tote Farne. Hoffnungslosigkeit ist ein ewiger Ansporn.«

»Ich sehe schon, du hattest ebenfalls einen tollen Vormittag. Haben sie dich endlich wegen dieser Schlagzeile drangekriegt, die du verfaßt hast?«

»Schlagzeile?«

»ARZT RETTET LEBEN BEI UNFALL!«

»Die ist ihnen nie aufgefallen.« Der Kellner brachte die Biere. »Manchmal glaube ich, daß ich der einzige in der *News-Tribune* bin, der ein Gespür für Nachrichten hat.«

»Ich habe diese Schlagzeile an der Wand hängen.«

»Wir müssen das Leben von seiner heiteren Seite betrachten, Alston.«

»Jaja,« sagte Alston. »Barbara.«

»Barbara hat mich gerade zur Schnecke gemacht.«

»Oh.«

»Heute vormittag wurde ich vom Chefredakteur, Frank Jaffe, vom Starkriminalreporter der *News-Tribune*, Biff Wilson, von Ann McGarrahan, der Gesellschaftsredakteurin, und von meiner Verlobten, Barbara Ralton, zur Schnecke gemacht. Und heute ist erst Montag.«

»Daß dich jemand in einem solchen Anzug – soweit man davon sprechen kann, daß du *in* ihm steckst –, überhaupt ernst nimmt, wundert mich.«

»Oh, und ob.«

Fletch zog die Jacke aus und hängte sie über die Rückenlehne seines Stuhls. »Außerdem wurde ich in einem Schnapsladen überfallen. Man hat auf mich geschossen.«

»Eine Menge Leute sind schon in einem Schnapsladen überfallen worden. Einmal hatte es mein Onkel eilig; du weißt schon, bevor die Kaninchen anfingen, an seinen Zähnen zu nagen. Und –«

»Und ich interviewte eine nette, verschrobene Dame, die behauptete jemand zu sein, die sie offenbar nicht ist.«

»Du hast eine Hochstaplerin interviewt?«

»Vermutlich.«

»Hast du was Interessantes aus ihr herausgekriegt?«

»Ich hatte das Gefühl, daß ich ihr etwas suggeriert habe, Alston.«

»Meiner Meinung nach muß man einer Schwindlerin die Antworten geradezu in den Mund legen«, sagte Alston. »Um überhaupt eine Story zu kriegen.«

»Und zu allem Übel hat sie mir auch noch meine Kleider weggenommen. Ist damit abgehauen.«

»Und das ist alles heute vormittag passiert?«

»Und diese Turnschuhe fingen gerade an, bequem zu werden.«

»Fletcher, bist zu sicher, daß du es außerhalb des US-Marinekorps schaffen kannst?«

»Der Start ins Leben ist gar nicht so einfach, Alston.«

Alston hob sein Bier. »Auf die Jugend.«

»Kein Mensch nimmt uns jungen Leute ernst.«

»Und dabei sind wir ernst.«

»Ganz bestimmt. Ernsthaft ernst.«

Der Kellner sagte: »Wären die Herrschaften jetzt bereit zu bestellen?«

»Ja«, sagte Fletch. »Das Übliche.«

»Sir«, sagte der Kellner mit gezücktem Kugelschreiber. »Für Sie mag es ja üblich sein, aber, was auch immer das sein mag, für mich ist es nicht üblich.«

»Sie meinen, ich muß Ihnen meine Bestellung verraten?«

»Sie könnten sie auch für sich behalten, Sir. Dann hätte ich weniger Arbeit.«

»Ich hab' das doch erst letzte Woche hier gegessen.«

»Es freut mich, feststellen zu können, daß Sie es waren, der zurückkehrte, Sir, und nicht das, was Sie beliebten zum Lunch zu verzehren.«

»Das ist hier doch Manolo's, oder?«

Der Kellner spähte nach dem Namen auf der Markise. »Dies zumindest steht einwandfrei fest.«

»Ein Erdnußbutter-und-Bananenscheiben-Sandwich mit Mayonnaise auf Pumpernickel,« sagte Fletch.

»Ah«, sagte der Kellner. »Das läßt sich merken. Wie konnten wir das nur vergessen?«

»Sie haben es extra für mich gemacht.«

»Das möchte ich hoffen. Und Sie, Sir.«

»Liederkranz-und-Sellerie-Sandwich auf locker gebackenem Roggenbrot«, sagte Alston. »Nur ein Hauch Ketchup.«

»Ich flehe dich an, o Gott, laß dies eine weitere Extrazubereitung sein.«

Der Kellner entfernte sich, fluchtartig.

»Nicht mal der verdammte Kellner nimmt uns ernst,« sagte Fletch.

»Kein Mensch nimmt die Jugend ernst. Reife ist ein zu kostbares Gut, als daß man es an die Alten verschwenden dürfte.«

»Sind wir etwa nicht reif? Wir sind Veteranen. Du bist Rechtsanwalt. Ich bin Journalist.«

»Man steckt uns trotzdem immer noch in die Anzusehen-aber-nicht-anzuhören-Schublade.«

»Könnte unsere Schönheit daran schuld sein?«

»In diesem Anzug, Fletcher, verblassen selbst Osterglocken neben dir.«

»Das will ich hoffen.«

»Heute morgen wurde ich in Hallers Büro gerufen. Seniorpartner. Vorgeladen. Weißt du, man erwartet von mir, daß ich in Konferenzen rumsitze, meinen Mund halte, versteht sich, und nie, aber auch nie lache, meinen Unterkiefer vor Schreck herunterfallen lasse oder zuviel glotze.«

»Sind das deine Arbeitsbedingungen?«

»Du hast's erfaßt. Man erwartet von mir, daß ich nur zuhöre. So tue, als wäre ich Luft. Auf diese Weise bringt man mir bei, wie erwachsene Anwälte ihre Honorare in astronomische Höhe steigern, die Miete für uns unbedeutenderen Seelen zahlen und ihre Mercedes-Karossen unterhalten.«

»Klingt erbaulich.«

»Erzieherisch. Außerdem müssen natürlich Hilfsarbeiter wie ich auf Konferenzen präsent sein, damit wir uns darüber klar werden, wieviel Nachforschungen, wieviel Kleinarbeit für den zu belegenden Fall erledigt werden muß.«

»Du meinst nicht etwa den zu bedenkenden oder zu beratenden Fall oder so was?«

»Den zu belegenden. Also, da ist ein Mandant, ein neuer, für Habeck, Harrison und Haller –«

»Hä Hä Hä.«

»Wie bitte? Ich bin noch nicht fertig.«

»Ich hätte *He, Hä, Ho* sagen sollen. Hab' ich das richtig verstanden?«

»Kann sein. Was immer du damit sagen willst.«

Mit den Worten: »So, hier ist euer Schappi«, setzte ihnen der Kellner ihre Sandwiches vor.

»Fein«, sagte Fletch. »Danke, Pappi.«

»Also«, fuhr Alston fort, während er sein Ketchup kontrollierte und es offensichtlich zufriedenstellend fand, »dieser neue Mandant wurde Samstag nacht von der Polizei gestört, als er gerade dabei war, Silber, Stereoanlage und anderen Glitzerkram aus einem Haus in The Heights zu räumen. Der Skandal dabei ist – und deswegen kommt dieser Gentleman ja zu Habeck, Harrison und Haller, verstehst du? –, daß das Haus, das Silber, die Stereoanlage und der andere Glitzerkram ihm nicht gehörten.«

»Ein Einbrecher also.«

»Nun ja, einer aus den vorderen Reihen des Diebstahlgewerbes.«

»Warum stand er heute morgen nicht vor Gericht?«

»Kam direkt vom Gericht zu uns, weil er die Klugheit besaß, zu erbitten und auch zu gewährt zu bekommen, was garantiert der erste von vielen Aufschüben sein wird.«

»Er ist also gegen Kaution freigelassen worden.«

»Deren bescheidene Höhe er persönlich hinterlegte. Der Grund, so zu handeln und davonzurennen, erzählte er dem Gericht, wäre gewesen, daß er seinen fünfzehn Jahre alten Hund hätte zum Zahnarzt bringen müssen?«

»Hatte er denn einen Termin?«

»Bombenfest.«

»Eine Mission der Barmherzigkeit.«

»Zweifellos hat er beim Gericht jetzt einen Stein im Brett.«

»Du willst mir doch nicht erzählen, daß er das Gericht angelogen hat?«

»Nun, er erzählte uns oder besser, er erzählte Mr. Haller, während er vor Gericht gewesen wäre, hätte der Hund, der darauf wartete, zum Zahnarzt gebracht zu werden, vor Schmerzen so gejault, daß ein Nachbar ihn erschossen hätte.«

Fletch schüttelte den Kopf. »Er hätte sich also nicht so zu hetzen brauchen.« Er salzte sein Erdnußbutter-Banane-und-Mayonnaise-Sandwich. »Sag mal, hat er denn wenigstens angerufen und den Zahnarzttermin abgesagt?«

»Davon hat er nichts gesagt.«

»Ich versuche herauszufinden, wie ehrlich es dieser Mann meint, verstehst du, ob ihm die Verpflichtungen gegenüber der Gesellschaft am Herzen liegen.«

»In Konferenzen bin ich nicht befugt, derartige Fragen vorzubringen.«

»Ich vergaß. Du bist ja eine Hängepflanze.«

»Die, oder was auch immer, an den Fuß der Pflanze gesetzt wird, um ihr Wachstum zu fördern.«

»Es wundert mich, daß Mr. Haller als Seniorpartner in einer bedeutenden Rechtsanwaltskanzlei einen simplen Einbrecher persönlich befragt. Warum nimmt er einen Einbrecher als Mandanten an?«

»Ach, Fletch, du hast ja keine Ahnung, wie Rechtsanwaltskanzleien und somit das Recht funktionieren.«

»Ein paar Dinge, dachte ich, wüßte ich schon.«

»Ich wette, du denkst, daß Rechtsanwaltskanzleien Recht praktizieren.«

»Tun sie das denn nicht?«

»Das ist nicht ihre Hauptfunktion.«

»Nein?«

»Nein. Was sie in Wahrheit praktizieren, nennt sich: den Mandanten bei der Stange halten.«

»Lernt man das auf der Universität?«

»Nein. Deswegen arbeiten ja Anfänger wie ich ein paar Jahre in einer Kanzlei zu einem Gehalt, das gerade so viel über dem Existenzminimum liegt, daß wir immer mit sauberem Hemdkragen erscheinen können. Weil einem das eben nicht im Jurastudium beigebracht wird, müssen wir diese für das Überleben einer Anwaltspraxis unentbehrliche Technik erlernen.«

»Und was bedeutet ›den Mandanten bei der Stange halten‹?«

»Wenn ein Mandant zum ersten Mal an die Tür einer so ehrgeizigen Kanzlei wie Habeck, Harrison und Haller klopft, ist es die erste Aufgabe der Kanzlei herauszufinden, wieviel der Mandant, nicht der Fall – wert ist. Eine solche Bewertung erfordert Erfahrung und Klugheit.«

»Ich begreife nicht, was der Wert eines Mandanten mit dem Wert eines Falls zu tun hat.«

»Nimm mal an, es ist ein einfacher, unkomplizierter Fall. Der Seniorpartner, der das erste Gespräch führt, findet jedoch heraus, daß der Mandant reich ist. Was würdest du unter diesen Umständen tun?«

»Recht ausüben.«

»Wie wenig Ahnung du doch hast. Du hältst den Mandanten bei der Stange. Der Seniorpartner, der den Wert des Mandanten geschätzt hat, entscheidet, wieviel ihm die Kanzlei als Honorar von seinem

Reichtum abknöpfen wird, ungeachtet wie einfach oder kompliziert der Fall liegt. Du wärst erstaunt, wenn du wüßtest, wie eine talentierte Kanzlei den einfachsten Fall komplizieren kann, indem sie Rückschläge oder andere Verzögerungen verursacht, falsche oder sinnlose Anträge, Gesuche einreicht, unkorrekte Beweisführungen initiiert et cetera. Sinn der Sache ist, verstehst du, den Fall solange wie möglich weiterlaufen zu lassen und die ganze Zeit über dem Mandanten nahezu jeden Penny aus der Tasche zu ziehen, den er oder sie wert sein mag. Falls der Fall, trotz aller Bemühungen der Kanzlei, dann doch einmal zu einem Abschluß kommt, und falls die Kanzlei es meisterlich verstanden hat, den Mandanten während seines Martyriums beständig bei der Stange zu halten, wird der Mandant zwar schließlich verarmt, aber sehr, sehr dankbar sein.«

»Ich bitte um Vergebung, Herr Rechtsanwalt, aber nennt man so was nicht Diebstahl?«

»In der Jurisprudenz nennt man so was einen soliden Ruf aufbauen.«

»Angenommen, Herr Rechtsanwalt, der Seniorpartner stellt in dem Vorgespräch fest, daß dieser spezielle Mandant nicht so reich ist, daß sich der Diebstahl lohnt?«

»Dann passiert eins von drei Dingen. Entweder, erstens, der Mandant kann überredet werden, daß dieser Fall ebensogut und billiger von einer kleineren, weniger renommierten Kanzlei abgewickelt werden kann. Von der dann übrigens erwartet wird, daß sie einen Prozentsatz der Honorare, die der arme Mandant bezahlen kann, an die empfehlende Kanzlei als Provision zahlt.«

»Der Reiche wird reicher.«

»Und der Arme ist der Dumme. Oder, zweitens, wenn der Fall für die Partner gesellschaftlich irgendeine Bedeutung hat oder günstige Publicity bewirken könnte oder was auch immer, dann wird er angenommen, selbst wenn der Mandant nicht so viel Kleingeld hat, daß sich ein Diebstahl lohnt. Aber dann wird der Fall mit einer derart verwirrenden Geschwindigkeit und Effizienz abgewickelt, daß die Welt mit atemlosen Staunen zuschaut. Da werden alte Beziehungen ausgenutzt, private Abmachungen getroffen. Ein Vergleich wird rasch und billig, nicht immer ganz zugunsten des Mandanten, ausgehandelt.«

»Und der Ruf der Kanzlei wird sogar noch solider.«

»Ich gewähre dir gerade Einblick in die interne Arbeitsweise einer durchschnittlichen, habgierigen Anwaltskanzlei. Zumindest in die von Habeck, Harrison und Haller. Wie einige Anwälte das Recht betrachten, könnte man sagen.«

»Du raubst mir meine Unschuld.«

»Das dritte, was passieren kann, ist das, was heute morgen passierte, das, wovon ich dir zu erzählen versuche.«

»Wenn jemand, der sich einen Anwalt nimmt, schon ein Narr ist, was ist dann erst jemand, der sich Habeck, Harrison und Haller nimmt?«

»Daran kannst du erkennen, warum Gewalt nicht immer eine unlogische Lösung ist.«

»Eine Lösung, die ein wachsender Prozentsatz unserer Bevölkerung zu entdecken scheint«, sagte Fletch. »Oder hast du schon mal gehört, daß sich jemand beklagt: ›Die Gerichte sind nicht beschäftigt‹?«

»Ein oder zwei Mal«, gestand Alston. »Das dritte, was mit einem mittellosen Mandanten passieren kann, ist das, was ich heute morgen erlebt habe. Ein Einbrecher flitzt aus dem Gericht und findet sich im Gespräch mit Mr. Haller wieder.«

»Es besteht Grund zu der Annahme, daß der Einbrecher, wenn er genügend Geld hätte, sich Habeck, Harrison und Haller zu leisten, kein Einbrecher wäre.«

»Eine Menge Einbrecher leisten sich Habeck, Harrison und Haller. Für alles gibt es eine Ordnung, verstehst du.«

»Die Rechtsordnung.«

»Einbrecher müssen zweifellos vertreten werden.«

»Sie haben ihre Rechte.«

»Sie betreiben ein riskantes Gewerbe. Läßt sich nie sicher voraussagen, wann ihre Abwesenheit im Gerichtssaal erwünscht ist.«

»Und das ist die große Chance. Der Einstieg.«

»Folglich erklärte Mr. Haller heute morgen dem Einbrecher – nachdem er erst mal so getan hat, als lausche er den wesentlichen Punkten des Problems unseres neuen Einbrechermandanten –, daß sich viele seiner Kollegen in der Einbruchsbranche die Dienste von Habeck, Harrison und Haller auf Jahresvorschußbasis sichern. Eine Art Berufsrisikoversicherung, verstehst du. Nur für den Fall, daß ihr Broterwerb durch Verhaftung, Verurteilung und Gefängnisstrafe bedroht wird. Hätte zum Beispiel unser Einbrecher, erklärt Mr. Haller, heute morgen bereits einen solchen Honorarvorschuß an Habeck, Harrison und Haller bezahlt gehabt, hätte ihn, als er Samstag nacht verhaftet wurde, ein Anwalt der Kanzlei Habeck, Harrison und Haller, einer wie ich, auf dem Polizeirevier erwartet und die angemessenen und notwendigen Schritte erledigt. Er hätte nicht einmal selbst eine Kaution hinterlegen müssen.«

»Wie hoch ist so ein Honorarvorschuß?«

»Zehntausend Dollar. Nicht viel im Grunde, wenn man bedenkt, daß ein eingesperrter Einbrecher niemandem nützt. Weder seiner Familie, noch seinen Freunden, noch der Volkswirtschaft und auch nicht Habeck, Harrison und Haller. Im Gefängnis kann er sich seine Brötchen nicht verdienen.«

»Alston, wenn dieser Kerl am Samstag zehntausend Dollar besaß, warum hätte er dann Samstag nacht einbrechen sollen?«

»Darum geht es nicht. Denn nicht er hätte die zehntausend Dollar, sondern die Anwaltskanzlei. Und auf diese Weise kann der Mann unbesorgt seinem Broterwerb nachgehen. Seelenfrieden, Fletcher, ist beinahe jeden Preis wert.«

»Das habe ich schon mal gehört.«

»Folglich wird unser Einbrechermandant heute morgen von Mr. Haller darüber aufgeklärt, daß er sich der uneingeschränkten Dienstleistung, Unterstützung und Tüchtigkeit von Habeck, Harrison und Haller erfreuen dürfe, falls er innerhalb von zehn Tagen – das heißt, vor seinem nächsten Gerichtsauftritt – mit zehntausend Dollar überkäme. Falls nicht, könne Mr. Haller den Einbrecher an eine kleinere, billigere, weniger renommierte Kanzlei weiterempfehlen, die den Einbrecher mit Sicherheit so gut vertreten würde, wie es ihre begrenzten Mittel erlaubten.«

»Wie zum Teufel soll ein kleiner Einbrecher innerhalb von zehn Tagen mit zehntausend Dollar überkommen?«

»Rate mal.«

»Das ist doch nicht dein Ernst.«

»Das ist mein voller Ernst.«

»Du meinst, der Seniorpartner einer bedeutenden Anwaltskanzlei schickt einen Einbrecher zum Einbrechen?«

»Genauer gesagt, wir legen Wert darauf, daß unser Klientel nur aus Profis besteht.«

»Ist Mr. Haller nicht, genaugenommen, Mitglied des Gerichts?«

»Er ist ein mittelprächtiger Golfspieler und ein närrischer Großvater.«

»Hat der Einbrecher diesen Handel akzeptiert?«

»Natürlich. Wo bliebe denn seine Familie, wenn er ins Gefängnis wandert? Schließ heute nacht die Türen ab.«

»Mit anderen Worten, der Einbrecher bricht nun im Auftrag von Habeck, Harrison und Haller ein.«

»Wenn er in diesem Gewerbe tätig sein will, müssen seine beruflichen Einnahmen und Ausgaben gewährleistet sein.«

»Angenommen, er wird erneut verhaftet?«

»Um so mehr Arbeit und ergo um so mehr Honorare für Habeck, Harrison und Haller.«

»Alston, du machst mich krank.«

»Ich bin überzeugt, daß nicht das Sandwich, das du gerade verzehrst, deine Gesundheit angreift. Denn was könnte den Magen besser besänftigen als Erdnußbutter, Banane und Mayonnaise? Muß ich irgendwann auch mal probieren.«

»Ehrlich, ich bin schockiert. In erster Linie, weil dieser Mensch, dieser Haller, der gerade erfahren haben muß, daß sein Partner auf einem Parkplatz erschossen worden ist, sich seelenruhig hinsetzt und mit irgendeinem Mandanten, Einbrecher oder nicht, ein ernsthaftes Gespräch führt.«

»Es hat ja nur fünfzehn Minuten gedauert. Nachdem der Mandant dem Seniorpartner ins Netz gegangen ist, wird er an einen der untergeordneten Anwälte in der Kanzlei abgeschoben. Schließlich muß die Miete bezahlt, der Mercedes gewartet werden.«

»Alston, möchtest du einen Mercedes?«

»Mein Verlangen danach hält sich in Grenzen.«

9

Der Kellner tauchte über ihnen auf. »Wünschen die Herren Kaffee, Tee oder lieber Brei?«

»Welche Sorten Brei haben Sie denn?« fragte Fletch.

»Schokolade, Vanille.«

»Kein Erdbeer?« sagte Alston. »Ich hätte so gern Erdbeerbrei.«

»Kein Erdbeer«, seufzte der Kellner.

»Ich werde wohl Kaffee trinken«, sagte Fletch.

»Und ich noch ein Bier«, sagte Alston. »Tun Sie diesmal eine Kirsche hinein, ja?«

»Ein Kaffee«, sagte der Kellner. »Ein Bier mit Kirsche.«

»Alston«, sagte Fletch. »Ich würde gerne alles wissen, was du über Donald Habeck herausfinden kannst. Alles, was du mir erzählen kannst.«

»Eigentlich haben wir uns nur einmal die Hand geschüttelt, an dem Tag, an dem ich eingestellt wurde. Ein kleiner, untersetzter Mann –«

»Ich weiß«, sagte Fletch und zog seinen Gürtel enger.

»Gilt als einer der brillantesten Strafverteidiger des Landes.«

»Das ist der springende Punkt. Es kann doch nicht allzu überraschend sein, daß ein Mann, der so viele Bekannte in der Verbrecherwelt hat, schließlich auf einem Parkplatz erschossen wird.«

»Es ist aber überraschend«, widersprach Alston. »Denn er ist der einzige Mensch, der vor so was eigentlich sicher sein sollte. Weil ihm nämlich die ganzen Schurken in dieser Gegend zu Dank verpflichtet sein sollten.«

»Ein Kaffee«, sagte der Kellner. »Ein Bier mit Kirsche.«

Fletch blickte auf Alstons Bier. »Er hat tatsächlich eine Kirsche hineingetan.«

»Ich wollte ja auch eine Kirsche hineinhaben.«

»Willst du die etwa essen?«

»Starr meine Kirsche nicht so an.«

»Entschuldigung.«

»Ich meine, nimm doch nur mal an, das war ein Auftragsmord. Jemand hatte den Auftrag zu vergeben, Habeck zu ermorden. Wer würde ihn denn annehmen? Habeck hat doch die meisten der Mörder verteidigt, die diesen Namen verdienen.«

»He, Job bleibt Job.«

»Nach allem, was mir zu Ohren kommt, bringen Berufskiller nicht gerne jemanden um, den sie kennen, schon gar nicht Leute, denen sie ausschließlich wohlgesonnen sind. Haben immer Angst, daß da eine Verbindung hergestellt werden könnte.«

»Jemand, der Habeck nicht dankbar ist. Jemand, bei dem Habeck keinen Erfolg hatte, den er schlecht verteidigte, dessen Fall er verlor. Ich würde zum Beispiel nach einem ehemaligen Mandanten von Habeck suchen, der erst kürzlich aus dem Gefängnis entlassen worden ist. Der die Knastzeit damit verbrachte, seinen Haß zu schüren.«

»Ich bezweifle, daß es so jemanden gibt.«

»Es muß jemanden geben. Habeck kann doch nicht jedesmal, wenn er vor Gericht ging, erfolgreich gewesen sein.«

»Erfolgreich in der einen oder anderen Beziehung. Mr. Harrison, der andere Seniorpartner, sagte mal zu mir: ›Sie können vor Zeugen, einschließlich Polizeizeugen, einen Massenmord begehen, und wir können Ihnen garantieren, daß Sie deswegen nie ins Gefängnis kommen. Man kann sich nämlich stets darauf verlassen, daß die

Polizei oder der District Attorney irgendeinen formaljuristischen Fehler machen, bei der Verhaftung, der Anklage oder beim Sammeln und Vorlegen von Beweismaterial.«

»Das hat er tatsächlich gesagt?«

»Das hat er tatsächlich gesagt.«

»Das ist ja schrecklich.«

Alston zuckte die Achseln. »Der Durchschnittspolizist in diesem Lande hat eine formale Ausbildung von etwa sechs Wochen. Der Durchschnittsverteidiger dagegen von über sechs Jahren, wenn man sein Referendariat in einer Kanzlei mitzählt. Und District Attorneys sind hoffnungslos überarbeitet und unterbesetzt.«

»Wie schaffen es die Leute dann jemals, ins Gefängnis zu kommen?«

»Indem sie nicht Habeck, Harrison und Haller engagieren.«

»Alston, Habeck konnte nicht hundert Prozent aller Fälle gewinnen, die er vor Gericht brachte.«

»Ziemlich nah dran, möchte ich wetten. Er konnte sich seine Fälle mittlerweile selbst aussuchen. Dank inoffizieller Prozeßabsprachen werden, da möchte ich wetten, selbst jene seiner Mandanten, die hinter Gitter sitzen oder saßen, mit Vergnügen ins Gefängnis gewandert sein. Schuldbekenntnis des Angeklagten im Austausch gegen Strafmilderung, verstehst du?« Alston schlurfte sein Bier. »Trotzdem, ich seh' mal nach.«

»War Habeck eigentlich reich?«

»Ziemlich reich. Er wußte, wo sein nächster Bang and Olufsen herkam.«

»Reich genug, um fünf Millionen Dollar zu verschenken?«

»Gibt's so reiche Leute überhaupt?«

»Dadurch habe ich ja zum ersten Mal von ihm gehört, heute morgen. Er war auf dem Weg zum Verleger, John Winters. Habeck wollte bekanntgeben, daß er und seine Frau dem Museum fünf Millionen Dollar zu spenden gedächten, aber er wollte es diskret bekanntgegeben haben, was immer das bedeutet, damit ihre Intimsphäre nicht verletzt würde.«

»Er ist zwar nie der extravaganteste Anwalt an dieser Küste gewesen, aber er hat auch vorher noch nie Publicity gescheut.«

»Vermutlich hatte er bis dahin auch noch nie fünf Millionen Dollar verschenkt.«

»Das ist eine irre Menge Geld.« Alston kaute geräuschvoll an seiner bierdurchtränkten Kirsche.

»Was bedeutet es, wenn jemand fünf Millionen Dollar verschenkt?«

»Es bedeutet, daß man ihn zum Lunch einladen muß. Mindestens.«

»Nein, ernsthaft.«

»Es bedeutet, daß er ein Philanthrop ist. Liebenswürdig. Großzügig. Daß ihm das Wohlergehen der Menschheit am Herzen liegt.«

»Würdest du so Donald Habeck beschreiben?«

»Nein. Ich bin ihm zwar nur einmal begegnet, wie gesagt, aber so würde ich ihn nicht beschreiben.«

»Er war Partner in einer Anwaltskanzlei, die Mörder vor dem Gefängnis bewahrt und Einbrecher zum Einbrechen losschickt.«

»In diesem Lande, Fletch, hat jeder Mensch das Recht auf die beste Verteidigung.«

»Nun mach mal halblang, Alston. Nicht alle Kanzleien arbeiten so, wie du Habeck, Harrison und Haller beschreibst.«

»Nicht alle, aber viele.«

»Ist es möglich, daß Habeck allein durch seine Tätigkeit als Rechtsanwalt soviel Geld verdient hat?«

»Oh, durchaus. Im Verlauf eines ganzen Lebens. Das und mehr.«

»Viel mehr?«

»Da bin ich nicht sicher.«

»Warum wollte er fünf Millionen Dollar verschenken?«

»Wußte wohl nichts anderes damit anzufangen. Ein Mann über sechzig...«

Fletch krauste die Nase in der Sonne. »Er hatte Kinder, denke ich. Erwachsene natürlich. Enkel. Die Hochstaplerin, die ich heute morgen interviewte, die ulkige Dame, die behauptete, Mrs. Habeck zu sein, und es nicht war, erwähnte Kinder und Enkel. Der Gärtner am Habeckschen Haus sagte, die echte Mrs. Habeck sei jung. Ich steig' da nicht durch.«

»Schuld sühnen. Vielleicht versuchte Habeck, sich von seiner eigenen Schuld zu befreien.«

»Er klingt eher wie ein Mensch, der es sich zur Lebensaufgabe gemacht hat, Schuld als etwas Vernunftwidriges abzulehnen. Berufsmäßig. Seine eigene und die anderer.«

»Schon, aber er wurde älter.«

»Mit einer jungen Frau. Ich steig' da einfach nicht durch. Sein Haus macht nicht gerade den Eindruck, als könnte sein Besitzer fünf Millionen Dollar verschenken. Ich meine, wenn du hundert Millionen Dollar hast, dann kann das Verschenken von fünf Millionen ein beiläufiges Vergnügen sein. Man braucht deswegen nicht gleich den

Ablauf seines Lebens, den Rhythmus seines Kommens und Gehens zu unterbrechen. Verschenkt man dagegen fünf Millionen, wenn man vielleicht nur sechs Millionen hat und obendrein noch eine junge Frau und wahrscheinlich Enkelkinder . . .«

»Welcher der beiden Herren hätte gerne die Rechnung?« fragte der Kellner.

»Dieser Herr«, sagte Alston feierlich.

»Nein«, sagte Fletch. »Geben Sie sie ihm.«

»Du hast mich zum Lunch eingeladen«, sagte Alston.

»Du hast darum gebeten.«

»Soll ich sie bezahlen?« fragte der Kellner. »Ich hatte schließlich das Vergnügen, Sie bedienen zu dürfen.«

»Da ist was Wahres dran«, sagte Fletch.

»Das wäre natürlich das Äußerste an Service«, stimmte Alston zu. »Ich meine, daraus ließe sich schließen, daß dieser Kellner wirklich alles, was möglich war, für uns getan hat.«

»Es ist die einzige Möglichkeit, die Sie nicht in Erwägung gezogen haben«, pflichtete der Kellner bei.

»Aber was ist mit dem Trinkgeld?« fragte Fletch. »Das stellt ein moralisches Dilemma dar. Außerdem trägt es zur Verwirrung des Verfahrens bei.«

Der Kellner ließ seinen Blick über das Straßencafé schweifen. »Oh, wenn man doch in einem Restaurant für Erwachsene arbeiten dürfte«, seufzte er. »In einem mit Wänden.«

»Ich übernehme die Rechnung«, sagte Alston zu Fletch, »wenn du mir eine Frage beantwortest.«

»Jede.« Fletch sah zu, wie Alston die Rechnung bezahlte.

»Mannomann«, sagte Alston, nachdem der Kellner sich entfernt hatte. »Da sprechen wir während des Lunchs über Philanthropie, Mord und Gesetz, und ernten dafür nicht einmal von dem Kellner Respekt.«

»Niemand zollt der Jugend Respekt«, klagte Fletch. »Weder Chefredakteure noch Kriminalreporter, Gesellschaftsredakteure, Schnapsladenthekengehilfen –«

»Verlobte.«

»Verlobte.«

»Kellner.«

»Da du ja nun die Rechnung bezahlt hast«, sagte Fletch, »habe ich eine Frage an dich.«

»Warum hast du dann nicht die Rechnung bezahlt?«

»Willst du mein Trauzeuge werden?«

»Du meinst wohl Trauerzeuge? Wie viele von uns erwartest du denn zu dem Ereignis und wann?«

»Samstag vormittag. Wann immer ihr aufwacht.«

»Hast du diesen Anzug zur Hochzeit bekommen?«

»Gefällt er dir etwa nicht?«

»Grau steht dir nicht.«

»Barbara sagte irgendwas von nackt heiraten.«

»Splitterfasernackt?«

Fletch nickte. »Sie sagte, das wäre ehrlich. Uns angemessen. Sie sagt, eine Heirat sei die Vereinigung zweier Körper, eines männlichen und eines weiblichen...«

»Bist du sicher, daß du Barbara heiraten willst?«

»Nein.«

»Irgendwas oder gar nichts zu tragen, wäre immer noch besser, als diesen dämlichen Anzug zu tragen.«

»Also, willst du nun mein Trauzeuge werden?«

»Meine Frage lautet: Woher hast du diesen Anzug? Den Laden möchte ich nie betreten.«

»Ich dachte, du würdest ihn wiedererkennen.«

»Warum sollte ich ihn wiedererkennen?«

»Ich dachte, du hättest ihn vielleicht schon mal gesehen.«

»Feuerhydranten tragen gewöhnlich keine Anzüge.«

»Als du in den Fluren von Habeck, Harrison und Haller spazierengingst.«

Alstons Augen weiteten sich. »Habeck? Das ist Habecks Anzug?«

»Vielleicht hast du jetzt endlich Respekt vor diesem Anzug. Habeck hat die Jurisprudenz nicht geleimt, um seine Anzüge von Woolworth zu beziehen.«

»Du hast den Anzug eines Toten gestohlen?«

»So könntest du's vermutlich ausdrücken. Falls du darauf bestehst.«

»Ich weiß nicht, Fletch. Du machst mir Sorgen.«

»Also, willst du nun mein Trauzeuge werden?«

»Fletch, alter Kumpel: Ohne einen Anwalt solltest du nirgendwo hingehen. Erst recht nicht zu deiner eigenen Hochzeit.«

10

»Frank?« sagte Fletch.

Der Chefredakteur, der am Urinbecken stand, zuckte zusammen, drehte sich aber nicht um. »Wer begehrt mich?«

»Das ist eine andere Frage.«

»Anders in bezug worauf?«

In der sonst leeren Herrentoilette trat Fletch an sein Urinbecken, das drei von dem Frank Jaffes entfernt war. »Auf das Material, das Sie in der Hand haben.«

»Ach, Sie sind das. Hübscher Anzug.« Frank errötete. »Wußte gar nicht, daß die Flut bereits heute morgen hereingekommen ist.«

»Habe ich Sie eigentlich schon zu meiner Hochzeit eingeladen?« fragte Fletch.

»Allmächtiger, nein.«

»Sie ist am Samstag, wissen Sie.«

»Welcher Tag ist Samstag?« Frank wusch sich die Hände.

»Ende der Woche. Der Tag zwischen Freitag und Sonntag.«

»Richtig, das ist ja der Tag, an dem ich versuche, mich von der Belegschaft abzuseilen.«

Fletch folgte Frank zum Waschbecken. »Ich möchte einen Krankheitsfall vortragen, Mr. Jaffe.«

»Was für einen Krankheitsfall? Haben Sie der Dingsda schon gestanden, daß Sie von irgendwas befallen sind?«

»Darum geht es mir ja gerade, Frank. Ich will eben nicht befallen werden. Ich will keinen Tripper. Ich will mich diesem Ort nicht nähern.«

»Was für einem Ort?«

»Frank.« Fletch schüttelte seine nassen Hände über dem Becken ab und streckte sie dann von sich. »Ich werde am Samstag heiraten. Und Sie verlangen, daß ich ein Bordell unter die Lupe nehme!«

»Jeden Winkel.« Frank trocknete seine Hände an einem Papierhandtuch ab.

»Ist das so eine Art Bürojux?«

»Noch nicht«, sagte Frank. »Aber ich bin sicher, daß es einer wird.«

»Den Kleinen zum Gespött machen, ist das der Sinn der Sache?«

»Fletch, Sie brauchen die Erfahrung. Ist doch so, oder?«

»Nicht diese Art. Nein. Nicht, um zu heiraten. Nein.«

»Nun regen Sie sich mal ab. Sie haben um Arbeit gebeten, um echte Arbeit, also habe ich Ihnen eine gegeben.«

»Ein Bordell in der Woche vor meiner Hochzeit?«

»Gibt Ihnen die Chance zu zeigen, welches Material Sie in der Hand haben. Demonstrieren Sie uns, was Sie können.«

»Sehr witzig.«

»Wir möchten, daß Sie sich der Sache mit Haut und Haaren widmen, Kleiner. Gehen Sie den Dingen auf den Grund. Stoßen Sie wirklich zum Kern der Sache vor. Wir möchten einen überzeugenden Bericht. Wir möchten, daß jeder versteht, worum es Ihnen geht.«

»Sie haben etwas vergessen.«

»Was habe ich denn nun wieder vergessen?« Frank begutachtete seine Fliege.

»Meine Spesenabrechnung.«

»Wir sind darauf gefaßt, daß dabei Spesen anfallen.«

»Schon, aber ich werde meine Spesen mit einer Genauigkeit abrechnen, die Ihnen peinlich sein wird.«

»Das wäre mal was Neues.«

»Bis ins kleinste Detail. Ich werde haarklein aufschreiben, wieviel Geld ich beim Ben Franklyn Freundservice ausgebe und für welche Dienste.«

»Spesenabrechnungen werden nie in Zweifel gezogen, wenn die Story die Spesen wert ist.«

»Frank, ich werde eine pornografische Abrechnung einreichen.«

Frank öffnete die Tür zum Flur. »Vielleicht werden wir die auch abdrucken.«

»Was wird der Verleger dazu sagen?«

Im Hinausgehen sagte Frank: »Legen Sie sich ordentlich ins Zeug, Kleiner.«

11

»So wahr ich lebe und atme«, sagte die Schöne mit dem breitkrempigen Hut. »Sie müssen Fletcher sein.«

Fletch, der in der Tür ihres kleinen Büros stand, runzelte die Stirn. »Wie kommen Sie darauf?«

»Ihr Anzug, Schätzchen. Ihr Anzug.« Amelia Shurcliffe, Gesellschaftskolumnistin der *News-Tribune*, die ohne Korsett an ihrem Computertisch saß, trug ständig die Miene eines Menschen zur Schau, den man gerade zu einer Party eingeladen hatte. Sie war auch ständig gerade zu einer Party eingeladen worden. Denn jeder wollte Amelia auf seiner oder ihrer Party haben. Für manche Menschen macht das Veranstalten von Partys das Leben lohnenswert. Doch für alle machten ein oder zwei Sätze in Amelias Kolumne das Veranstalten von Partys lohnenswert. Was Amelia nicht über die Partygäste wußte, lohnte sich nicht zu wissen. »Ich habe schon soviel von Ihnen und dem atemberaubenden Stil Ihrer Kleidung gehört.«

Fletch sah an Donald Habecks Anzug herunter. »Atemberaubend?«

»Sie wollen mir doch nicht weismachen, daß Sie nicht wüßten, was Sie tun! Oder sind Sie in Modedingen etwa bloß ein ahnungsloses Genie?«

»Ich bin ahnungslos, ganz recht.«

»Sehen Sie doch nur, wie Sie gekleidet sind, Fletcher-Schätzchen.« Obwohl Amelia Fletch von Kopf bis Fuß und wieder zurück musterte, behielt sie doch ständig ihr Telefon im Auge. »Dieser graue Geschäftsanzug ist Meilen zu klein für Sie. Das wissen Sie doch bestimmt?«

»Ein oder zwei Bemerkungen in dieser Richtung sind bereits gefallen.«

»Ihre Hosen reichen bis zum Schienbein, Ihre Ärmel beinahe bis zu den Ellbogen, und um die Taille haben Sie noch eine Menge Reservestoff.«

»Klasse, was?«

»Das möcht' ich meinen. Worauf es bei der Mode ankommt, mein Lieber, wenn Sie auf die alte Amelia hören wollen, nicht, daß Sie das nötig hätten, bestimmt nicht, ist, eine Garderobe zu tragen, die bei anderen Leuten den Wunsch weckt, sie Ihnen vom Leibe zu reißen.«

»Ist mir das gelungen?«

»Grandios. Sie sehen verloren und unbehaglich in diesem Anzug aus.«

»So fühle ich mich auch.«

»Jeder, der Sie sieht, möchte Ihnen diese Klamotten vom Leibe reißen.«

»Ob die wohl zuerst die Klimaanlage abdrehen?«

»Und Sie unterstützen diesen Impuls noch, verstehen Sie. Jackett und Hemd sind über Brust und Schultern viel zu eng. Die Hemdknöpfe spannen. Rundheraus, Sie sind kurz davor, aus Ihrem Anzug zu platzen.«

»Ich bin eine Modepuppe, ja?«

»Und so originell. Wie nennen Sie diesen Stil?«

Fletch zuckte die Achseln. »Geborgt.«

»›Geborgt‹«, sagte Amelia mit großer Genugtuung. Sie gab ein paar Wörter in ihren Computer ein. »Das werde ich verwenden.«

»Haben Sie schon von Jodhpurs gehört?«

»Was ist damit?«

»In einem Monat werden sie der letzte Schrei sein. Cecilia's Boutique hat ein ganzes Lager voll davon.«

»Jodhpurs, Schätzchen, waren schon vor Monaten der letzte Schrei.«

»Ach, du Schreck.«

Amelia schielte zu ihrem Telefon. »Nun, Schätzchen, abgesehen davon, daß Sie mir den Anblick einer grandiosen, neuen jungen Mode bieten wollten, verdanke ich welchem Umstand die Ehre Ihres Besuches?«

»Habeck, Donald Edwin. Habe meine Hausaufgaben über ihn zwar noch nicht gemacht, aber ich hoffte, Sie würden mir den richtigen Weg zeigen.«

Amelias Augenlider senkten sich. »Sie meinen diesen Winkeladvokaten, der heute morgen auf unserem Parkplatz erschossen wurde?«

»Selbigen.«

»Gehörte nicht zur Gesellschaft, Schätzchen. Eine Kreatur wie Donald Edwin Habeck könnte einfach überall erschossen werden. Und wurde ja auch.«

»Aber angeblich wollte er dem Kunstmuseum fünf Millionen Dollar spenden.«

»Ich würde meinen«, sagte Amelia langsam, »daß Biff Wilson exklusiv für diese Zeitung über diese Geschichte berichtet.«

»Oh, gewiß«, sagte Fletch. »Ich versuche lediglich, dem gesellschaftlichen Aspekt dieser Sache auf die Spur zu kommen.«

»Dem gesellschaftlichen Aspekt von Mord? Gibt es denn überhaupt einen anderen?«

»Sie wissen schon, die fünf Millionen Dollar.«

»Hat er die fünf Millionen Dollar dem Museum tatsächlich gespendet?«

»Ich glaube, er war gerade im Begriff, es bekanntzugeben.«

»Nun ja«, seufzte Amelia. »Die Leute spenden nun mal Geld für wohltätige Zwecke.«

»Sie sagen, Habeck gehörte nicht zur gesellschaftlichen Prominenz?«

»Leute wie Habeck existieren auf sehr eigentümliche Weise«, sagte Amelia. »Man kennt sie natürlich, aber bestenfalls vom anderen Ende der Telefonleitung. Wissen Sie, wenn man mitten in der Nacht seinen Ehemann erschießt, den man einst irrtümlich für seinen Liebhaber gehalten hat und jetzt irrtümlich für einen Einbrecher halten möchte, dann muß man jemanden haben, den man anrufen kann, richtig?«

»Kann sein.«

»Man muß Leute dieses Schlags gut genug kennen, um sie anrufen zu können, aber sie regelmäßig zum Dinner einladen? Nein. Ihre Anwesenheit könnte den Ehemann auf dumme Gedanken bringen.«

»Ich vermute, daß Sie das alles ernst meinen.«

»Den Habecks dieser Erde darf man nicht trauen. Wenn wir jemanden wie Habeck engagieren, dann engagieren wir im Grunde jemanden, der für uns lügen soll. So ist es doch, oder? Damit verdienen Leute wie Habeck ihre Brötchen. Sie sind professionelle Lügner. Es macht uns nichts aus, sie zu engagieren, damit sie für uns lügen. Aber möchten wir auch, daß sie uns an unserer eigenen Tafel belügen? Und was noch viel bedeutsamer ist, möchten wir, daß sie andere Leute darüber belügen, was an unserer Tafel passierte und gesagt wurde?«

»Hat man Anwälten denn im allgemeinen nicht beigebracht, sich an die Grundsätze der Beweisführung zu halten?«

Amelia Shurcliffe starrte Fletch eine Weile an. »Anwälten, mein Lieber, hat man beigebracht, sich an die Grundsätze der Leichtgläubigkeit zu halten.«

»Na, gut. Wie reich war Habeck? War er reich genug, um fünf Millionen Dollar zu verschenken?«

»Ich habe keine Ahnung. Wahrscheinlich. Er hat ständig wegen dieses oder jenes sensationellen Falles von sich reden gemacht. Obwohl es mir immer schleierhaft gewesen ist, wie Strafverteidiger Straftäter dazu bekommen haben, ihre Honorarrechnungen zu bezahlen. Da muß irgendein Trick dabei sein.«

»Bestimmt.«

»Sein Partner, Harrison, übernimmt alle Scheidungen, die sich lohnen. Diese Kerle betätigen sich nämlich nicht in der Rechtsbranche, um der Gerechtigkeit zu dienen oder schlicht ihre Brötchen zu verdienen, wissen Sie.«

»Was ist mit Mrs. Habeck? Ich bin da etwas verwirrt –«

»Hab' keine Ahnung. Weiß nicht mal, ob es da überhaupt eine Mrs. Habeck gibt. Ich werde morgen Biff Wilson lesen müssen. Wie ich schon sagte, die Habecks dieser Erde sind keine gesellschaftlichen Glanzlichter.«

»Amelia, heute morgen war ich in Habecks Haus, sehr kurz, wie ich zugeben muß, aber ich habe keinerlei Gemälde oder andere Kunstgegenstände bemerkt, die mich zum Verweilen veranlaßt hätten.«

»Kennen Sie sich mit Gemälden aus?«

»Ein bißchen.«

»Aber natürlich tun Sie das. Dumm von mir zu fragen. Man braucht sich ja bloß anzusehen, wie raffiniert Sie sich gekleidet haben.«

»Aus welchem Grund könnte ein Mensch, insbesondere, wenn er, wie Sie sagen, nicht zur gesellschaftlichen Prominenz zählt und kein sofort auffallendes Interesse an der Kunst hat, einem Kunstmuseum fünf Millionen Dollar spenden?«

»Mir sind solche großzügigen Regungen generell unerklärlich.«

»Was wollte er damit kaufen?«

»Prestige? Da ist praktisch die einzige Antwort, die mir dazu einfällt. Da haben wir diesen Mann, Habeck, den die Gesellschaft wie ein Papiertaschentuch benutzt hatte, das man nur brauchte, wenn man geniest hatte, oder, um eine andere Metapher zu gebrauchen, wie eine Edelnutte, die man aufgabelte, benutzte und fallenließ, ohne sie jemals zu einem Besuch am häuslichen Herd einzuladen. Er wird älter. Oder wurde älter, da sein Alterungsprozeß heute morgen ja ein Ende fand. Könnte ein solcher Mensch, sechzig Jahre alt, nicht instinktiv etwas tun, das verkündet: ›Ha! Ich bin genauso gut wie ihr! Ich kann auch fünf Millionen Mäuse spenden!‹«

»Würde ihn die Gesellschaft dann akzeptieren?«

»Nein. Vor allem nicht, wenn die Gesellschaft weiß, daß aus ihm keine weiteren fünf Millionen Mäuse herauszuholen sind. Aber er könnte sich dadurch besser fühlen.«

»Das ist sehr interessant.«

»Ich bin stets sehr interessant. Das ist mein Job, verstehen Sie.« Wieder schielte Amelia zu ihrem Telefon. Zweifellos machte es Amelia nervös, wenn ihr Telefon nicht läutete.

»Also dann.« Fletch machte einen Schritt rückwärts auf die Tür zu. »Ann McGarrahan und Biff Wilson waren mal miteinander verheiratet.«

»Das hatte ich ganz vergessen«, antwortete Amelia. »Richtig. Jahre her. Nach meinen Erfahrungen eins der bedeutenderen ungleichen Paare. Sie waren vor vielleicht mindestens zwanzig Jahren mal drei Wochen miteinander verheiratet. Warum fragen Sie?«

»Was passierte?«

»Wer weiß denn schon, was in der Ehe anderer Leute passiert, geschweige denn in seiner eigenen? Meine Meinung wäre, wenn man mich taktlos fragte, daß Ann eine starke, intelligente, gute und anständige Frau ist, die sich unversehens mit einem gewalttätigen, gemeinen Drecksack verheiratet fand.«

»Puh! Ein Glück, daß ich nicht gefragt habe.«

»Haben Sie aber. Sie und ich sind in einem taktlosen Gewerbe tätig, Mr. Fletcher.«

»Hat Ann jemals wieder geheiratet?«

»Jemanden, der gestorben ist. Im Moment ist sie nicht verheiratet. Sollten Sie an Ann McGarrahan interessiert sein, die Ihre Mutter sein könnte, darf ich dann ebenfalls Hoffnung schöpfen?«

»Und Biff Wilson?«

»Schon der Gedanke läßt mich schaudern. Irgendwo in Biffs Hintergrund lauert da ein Sukkubus, den er Ehefrau nennt. Namens Aurora oder so was Langweiliges. Nun, wenn Sie keine weiteren Gesellschaftsnachrichten lausige Anwälte oder Modenotizen Jodhpurs betreffend mehr haben –«

»Die hab' ich, in der Tat.«

»Heraus damit.«

»Ich heirate am Samstag.«

»Wen?«

»Barbara Ralton.«

»Noch nie von ihr gehört.«

»Sie verkauft Jodhpurs. In Cecilia's Boutique.«

»Das hätte ich mir denken können. Nun, Schätzchen, die Stanwyks veranstalten nächste Woche ihr jährliches Remmidemmi fürs Symphonieorchester, und ich muß unbedingt herausfinden, in welchen Farben Joan ihren Tisch dekoriert. Sie wissen es nicht zufällig, oder?«

»Ich? Ich weiß nicht mal, was Stanwyks sind.«

12

»He, was machen Sie an meinem Schreibtisch?«

»Einverstanden, wenn ich Ihren Computer benutze?«

»Wahrscheinlich machen Sie ihn kaputt.« Clifton Wolf, für das Ressort Religion zuständiger Redakteur, schaute über Fletchs Schulter auf den Bildschirm. »Habeck«, las er vor. »Recherchieren Sie jetzt für Biff Wilson?«

»Wir arbeiten alle für dieselbe Zeitung.«

»Den Teufel tun wir. Ich arbeite für meinen Zentimeter Platz, Sie arbeiten für Ihren Zentimeter. Biff Wilson arbeitet für seine fünfzig Zentimeter. Wenn Sie nicht an der Geschichte dran sind, Freundchen, dann sollten Sie besser die Finger davon lassen.«

Fletch drehte sich von dem Terminal weg. »Nur Neugier.«

»Die Neugier wird Hundefutter aus Ihnen machen. Außerdem verschwinden Sie von meinem Stuhl.«

»Ich habe kein eigenes Terminal.« Fletch stand auf und raffte einen Stapel Notizen zusammen, die er gemacht hatte.

»Wir haben uns ständig gefragt, warum man Sie wohl engagiert hat. Jetzt wissen wir's: um über Bordelle zu berichten. Ich wünsche nicht, daß einer, der seine Zeit in Puffs verbringt, auf meinem Stuhl sitzt.«

»Bin ja noch gar nicht im Puff gewesen. Muß erst meine Mami um Erlaubnis fragen.«

»Nicht auszudenken, was Sie alles verbreiten könnten. Al!« brüllte Clifton quer durch die Lokalredaktion dem Lokalredakteur zu. »Ruf die Desinfektionsburschen an! Fletcher hat mein Gerät benutzt!«

»Ich wette, mein Auftrag würde Ihnen Spaß machen«, sagte Fletch. »Sie schickt man ja immer nur in die Kirche.«

»Zieh Leine!«

»Ist Ihnen ein Dichter mit Namen Tom Farliegh bekannt?« fragte Fletch.

Fletch hatte den Verdacht, daß sich die Leute, die für die verschiedenen Ressorts der Zeitung arbeiteten, ohne groß darüber nachzudenken, genauso kleideten wie die Leute, über die sie schrieben. Leute im Wirtschaftsressort trugen Straßenanzüge; die im Gesellschaftsressort sahen aus, als wären sie ständig für eine Gartenparty gekleidet; im Sportressort schienen weiße Socken und karierte Jacketts Mode zu sein.

Auch innerlich identifizierten sie sich mit ihren Sachgebieten. Wirtschaftsjournalisten dachten in Kategorien von Macht, Gewinn und Verlust; Gesellschaftsjournalisten webten mit Vorliebe ein unglaubliches Textgespinst, das die erträgliche Impertinenz der Altreichen gegen die Ungehobeltheit der Neureichen setzte, Attraktivität gegen Schönheit, Eleganz gegen Protzerei; Sportjournalisten dachten in Kategorien von Gewinnern und Verlierern, neuen kontra ausrangierten Talenten und tödlichen Tabellenplätzen.

Vor ihm im dunklen Teil des Flurs stand Morton Rickmers, der

Literaturredakteur. Er trug dicke Brillengläser, eine Strickkrawatte, Tweed-Jackett, ausgebeulte Hosen und weiche Schuhe mit dicken Profilsohlen. Seine Buchkritiken ließen keinen Zweifel daran, daß er Menschen und ihre aufrichtig erzählten Geschichten liebte, daß er Worte und brillante, höchst prägnante Formulierungen liebte, und daß er das gute Buch für die erhabenste Leistung der Menschheit, vielleicht sogar für unsere einzige Daseinsberechtigung hielt.

Häufig waren seine Kritiken interessanter und besser geschrieben als die Bücher, die er rezensierte.

»Nanu, haben Sie Tom Farleigh etwa kennengelernt?« fragte Morton.

»Nein.«

»Vielleicht möchte ich ihn einmal kennenlernen«, sagte Morton nachdenklich. »Ich bin mir noch nicht sicher.«

»Hab' nur von ihm gehört.«

»Aber vielleicht«, sagte Morton, »möchte ich doch erst einmal erfahren, warum Sie so gekleidet sind.«

Mit seinen Notizen in der Hand streckte Fletch seine Arme zur Seite aus. »Ich bin beauftragt worden, Recherchen über einen Begleitservice anzustellen. Ist das eine Antwort?«

»Aha. Versuchen sich wohl als auswärtiger Geschäftsmann zu verkleiden, ja? Sie sehen aber eher aus, als wären Sie einem Überfall zum Opfer gefallen und hätten sich die Kleider eines anderen schnappen müssen.«

»Sie kommen der Wahrheit ziemlich nahe. Mir sind heute morgen meine Kleider abhanden gekommen, und daher mußte ich mir diese Montur borgen.«

Morton schmunzelte. »Ich bin sicher, da steckt eine Geschichte dahinter, wie Ihnen Ihre Kleider abhanden gekommen sind.«

»Keine besondere.«

»Es ist schon Jahre her, seit mir meine Kleider abhanden gekommen sind. Sind mir eigentlich überhaupt schon mal meine Kleider abhanden gekommen?«

»Keine Ahnung. Kann aber schnell passieren.«

»Machen Sie eine interessante Kurzgeschichte draus. *Wie mir meine Kleider abhanden kamen.* Ring Lardener hätte so etwas schreiben können.«

»Tom Farleigh lebt doch hier, nicht wahr?«

»O ja. Lehrt irgendwas an der Universität. Als Dichter ist er in der akademischen Welt wahrscheinlich fehl am Platze. Sie wissen schon,

Englisch oder so etwas zu unterrichten anstatt Musik oder Mathe oder Reiten.«

»Ist er der Schwiegersohn von Donald Habeck?«

»Wie interessant. Ich habe keine Ahnung. Sie meinen den Mann, der heute morgen auf dem Parkplatz erschossen wurde?«

»Ja.«

»Das wäre faszinierend.«

»Warum?«

»Haben Sie ihn noch nie gelesen?«

»Nicht, daß ich mich erinnere.«

»Nicht viele haben ihn gelesen. Aber wenn Sie ihn gelesen hätten, würden Sie sich erinnern. Er schreibt, was er Poesie der Gewalt nennt. Sein bekanntestes Gedicht hat den Titel *Messer und Blut*. Sein Verleger hat sein Buch mit gesammelten Gedichten nach diesem einen Gedicht benannt. Ich glaube, ich habe ein Exemplar in meinem Büro. Kommen Sie mit.«

In seinem hellen, mit Büchern tapezierten Büro zog Morton einen schmalen Band aus einem Regal und reichte ihn Fletch. »Hier ist *Messer und Blut*. Sie können es sich ausleihen.«

Auf dem Umschlag schnitt ein Messer tief in nackte Haut. Aus der Wunde und über das Messer strömte Blut auf ein Satinlaken herab.

»Das soll ein Gedichtband sein?« fragte Fletch. »Sieht eher wie ein altmodischer Kriminalroman aus.«

»Es ist ungewöhnliche Poesie. Ziemlich gefühlsarm.«

»Danke.«

»Ich rechne fest damit, etwas über Ihre Arbeit zu lesen«, sagte Morton beinahe entschuldigend. »Erweitert die Basis Ihres Wahrnehmungsvermögens.«

In dem Buch blätternd, sagte Fletch: »Ich nehme nicht an, daß Ihnen persönlich etwas über Donald Habeck bekannt ist.«

»Doch, durchaus.« Morton verschränkte die Arme über der Brust und wandte sich von Fletch ab. »Vor Jahren war der Sohn meiner Schwester angeklagt, ein Auto gestohlen und anschließend jemanden damit überfahren zu haben. Trunkenheit am Steuer, schwerer Diebstahl, Autounfall mit Todesfolge, und das alles mit achtzehn Jahren.«

»Tut mir leid, das zu hören.«

»Es war furchtbar. Der Junge war der typische frustrierte, mürrische Teenager, der eines Nachts einfach durchdrehte.« Immer noch mit dem Rücken zu Fletch fuhr Morton fort: »Wir engagierten Donald Habeck. Ich meine, er ist der Typ, den man engagiert, wenn die Dinge wirklich schlecht stehen.«

»Zu jedem Preis.«

»Ja. Zu jedem Preis.«

»Was wurde aus dem Jungen?«

»Die Anklage wegen Trunkenheit am Steuer wurde fallengelassen. Habeck bewies, daß die Polizei das Meßgerät für den Blutalkohol nicht korrekt benutzt hatte. Die Anklage wegen Autodiebstahls wurde vermindert auf Benutzung eines Wagens ohne Erlaubnis des Besitzers. Ich vermute, Habeck hat den Besitzer zu der Aussage bestochen, daß ihm der Junge bekannt gewesen sei und es im Hinblick auf die Benutzung des Wagens ein Mißverständnis gegeben habe. Und der Autounfall mit Todesfolge wurde dem Autohersteller zur Last gelegt. Offenbar hatte sich bei diesem Modell herausgestellt, daß etwas mit dem Lenkmechanismus nicht stimmte.« Morton seufzte. »Mein Neffe wurde zu drei Monaten auf Bewährung verurteilt, mußte nicht ins Gefängnis.«

»Ein Wunder, daß sie ihm nicht die Schlüssel zur Stadt überreicht haben.«

Morton drehte sich langsam auf dem Absatz herum. »Wir schämen uns immer noch für die ganze Sache. Meine Schwester und ich, nun, wir kamen uns schließlich wie Verbrecher vor, als hätten wir ein Verbrechen begangen.«

»Weil Sie Habeck engagierten.«

»Ich glaube, wegen des Fehlurteils.« Morton zuckte die Achseln. »Mein Neffe, der durch diesen Schandfleck in seinem Lebenslauf gerade noch zur Besinnung kam, ist heute Lehrer in einer High-School in San Diego, verheiratet, drei eigene Kinder. Aber, wissen Sie, ich kann nicht an ihn denken, ohne mich schuldig zu fühlen.«

»Hat Habeck Ihrer Schwester noch irgendwelche irdischen Reichtümer übriggelassen?«

»Nicht viele. Sie mußten ihr neues Haus verkaufen, ihren Zweitwagen, ihre Ersparnisse einlösen und eine kleine Unterstützung von mir annehmen.«

»Was dachten Sie heute morgen, als Sie von Habecks Ermordung erfuhren?«

»Darüber denke ich schon den ganzen Tag nach. Wenn man sich durch das Schwert ernährt...« Mortons Augen hinter den dicken Brillengläsern blickten konzentriert, als läsen sie etwas von einer nahe vors Gesicht gehaltenen Seite ab. »Ironisch, irgendwie. Ich stelle mir vor, wie sein Gesicht eilig aus seinem Leichnam entweicht, um die Person zu verteidigen, die ihn ermordete ... sei es wegen positiver langfristiger Folgen oder wegen negativer ...«

»Aber immer des Geldes wegen.«

»Ja. Er benutzte seinen brillanten Verstand, um des Geldes wegen die Rechtsordnung zu verdrehen. Man kann ihn dafür verspotten, man kann ihn dafür hassen. Aber als es unmittelbar darauf ankam, bezahlten wir dieses Geld, mit Freuden, um Billy vor einem gänzlich verpfuschten Leben zu bewahren, ihm eine zweite Chance zu geben, die zumindest er ergriff. Ich bin nicht sicher, wie viele von Habecks Mandanten diese zweite Chance ergreifen, wie viele von ihnen nur frei sind, um wieder zu verstümmeln, zu töten, zu zerstören.«

»Danke für das Buch.«

»Sollten Sie Tom Farleigh wirklich kennenlernen und meinen, daß er ein Feature wert sei, dann lassen Sie mich's wissen.«

»Wann wirst du fertig sein?«

»Nie.« Fletch saß an einem anderen geborgten Schreibtisch in der Lokalredaktion. Er hatte seine Notizen durchgesehen und sich gerade einzelne Punkte aus der voluminösen Habeck-Akte herausgepickt, die er kopieren wollte.

»Was ist heute dran?« fragte Barbara durchs Telefon. »Hochzeitsanzeigen? Todesfälle? Oder Überschriften für anderer Leute Artikel schreiben?«

»He, ich leiste Schwerarbeit deinetwegen, Kindchen. Ich bemühe mich gerade, in Amelia Shurcliffes Kolumne eine Notiz über Jodhpurs unterzubringen. Und daß man sie unbedingt in Cecilia's Boutique kaufen müsse.«

»Alles wäre hilfreich. Ich bin's so leid, sie zu tragen.«

»Du mußt sie im Laden tragen?«

»Du sagst es. Pflaumenfarbene, kannst du dir das vorstellen? Die Kunden sollen hereinkommen, mich in meinen Jodhpurs sehen, sagen: ›Oh, Schätzchen, die sind ja göttlich‹, und sich dann selbst oder ihren Töchtern ein Paar kaufen.«

»Und tun Sie das auch?«

»Nein. Sie mustern mich von oben bis unten und fragen sich offensichtlich, ob ich auch modebewußt bin, um sie zu bedienen. Ich treffe dich im Strandhaus, klar?«

»Das ist eine schrecklich lange Fahrt.«

»Ich habe das Haus doch nur noch ein paar Tage. Bis zur Hochzeit.«

»Warum bist du eigentlich nicht gleich in mein Appartement gezogen, als du deine Wohnung aufgegeben hast? Das wäre viel einfacher gewesen.«

»Was ist daran verkehrt, für die Woche vor unserer Hochzeit ein Strandhaus zu haben?«

»Warum bleibst du heute nacht nicht in meiner Wohnung? Dann brauchte ich nicht den ganzen Weg hin und zurück zu fahren.«

»Du bist gut. Ich werde schließlich dafür bezahlt, daß ich auf das Haus aufpasse. Es ist zwar nicht viel, aber wir brauchen das Geld, klar?«

»Klar. Ich würde halt nur irgendwie gerne in der Stadt bleiben und noch ein paar Dinge überprüfen.«

»Wie ich höre, ist heute morgen auf euerm Parkplatz jemand umgelegt worden.«

»Stimmt.«

»So eine Art Rechtsanwalt.«

»So eine Art.«

»Einer von denen, die man ständig in der Zeitung sieht. So 'n Perry-Mason-Typ. Mordprozesse und große Drogensachen.«

»Habeck. Donald Edwin Habeck.«

»Ja, genau. Interessante Geschichte. Ich meine, sie dürfte interessant sein. Ich bin mal gespannt, was Biff Wilson darüber schreibt.«

Fletch schwieg.

»Fletch, du beschäftigst dich doch nicht etwa mit dieser Habeck-Geschichte, oder?«

»Na ja, da hat sich so ein Zufall ereignet. Ich war gerade im Begriff, mich mit ihm zu treffen, als –«

»Man wird dich rausschmeißen.«

»Dein Vertrauen ist beachtlich.«

»Du hast noch nicht genug Hochzeitsanzeigen geschrieben, um so eine Riesensache zu übernehmen.«

»Ich hab' sie ja gar nicht übernommen. Ich beabsichtige nur dazusitzen und zuzuschauen.«

»Du hast noch nie in deinem Leben *nur dagesessen*.«

»Na ja, vielleicht nicht *nur dasitzen*.«

»Weiß irgend jemand, daß du deine Nase in seine Story steckst?«

»Barbara –«

»Wir werden am Samstag heiraten, Fletch. Erstens hast du keine

Zeit für eine derartige Sache. Zweitens wäre es wirklich hübsch, wenn wenigstens du einen Job hättest, wenn wir aus unseren Skiflitterwochen zurückkommen. Ich bin nämlich ziemlich sicher, daß Cecilia ihre ganzen Jodhpurs bis dahin noch nicht losgeworden ist.«

»Reg dich ab. Wenn ich irgendwas Interessantes, Brauchbares ausgrabe, glaubst du, die Zeitung würde die Information dann einfach untern Teppich kehren?«

»Fletch, kümmere dich nicht weiter um diese Geschichte. Laß die Finger davon. In einer Zeitung geht's bestimmt genauso neidisch zu wie woanders auch.«

»Ich bin ja sowieso mit einer völlig anderen Geschichte beauftragt worden.«

»Um was geht's da?«

»Das möchte ich dir gerade jetzt lieber nicht verraten.«

»Warum nicht?«

»Na ja, die Sache liegt mehr oder weniger auf der Ebene von Hochzeitsanzeigen, Geburten, Todesfällen. Eine Reisestory. Man könnte es eine Reisestory nennen. Es könnte sogar eine medizinische Story daraus werden.«

»Du drückst dich nicht sehr verständlich aus.«

»Das kommt daher, daß ich die Geschichte noch nicht richtig im Griff habe. Ich schreibe sie für die Gesellschaftsseiten.«

»Fletch, soweit ich weiß, gibt es in diesem Land schon seit einem halben Jahrhundert keine Gesellschaftsseiten mehr.«

»Du weißt schon, was ich meine: die Seiten über das Leben, über Wohnen, Lebensstil. Du weißt schon, die, auf denen die Gelüste der Leser befriedigt werden.«

»Für einen Artikel zum Thema ›Gelüste‹ dürftest du gerade der Richtige sein.«

»Bestimmt. Gelüste haben wir schließlich alle. Wie du siehst, habe ich meinen neu gewonnenen Einfluß bereits dazu genutzt, Cecilias Jodhpurs in Amelia Shurcliffs Kolumne unterzubringen.«

»Nett von dir. Wann kommst du zum Strandhaus?«

»Sobald wie möglich.«

»Was heißt das?«

»Das heißt, daß ich aus einer Akte noch einiges kopieren muß. Und anschließend einen Anruf erledigen muß.«

»Nur einen?«

»Nur einen.«

»Und er hat nichts mit Habeck zu tun?«

»Nein, nein«, sagte Fletch. »Hat nichts mit Habeck zu tun. Sondern mit dieser anderen Geschichte. Der zum Thema ›Gelüste‹.«

Fletch zögerte nur kurz, bevor er den Knopf drückte, der ihm die ausgewählten Kopien aus Habecks Akte anfertigen würde.

Zurück an seinem geborgten Schreibtisch, zögerte er wieder nur kurz, bevor er den Hörer abnahm und eine hausinterne Nummer wählte.

»Carradine«, meldete sich die Stimme.

»Jack? Hier spricht Fletch.«

»Wer?«

»Fletcher. Ich arbeite für die *News-Tribune*.«

»Sind Sie sicher?« Die Stimme des Wirtschaftsjournalisten verriet nur gelinde Neugier. »Ja, richtig, Sie sind doch der Knabe, der vor ein paar Monaten diese Überschrift verbrochen hat, wie hieß sie noch? Ja, richtig: WESTERN CAN CO. BERÄT ÜBER IHRE VERMÖGENSWERTE.«

»Ganz recht, der bin ich.«

»Also der, hä? Wir waren wohl alle mal jung.«

»Weiß gar nicht, warum jeder etwas dagegen einzuwenden hatte.«

»Vielleicht, weil es uns allen nichts Neues war? Rufen Sie an, weil Sie um Verzeihung bitten wollen, Fletcher, oder haben Sie einen heißen Tip für mich über die internationale Verschuldung?«

»Kennen Sie diesen Knaben, der heute morgen ermordet wurde?«

»Habeck? Nein. Den kannte ich nicht. Hab' ihn einmal bei einem Mittagessen für die Lakers gesehen.«

»Ein paar Jungs hier sagen, er wäre sehr reich gewesen.«

»Wie reich ist sehr reich?«

»Daß er im Begriff war, fünf Millionen Mäuse zu verschenken.«

»Das bezweifle ich. Er war ein Arbeiter. Ein hochdotierter Arbeiter zwar, aber ein Arbeiter. Ich bezweifle, daß er mehr besaß, als er verdiente. Welche Vermögenswerte besaß er denn? Eine Partnerschaft in einer zugegebenermaßen florierenden Anwaltskanzlei. Was ist so was wert, Jahr für Jahr? Ferner alles, was er im Laufe lebenslanger Arbeit hat anhäufen können. Vielleicht hat er ja irgendwo investiert und ist zu Geld gekommen, aber in dem Falle hätte ich wohl davon gehört. Er stammte aus zu kleinen Verhältnissen, um viel geerbt zu haben. Und wenn er reich geheiratet hätte, hätten wir wiederum davon gewußt.«

»Was ist mit der Unterwelt?«

»Sie meinen, er hatte Verbindungen zur Unterwelt?«

»Als Strafanwalt –«

»Klar, vermutlich hatte er Mandanten aus der Unterwelt. Aber die Unterwelt macht nur sich selbst reich. Trotz allem, was man so liest, ist die finanzielle Verstopfung das größte Problem für die Unterwelt. Das Riskanteste, worauf die sich einlassen, zumindest im Hinblick auf ihre eigene Sicherheit, ist Geld zu verteilen. Dieses Problem ist in der Tat so groß für sie, daß mir schleierhaft ist, warum sie sich überhaupt die Mühe machen, soviel Geld zu scheffeln.«

»Wieviel Geld, schätzen Sie, besaß Habeck, als er heute morgen starb?«

»Nur geschätzt?«

»Lassen Sie sich Zeit.«

»Wenn er sein ganzes Leben hart gearbeitet, seine Steuern einigermaßen brav bezahlt, wenig verschenkt, keine großen, dummen Investitionen getätigt und nicht zu viele Ehefrauen verschlissen hat, was eine Menge großer *Wenns* sind, dann, würde ich sagen, dürfte er sich ziemlich glücklich schätzen, fünf Millionen auf der hohen Kante zu haben.«

»Demnach«, sagte Fletch, »gewinnt Sam die Bürokasse.«

»Wer ist Sam?«

»Oh«, sagte Fletch, »der fährt einen der *News-Tribune*-Auslieferungswagen. Die Innenstadtroute.«

Fletch sammelte die aus der Habeck-Akte ausgewählten Kopien zusammen. Auf den Stapel packte er das Buch, das ihm Morton Rickmers geliehen hatte, *Messer und Blut*.

Dann zögerte er lange, bevor er den Hörer abnahm und die Nummer wählte, die er einmal für die Nummer eines Pizzalieferanten gehalten hatte.

Die Stimme, die sich meldete, war jung, weiblich, kräftig, klar, gesund und freundlich. »Ben Franklyn Freundservice. Sie möchten einen Freund?«

Fletch verdrängte alle Gedanken an Sardellen- und Pepperoni-Pizzas aus seinem Kopf und sagte: »Könnte vielleicht gerade einen gebrauchen.«

»Nun, wir sind ein Begleitservice. Rund um die Uhr verfügbar. Bei Ihnen zu Hause oder bei uns. Aber würden Sie mir bitte zuerst verraten, wer Ihnen Ben Franklyn empfohlen hat?«

Fletch schluckte. »Mein Vater.«

Das Mädchen zögerte. »Haben Sie irgendwelche Probleme, Sohnemann?«

»Nicht, daß ich wüßte.«

»Netter Kerl, Ihr Vater.«

»Mmmh, er ist ein guter alter Kerl.«

»Möchte wohl nicht, daß Sie allein in der großen Stadt sind, äh?«

»Er möchte nicht – äh –, daß ich Freunde gewinne – äh –, die ich nicht wieder loswerde. Äh.«

In der Lokalredaktion war es plötzlich sehr warm geworden.

»Verstehe. Wie heißt Ihr Vater?«

»Oh, ich glaube kaum, daß er selbst Ihre Dienste jemals in Anspruch genommen hat. Ich meine, persönlich.«

»Sie wären überrascht. Trotzdem, wie heißt er?«

»Äh. Jaffe. Archibald Jaffe. Machen Sie sich keine Gedanken seinetwegen. Ich heiße Fletcher Jaffe. Ich bin derjenige, der kommt. Hoffe ich.«

»Okay, Fletcher. Warum kommen Sie nicht hierher? Wir werden Ihren Gesundheitszustand testen.«

»Mir geht's gut, danke.«

»Oh, davon sind wir überzeugt. Unter Gesundheit verstehen wir einfach alles. Wir sind Freunde, wie Sie noch nie welche hatten. Wir kümmern uns um alles, was an Ihnen dran ist. Sie treiben auch Gymnastik, oder?«

»O ja.«

»Nun, wir möchten die Spannkraft Ihrer Haut und Ihrer Muskeln testen, Ihre Ernährung. Sie durchtrainieren bis zur sexuellen Erfüllung. Freunde wie uns hatten Sie noch nie.«

»Davon bin ich überzeugt.«

»Wir bieten Ihnen ein volles Programm, von einfachen Streckübungen über tiefes Atmen bis hin zur Ekstase.«

»Ekstase! Wau!«

»Zweifeln Sie etwa daran?«

»Ich habe nur noch nie einen Satz mit *Ekstase* gehört. Ich glaube nicht. Ich meine, in einem Gespräch.«

»Sie haben ja auch noch nie den Ben Franklyn Freundservice angerufen.«

»Für etwas ohne Käse noch nicht.«

»Wie bitte?«

»Schon gut.«

»Wollen Sie gleich herkommen?«

»Nicht gleich. Ich habe noch eine Verabredung. Wie wär's mit morgen?«

»Gewiß. Ich glaube, wir können Sie einschieben.«

»Ha, ha.«

»Um wieviel Uhr?«

»Elf Uhr.«

»Morgens?«

»Ganz recht. Ich möchte meiner Haut Spannkraft verleihen lassen.«

»Fletcher Jaffe. Wir sehen uns also um elf Uhr morgen vormittag. Mit allem, was an Ihnen dran ist. Und Sie werden alles sehen, was an uns dran ist.«

Das Telefon klickte.

Fletch legte auf.

Und übte eine Weile tiefes Atmen.

13

»Wau!«

»Diese Mücken fallen über mich her.«

»Zur Hölle mit den Mücken. Hör dir lieber mal das an.«

Barbara Ralton, die im Badeanzug am Strand saß, kratzte sich mit der einen Hand am Ellbogen und mit der anderen am Rücken. »Fletch, diese Mücken fallen wirklich über den Strand her, wenn die Sonne so tief sinkt.«

»Das paßt zu dem, was du gleich hören wirst. Paß auf.« Fletch, der mit dem Rücken an ihrer Strandtasche lehnte, las vor:

Junges Fleisch,
straffe Haut,
über Muskeln gespannt,
über Gelenken glatt,
Entdeckt
Entlarvt
Ausgeforscht
Ausgebeutet
Aufs Vollkommenste
Gefühlt
Ausgelacht

Ausgewichen
Entgegnet
Entfesselt
Scharfer
Harter
Schimmernder
Stahl
einer Klinge
gleitet durch das Fleisch.
Blut sprudelt,
imitiert den Schlitz,
wird zu einer Schnur
aus Blut;
findet seinen eigenen Weg
und strömt die Haut hinab,
dicke, rote Flüssigkeit,
die das sanfte Rosarot der Haut
überschwemmt.

Tauche deine Zunge in das Blut.
Bade deine Lippen darin.
Sauge es durch deine Zähne.
Sieh, wie die Haut über dem Schnitt
sich entleert, wie sie weiß, weißer wird
dicht neben dem Blut, und
schau dem Pochen zu, wenn
die Haut
nachhallt vom Schlag des Herzens,
der immer rascher
das Blut hinausdrängt zur Luft, zur
Röte, zur
Flut.

Was dringt vollkommener
in die Wärme des Fleischs
als die Kälte des Stahls?
wahrlich,
waren sie nicht wie
füreinander geschaffen?

Barbara, von Mückenstichen übersät, hatte aufgehört sich zu kratzen. Sie sagte: »Das ist ekelhaft.«

»Ganz schön scharf«, sagte Fletch.

Sie schauderte im roten Schein der untergehenden Sonne. »Schund.«

Fletch fuhr mit dem Fingernagel an ihrer Wade entlang. »Aber kapierst du wirklich, worum 's geht?«

»Eine leichte Schwäche im bildhaften Ausdruck«, sagte sie.

»Aber denk doch mal an die Ironie.«

»Verrückt!« Sie nahm Fletch das Buch aus der Hand, um den Umschlag sehen zu können. »Was soll das sein?«

»Das ist ein Gedicht von Tom Farliegh mit dem Titel *Messer und Blut*.«

»Das ist Poesie? Nicht gerade ›Wie lieb‹ ich dich! Liebst du auch mich?«

»Ich glaube, man nennt das Poesie der Gewalt. Tom Farliegh ist ihr Erfinder oder gegenwärtiger Hauptvertreter oder so was.«

»Wo hast du das erstanden, bei einem Motorradfahrertreffen?«

»Tom Farliegh ist möglicherweise oder ist möglicherweise auch nicht Donald Habecks Schwiegersohn.«

»Mir wäre Attila der Hunne als Schwiegersohn lieber.«

Fletch rollte sich auf den Bauch. »Natürlich ist es sentimental.«

»Ich ziehe Browning vor.«

»Zumindest weiß er den Wert von Fleisch und einem Messer zu würdigen.«

»O ja. Das kann man sagen. Und warum, Irwin, schleppst du am Abend nach Habecks Mord einen Gedichtband von Habecks Schwiegersohn mit dir herum?«

Obwohl er der Sonne den Rücken zugekehrt hatte, blinzelte Fletch. »Findest du das denn nicht interessant?«

»Faszinierend!« heuchelte sie. »Ist das ganze Buch so?«

»Ich werde dir noch eins vorlesen.« Er streckte die Hand nach dem im Sand liegenden Buch aus.

»Nicht vorm Abendessen, danke.« Sie stand auf. »Mücken und satanische Gedichte. Hast du irgendwas zum Abendessen mitgebracht?«

»Mmmhh«, antwortete Fletch. »Im Auto sind ein paar Brezeln.«

»Toll. Hab' ich mir doch gleich gedacht, daß du auf dem Heimweg irgendwo angehalten hast. Du kamst nur in der Badehose an.«

»Ich weiß, wie man Brezeln zubereitet.«

»Los, komm. Ich habe Lammkoteletts mitgebracht. Ich werde dir zeigen, wie man sie zubereitet.«

»Ich werde erst mal in den Ozean hupfen.« Fletch begann sich langsam zu erheben. »Den Sand abwaschen.«

»Du kannst mir alles über deinen neuen Auftrag erzählen«, sagte Barbara, die Strandtasche wie einen Fußball unter den Arm geklemmt. »Jenen, der nichts mit Leuten zu tun hat, denen man Kugeln in den Kopf jagt.«

»Jaja, mach' ich«, sagte Fletch abwesend.

wahrlich,
waren sie nicht wie
füreinander geschaffen?

14

»Also, welchen Auftrag hast du?« Barbara, eine Schürze über dem Badeanzug, stand am Herd.

Fletch mampfte eine Brezel. »Recherche über Ben Franklyn.«

Da es draußen dunkel, im Strandhaus jedoch hell war, spiegelten sie sich in den riesigen Fensterscheiben.

»Also irgendwie kommt mir Ben Franklin nicht ganz neu vor.«

Fletch fand die braune Papiertüte, in der Barbara die Koteletts, Kartoffeln, Erbsen und Milch mitgebracht hatte, und verstaute darin Donald Habecks Anzug, Hemd, Krawatte, Unterhose, Socken und Schuhe. »Hast du irgendwo Bindfaden?«

»Sieh in dieser Schublade nach.« Sie deutete mit dem Kartoffelstampfer. »Was gibt's Neues über Ben Franklin?«

»Einer von den gesunden Typen. Sehr modern.« Fletch umwickelte das Paket mit dem Bindfaden. »Einfallsreich. Diplomatisch. Stets ein Frauenverehrer gewesen. Ein Geschäftsmann obendrein. Er war doch ein guter Geschäftsmann, oder?«

»Wie verbrannt möchtest du deine Koteletts?«

»Wenn du schon fragst, dann hör auf zu braten.« Er warf das Paket auf den Boden nahe der Haustür. Als sie am Tisch saßen, sagte Barbara: »Ich werde deine Mutter anrufen.«

»Was hab' ich denn jetzt schon wieder angestellt?«

»Du wirst am Samstag heiraten. Meinst du nicht, daß Jessica von mir, ihrer Schwiegertochter in spe, erfahren sollte?«

»Oh, gewiß.«
»Man sollte ihr die Gelegenheit geben, zur Hochzeit zu kommen, weißt du? Sollte ihr das Gefühl geben, daß sie ehrlich willkommen ist.«
»Ich habe ihr geschrieben. Weiß nicht, ob sie sich's leisten kann zu kommen. Sie ist eine arme Schriftstellerin, wie du weißt. Ich sollte besser sagen, sie ist Schriftstellerin, und sie ist arm. Und wenn wir ihr die Fahrt von Seattle zahlen, können wir uns keine Flitterwochen leisten.«
»Trotzdem, ihr Sohn wird heiraten.«
»Nackt?« fragte Fletch. »Hegst du eigentlich immer noch die Absicht, daß wir nackt heiraten?«
»Nein.« Barbara schaufelte Kartoffelbrei in ihren Mund. »Ich hab's nicht geschafft, diese acht Pfund loszuwerden.«
»Ah«, grinste Fletch. »Du hast also etwas zu verbergen.«
»Ich möchte dich noch einmal nach deinem Vater fragen.«
»Was ist mit ihm?«
»Was ist mit ihm?« fragte sie.
»Er starb bei der Geburt.« Fletch zuckte die Achseln. »Jedenfalls hat Mutter das immer gesagt.«
»Moderne amerikanische Hochzeit.« Barbara seufzte und betrachtete ihr beider Spiegelbild im Fenster.
»Tja«, sagte Fletch, »wozu das Ganze?«
»Was meinst du mit: ›Wozu das Ganze?‹«
»Alston fragte mich beim Lunch, ob ich sicher wäre, daß ich heiraten wolle. Das war kurz nachdem ich ihn gefragt hatte, ob er mein Trauzeuge werden wolle.«
»Alston arbeitet doch für Habecks Anwaltskanzlei, nicht?«
»Mmmh.«
»Ist er da glücklich?«
»Nicht sonderlich.«
»Was hast du geantwortet?«
»Weiß ich nicht mehr.«
»Rechtsanwälte stellen immer schwierige Fragen. Das ist ihr Job. Gibt ihnen ein Gefühl der Überlegenheit, denke ich. Hilft ihnen, die Illusion zu wecken, daß sie ihre Honorare wert sind.«
»Frank Jaffe macht irgend so eine Bemerkung, daß Heiraten nur dann einen Sinn hätte, wenn man Kinder haben wolle.«
»Er hat recht. Fast.«
»Wollen wir denn Kinder haben?«

»Klar.« Barbaras Augen huschten über den groben Holzfußboden des Strandhauses. »Aber zuerst müssen wir mal Geld haben. Du verdienst ja nicht viel. Im Grunde hast du überhaupt keinen sehr lukrativen Beruf. Ich habe gar keinen Beruf. Kinder kosten 'ne Menge.«

»Das hat heute schon mal jemand erwähnt.«

»Was hast du heute eigentlich den ganzen Tag gemacht, überall Argumente gegen 's Heiraten gesammelt?«

»Ich habe heute überall die frohe Botschaft verkündet, daß du und ich am Samstag heiraten werden, und jeder hat gefragt: *Warum*?« Barbara starrte Fletch an. »Genaugenommen würde ich sagen, daß die meisten Leute mit einem einzigen Wort reagierten: *Quatsch!*«

»Das ist aber nicht sehr nett von den Leuten.«

»Nein. Ist es nicht.«

»Nur weil andere Leute miese Ehen führen...«

»Und welches Kriterium haben wir außer den Ehen anderer Leute?«

»Ich meine, daß es sinnvoll ist, wenn wir heiraten.«

»Ich auch.«

»Wir können uns gegenseitig unterstützen.«

»Richtig. Heute habe ich versucht, dir aus Cecilias Jodhpurs herauszuhelfen.«

»Die Gründung einer Familie, eines Lebensstils anstreben.«

»Vorausgesetzt, daß ich bei der Zeitung weiterhin einen miserablen Auftrag nach dem anderen annehme.«

»Gemeinschaft. Zusammen alt werden. Die Dinge mehr oder weniger aus der gleichen Perspektive betrachten, die gleichen Erinnerungen haben, einander beschützen.«

»Richtig«, sagte Fletch. »Kennst du jemanden, der das tut?«

»Was nicht heißt, daß wir's nicht können.«

»Nein. Das heißt es nicht.«

»Ich bin entschieden der Meinung, daß wir heiraten sollten«, sagte Barbara.

»Ich auch«, pflichtete Fletch bei. »Entschieden.«

»Denk an die Ehe einfach so, wie du an alles andere denkst«, sagte Barbara. »Durchspielen, bis du die Wahrheit herausgefunden hast. Nur, daß du in der Ehe durchspielst, bis du die Wahrheit über dich und mich und uns herausgefunden hast.«

Das Telefon läutete.

Barbara sah es verblüfft an. »Wer kann das denn sein?«

»Ich bat Alston, anzurufen. Er hat mir möglicherweise einiges über Donald Habeck zu berichten.«

»Habeck.« Barbara trug ihren Teller zum Spülbecken. »Du spinnst.«

»Mmmh.« Fletch stand auf, um den Hörer abzunehmen. »Diesen Umstand mußt du ebenfalls berücksichtigen.«

15

»Ich geb's ja nur äußerst ungern zu, alter Kumpel«, sagte Alston. »Aber du könntest wirklich recht haben.«

»Natürlich hab' ich recht.« Fletch ließ sich in einem Morrisstuhl neben dem Telefon nieder. »Womit?«

»So gut ich es vermochte, ohne daß man mich mit den Fingern in den Akten erwischte, konnte ich ein paar Dinge für dich ausbuddeln: Habecks letzten großen Fall; seinen laufenden großen Fall; und – hier könntest du recht haben – welcher seiner alten Mandanten gerade aus dem Knast entlassen wurde und möglicherweise einen unbezähmbaren Drang hatte, Habeck eine Kugel in den Schädel zu jagen.«

»So einen gibt's?«

»Zuerst seinen letzten und seinen laufenden großen Fall. Über beide habt ihr bestimmt umfassendes Zeitungsmaterial.«

»Ja. Ich hab's mir heute nachmittag besorgt.«

»Dann weißt du ja, daß der laufende große Fall den Vorsitzenden des State House Ways and Means Committee betrifft, dem eine Schmiergeldintrige zur Last gelegt wird. Bestechung.«

»Ja.«

»Konkret wird ihm zur Last gelegt, von einem Architekturbüro, das den Auftrag hatte, einen neuen Anbau für das Staatsgefängnis in Wilton zu entwerfen, dreiundfünfzigtausendfünfhundert Dollar angenommen zu haben.«

»Hoffentlich hat sich der Bundessenator gleich eine eigene hübsche Zelle mit Blick nach Süden entwerfen lassen.«

»Bezweifele, daß er die je zu Gesicht kriegt, falls er's getan hat. Die gesetzlichen Schachzüge hierbei sind zu raffiniert, als daß ich sie verstünde. Ich meine nicht gesetzliche Schachzüge, ich meine politische Schachzüge. Habeck hat alle möglichen Anträge und Eingaben eingereicht, die ich nicht verstehe. Er hat bei diesem Fall den erstaunlichsten Foxtrott durch die Gerichte getanzt. Mir ist schleierhaft, warum sich die Gerichte derartige Verrenkungen bieten lassen.«

»Habeck hat einfach versucht, aus dem Fall Schnee von gestern zu machen, soweit es die Öffentlichkeit angeht, richtig? Nach einer Weile vergessen sowohl die Öffentlichkeit als auch vermutlich die Gerichte ihre Verärgerung über einen Fall wie diesen. Wir werden es leid, darüber zu lesen. Werden den Ereignissen gegenüber gleichgültig. Richtig?«

»Richtig. Es wäre nützlich, wenn ihr Pressetypen solche Winkelzüge ab und an mal aufs Korn nehmen würdet. Mal in allen Einzelheiten über die Geschichte eines solchen Falls berichten würdet. Verlangen würdet, daß die Gerichte eine endgültige Entscheidung darüber treffen.«

»Jawohl, Sir.«

»Du wärst also an Habecks persönlichen Notizen in den Akten dieses Falls interessiert?«

»Und wie.«

»Die erste Notiz lautet: *Diese Sache vor Richter Carroll Swank bringen.*«

»Ah. Dahinter steckt, daß besagter Richter Swank dem Senator Schoenbaum aus der tiefen, dunklen, finsteren Vergangenheit noch etwas schuldig ist.«

»Anzunehmen. Irgendeine Dankesschuld, die in einem sicheren Versteck aufbewahrt wird und die ihr Jungs nie finden könntet.«

»Oder Senator Schoenbaum hat etwas auf der Erpressungsebene über den besagten Richter Swank in der Hand.«

»Richter mögen sich in Verhandlungen zwar wie selbstgerechte Tugendbolde aufführen, aber im Leben müssen sie pragmatisch denken.«

»Das werde ich mir notieren.«

»Eine zweite von Habeck geschriebene Notiz in der Akte könnte dich ebenfalls interessieren. Sie lautet: *Effektive Höhe der Schmiergelder, die Schoenbaum zugibt, über achthunderttausend Dollar. Steuerfrei, wohlgemerkt. Honorar um die fünfhunderttausend Dollar planen.* Diese beiden Notizen stehen ziemlich am Anfang der Akte. Der Rest der Akte ist nur ein Bericht darüber, wie Habeck die Gerichte herumgescheucht hat.«

»Bis er den Fall vor Richter Swank bringt.«

»Und ab dann scheucht er das Gericht erst richtig herum.«

»Und Senator Schoenbaum sonnt sich derweil auf Hawaii.«

»So ist es. Der arme Trottel denkt, daß er aus dieser Sache als reicher und freier Mann herauskommen wird.«

»Nun, da hat er zur Hälfte ja recht.«

»Ich kann mir Schoenbaum nicht als jemanden vorstellen, der Habecks Kopf wegpusten möchte.«

»Nein.«

»Die anderen Fälle, die Habeck verteidigt, und das sind mehr als zwanzig, werden alle von Handlangern, armen Knechten wie mir bearbeitet. Einige Fälle von Unterschlagung, zwei Autounfälle mit Todesfolge, ein halbes Dutzend Fälle von Versicherungsbetrug, nicht weniger als zehn Fälle von elterlicher Kindesentführung – du weißt schon, wenn der eine Teil eines geschiedenen Paares die Schlacht ums Sorgerecht verliert und sein eigenes Kind entführen läßt.«

»So viele?«

»Ist ein Riesengeschäft. Wenn ich mich jemals entschließen sollte, Habeck, Harrison und Haller zu verlassen, steige ich da möglicherweise ein. Ich käme mir nützlicher vor.«

»Gibt einem zu denken.«

»Plus einem ziemlich komischen Fall über einen Milchmann.«

»Hab' mal einen witzigen Milchmann kennengelernt.«

»Dieser ist echt witzig. Hör zu. Zuerst hat er einen Zobelmantel für seine Frau geliehen, für einen Monat, auf Kredit.«

»Liebender Ehemann.«

»Dann führte er die zobelgeschmückte Frau Gemahlin in einen Rolls-Royce-Ausstellungsraum und leaste für einen Monat einen Rolls-Royce, auf Kredit.«

»Ein Bewunderer guter Autos obendrein.«

»Mit der Frau Gemahlin im Zobelmantel, beide im Rolls-Royce, konnte er eine kleine Villa in Palm Springs mieten.«

»Warum sollte ein Milchmann nicht gut leben?«

»Mit dem Mantel, dem Rolls und dem Haus spazierte er dann zu einer Bank am Ort und ergaunerte ein Darlehen von fünfhunderttausend Dollar bar auf die Hand.«

»Wau.«

»Und gab seinen Job als Milchmann auf.«

»Klar. Warum hätte er auch arbeiten sollen, bei allem was er hat?«

»Er gab den Mantel zurück, den Wagen und kündigte den Mietvertrag für das Haus. Und setzte sich nach Nebraska ab.«

»Für fünfhunderttausend Dollar kannst du in Nebraska eine Menge Kühe kaufen.«

»Selbst die Bank machte sich keine Sorgen, drei Jahre lang, weil der Bursche nämlich regelmäßig Zinsen aus dem geborgten Kapital bezahlte.«

»Verrat's mir nicht. Die Anklage lautete, daß er Amerika zu gut verstanden hat.«

»Natürlich versiegte die Quelle schließlich, und die Bank lief dem pensionierten Milchmann hinterher.«

»Warum übernimmt Habeck einen solchen Fall? Der Milchmann kann ihm doch nicht viel zahlen.«

»Schön. Habeck übernahm also den Fall des Milchmanns. Sobald die Bankleute davon erfuhren, kriegten sie alle das große Schlottern. Habeck, Harrison und Haller kauften ein paar Anteile an der Bank und drohten dann der Bank mit völliger Enthüllung. Bezichtigten sie einer darlehensforcierenden, inkompetenten Geschäftsführung und einer so verfehlten Darlehenspolitik, daß ihnen ohne Frage die Bankkonzession entzogen werden sollte. Immerhin, Fletch, hatten sie einem Milchmann ein Darlehen von einer halben Million Dollar gegeben!«

»O Mann. Also wird die Bank den Fünfhunderttausend-Dollar-Verlust schlucken müssen oder zumindest den Teil, den der Milchmann nicht aus dem Kapital zurückgezahlt hat?«

»Nicht nur das, zwei der Partner in der Bank, die zufällig auch noch Vorstandsmitglieder der Bank sind, kaufen Habeck, Harrison und Haller deren paar Aktienanteile zu einem Preis ab, den man als weit über Marktwert liegend bezeichnen könnte.«

»Puh. Was ich so alles über das Recht lerne. Sag mal, Alston, nennt man so was einen ›außergerichtlichen Vergleich‹?«

»Meiner Meinung nach nennt man das Erpressung. Allerdings hab' ich ja auch nie die juristische Fakultät besucht.«

»In der juristischen Fakultät wird das auch Erpressung genannt.«

»Bisher habe ich heute erfahren, daß sich Habeck, Harrison und Haller, als Anwaltskanzlei, aktiv im Einbruchsgewerbe, im Erpressungsgewerbe und im Richterbestechungsgewerbe betätigt . . . womit verdient ihr Burschen sonst noch euern Lebensunterhalt?«

»Frag nicht.«

»Bist du sicher, daß nicht alle Anwaltskanzleien so sind?«

»Natürlich nicht.«

»Was ist aus dem Milchmann geworden?«

»Er zog in den Staat New York, wo er beschäftigt ist als –«

»Milchmann!«

»Nein. Als eine Art Psychotherapeut. Während der drei Jahre in Nebraska hat er irgendeinen akademischen Grad erworben, ein Berufsdiplom, das es ihm ermöglicht, seine Brötchen damit zu verdienen, daß er Verständnis aufbringt.«

»Ich möchte wetten, daß er das sehr gut kann.«

»Ich halte die Wette.«

»Sozialer Aufstieg, Alston.«

»Der amerikanische Traum.«

»Durch kluge Kreditausschöpfung.«

»Der Name des Spiels.«

»Die Erschaffung eines weiteren schuldenfreien Akademikers.«

»Mir wird ganz warm ums Herz.«

»Die Rechtsordnung funktioniert, Alston.«

»Daß du das bloß nie vergißt.«

»Und eine Bank muß ihre Darlehenspolitik verschärfen, von der wir alle profitieren.«

»Habecks letzter Fall, der durch die Presse ging, liegt etwa ein Jahr zurück.«

»Der Fall des gestrauchelten Doktors.«

»Genau, der Arzt, der mit einer bestimmten Anzahl seiner Patienten einen Rauschgifthändlerring aufzog. Der Arzt war selbst ein Wrack.«

»Und Habeck erwirkte seinen Freispruch, indem er das Narcotics Bureau beschuldigte, eine Falle gestellt zu haben.«

»Letzten Endes, ja. Zuerst vollführte er einen Rieseneiertanz bezüglich der Unantastbarkeit des Patienten-Schrägstrich-Arzt-Verhältnisses. Das heißt, Ärzte dürfen nicht durch vertrauliche Mitteilungen von Patienten, die sich als Rauschgiftfahnder entpuppen, in eine Falle gelockt werden.«

»Und wie wurde Habeck, Harrison und Haller für diesen Job bezahlt, Alston?«

»Es gab da Kokain im Wert von einer Million Dollar, das die Behörden nie fanden.«

»Guter Gott. Einbruch, Erpressung, Rauschgifthandel ... warum erhebt eigentlich niemand Anklage gegen Habeck, Harrison und Haller?«

»Wer würde das wagen? Um die Wahrheit zu sagen, während ich jetzt so mit dir rede, fühle ich, wie mir das Herz in die Hose rutscht.«

»Ich weiß das zu schätzen, Alston.«

»Wo du recht haben magst, ist, daß ein Habeck-Mandant letzten

Dienstag aus dem Gefängnis entlassen wurde. Und der ist kein sehr netter Mensch. Er hat elf Jahre auf die harte Tour abgesessen. Und mir ist schleierhaft, warum Habeck diesen Fall überhaupt übernommen hat.«

»Keine handschriftlichen Notizen?«

»Alle Akten, außer einer Mikrofilmaufzeichnung des Falls, sind im Lager in Nevada, und ich kann nicht an sie ran.«

»Er muß einen Grund dafür gehabt haben.«

»Der Kerl hat sich an Kindern vergriffen. Ein echtes Herzchen. Besaß zwei abgerichtete deutsche Schäferhunde, mit denen er, wenn er eine Wohnsiedlung betrat, offensichtlich erst mal die kleinen Kinder anlockte. Dann trieben die abgerichteten Hunde die kleinen Kinder in eine Ecke des Komplexes oder in den Spielhof und hielten sie dort in Schach, und dann hat sich dieser Dreckskerl an ihnen gütlich getan.«

»Allmächtiger.«

»Für mich käme der in Frage. Schlägt alle Kandidaten, was?«

»Allmächtiger!«

»Eine Menge kleiner Kinder haben als Zeugen ausgesagt. Für den Vorfall, der ihm schließlich die Anklage einbrachte, gab es einen Haufen Zeugen. Ich vermute, daß er lange Glück gehabt hat und nicht erwischt wurde. Er rechnete damit, daß die Hunde halfen, sich aus dem Staub zu machen. Nicht gerechnet hatte er allerdings mit zwei schwarzen Brüdern, die sich von deutschen Schäferhunden nicht einschüchtern ließen und ihnen die Köpfe einschlugen.«

»Und er bekam nur elf Jahre?«

»Habeck muß wohl etwas für ihn getan haben.«

»Elf Jahre!«

»Ich bin sicher, daß es elf harte Jahre waren, Fletch. Wer sich an Kindern vergreift, ist unter Knastbrüdern nicht beliebt. Sie werden nur sehr selten zu Cocktailpartys im Zellenblock eingeladen.«

»Wie heißt er?«

»Felix Gabais. War in verschiedenen Jobs tätig, Busfahrer, Schulbusfahrer, Taxifahrer. Lebte mit einer gelähmten Schwester in der Saint-Ignatius-Gegend. Dürfte jetzt etwa einundvierzig, zweiundvierzig Jahre alt sein.«

»Wenn Habeck ihn bei einer derartigen Anklage nach elf Jahren aus dem Gefängnis rausbekommen hat, dann kann ich mir nicht vorstellen, warum er auf ihn schießen sollte.«

»Er ist verrückt, Fletch. Ich meine, ein Kerl, der sich solche Sachen mit abgerichteten Hunden ausdenkt, muß verrückt sein. Muß sich das vorher gründlich überlegt haben, sagen wir mal.«

»Schon möglich.«

»In diesem Fall hatte er elf Jahre Zeit, gründlich zu überlegen.«

»Alston, mir geht da noch etwas durch den Kopf. Mal angenommen, irgendwer tötet oder verstümmelt einen von dir geliebten Menschen. Und Habeck erreicht, daß er ungeschoren oder mit einer unbedeutenden Strafe davonkommt, einer Bewährungsstrafe oder so was. Wäre das für dich kein Motiv, Habeck aufs Korn zu nehmen?«

»Wie war das?«

»Ich hörte heute von einem Fall, in den Habeck verwickelt war. Betrunkener Teenager stahl ein Auto und brachte damit irgendwen um. Habeck erreichte, daß er lediglich mit einer Bewährungsstrafe davonkam.

Was ist mit der Familie des Opfers? Hätte die nicht allen Grund, reichlich sauer auf Habeck zu sein?«

»Ich kann mir vorstellen, daß sie dem betrunkenen Knaben an den Kragen will.«

»Aber nicht Habeck?«

»Das würde zuviel Überlegung kosten. Zuerst, im Zorn, wollen die Leute vermutlich erleben, daß die Angeklagten die Strafe bekommen, die sie verdienen. Wenn die Gerichte die Täter dann nicht so bestrafen, wie sie es zweifellos verdient hätten, tja, dann fühlen sich wohl selbst die anständigsten Leute versucht, loszumarschieren und dem Täter eigenhändig eins über die Rübe zu hauen.«

»Aber wenn sie genau darüber nachdenken . . .«

»Dann wird ihnen klar, daß sich ihr Zorn gegen irgend etwas Undefinierbares richtet, weißt du, wie *die Rechtsordnung* zum Beispiel oder *die Gerechtigkeit* oder *die Gerichte*.«

»Du glaubst also nicht, daß irgendwer mal den Verteidiger aufs Korn nehmen könnte, der die Rechtsordnung verdreht, damit echte Ganoven freigesprochen werden?«

»Möglich ist das schon. Ein gescheiter Mensch, vielleicht.«

»Ein gescheiter Mensch, der in dem, was Habeck tut, ein Schema erkennt.«

»Und vielleicht einen persönlichen Groll hegt.«

»Und weiß, daß keine Möglichkeit besteht, Habeck jemals vor den Richter zu bringen.«

»Ja. Ein solcher Mensch könnte einen Schuß in Habecks Kopf möglicherweise für gerechtfertigt halten. Aber, Fletch, denk doch mal an die Zahl. Im Laufe von Habecks fünfunddreißigjährigem Berufsleben muß die Zahl derer, die den Opfern nahestanden oder mit ihnen verwandt waren und miterlebten, wie Habeck den Täter an den Strand anstatt in den Knast schickte, in die Hunderte, die Tausende gestiegen sein.«

»Vermutlich.« Fletch nahm *Messer und Blut* vom Tisch neben dem Telefon. »Wie dem auch sei, ich weiß bereits, wer Habeck umbrachte.«

»Gescheites Kerlchen.« Alston seufzte. »Warum hast du mir das denn nicht gleich gesagt? Anstatt mich stundenlang mit dir zu unterhalten, hätte ich joggen gehen können.«

»Du kannst immer noch joggen gehen«, sagte Fletch, während er die Seiten umblätterte.

»Ich möchte nicht von einem Milchmann überfallen werden.«

»Hör dir das an.« Fletch las vor:

Schlanke, gegürtete Hüften
übersprüht von Automatikfeuer,
jede Kugel
durchschlägt
den Körper
in seiner Mitte,
hebt ihn empor,
schleudert ihn zurück,
stößt ihn umher.

Also
verneigt sich
der Vollkommene Krieger
vor seinem Tod,
krümmt sich,
schwenkt und fällt.

Verwelkt, verwüstet,
doch nicht verschwendet.

Dieser Tod ist sein Leben
Und er ist vollkommen
Darin.

»Himmel!« Alston schnaufte. »Was ist das denn?«
»Ein Gedicht mit dem Titel *Der vollkommene Krieger.*«
»Du und ich wissen es ein bißchen besser, was, Kumpel?«
»Tatsächlich?«
»Dieses herumhopsende Prachtexemplar gibt es einfach nicht.«
»Tatsächlich nicht?«
»Das ist das Ekelhafteste, was ich je gehört habe. Es macht mich wütend.«
»Falls ich recht habe, und ich bin nicht sicher, ob ich recht habe, dann wurde es von Donald Edwin Habecks Schwiegersohn verfaßt.«
»Oh. Wer so was schreibt, würde alles tun, um seinen Spaß zu haben.«
»Ich habe Barbara eins mit dem Titel *Messer und Blut* vorgelesen, und auf einmal meinte sie, daß sie unbedingt vom Strand weg müßte, um das Abendessen zu richten.«
»Ich glaube, du hast recht. Wenn du die Bestie hast, die dieses Gedicht geschrieben hat, dann brauchst du nicht weiter nach dem Mörder von Habeck zu suchen.«
»Ich glaube, es lohnt sich, mit ihm zu reden.«
»Dann hat dich die Zeitung also auf diese Story angesetzt?«
»Nein, Alston, hat sie nicht.«
»Persönliche Bewährungsprobe, Kleiner?«
»Wenn ich mit etwas Gutem ankomme, glaubst du, daß die Zeitung es dann ablehnen wird?«
»Keine Ahnung.«
»Ich heirate. Ich muß vorwärtskommen im Leben. Bis jetzt treibe ich doch nur dumme Scherze mit der Zeitung. Und die Zeitung treibt dumme Scherze mit mir.«
»Du gehst ein Risiko ein.«
»Welches Risiko? Wenn nichts dabei herauskommt, wird kein Mensch je davon erfahren.«

16

In ein Handtuch gehüllt, baute sich Barbara vor Fletch auf, der noch in dem Morris-Sessel saß.
»Du willst wissen, warum wir heiraten?«
»Eine Frage, die mir beharrlich gestellt wird«, antwortete Fletch.
Sie ließ das Handtuch zu Boden fallen.

Wie eine soeben vollendete Skulptur stand sie in dem matt erleuchteten Strandhaus vor ihm.

»Dieser Körper und dein Körper, die sich in Harmonie durchs Leben bewegen, ob sie nun kopulieren oder nicht, die miteinander verbunden sind, die immer zueinander gehören, die sich nur füreinander bewegen, wie nah oder wie fern wir auch voneinander sein mögen, werden den Takt unseres Menuetts in diesem Dasein bestimmen, heute nacht, morgen und in alle Ewigkeit.«

Fletch räusperte sich. »Ich habe schon schlechtere Poesie gehört. Noch gar nicht lange her.«

»Kommst du ins Bett?«

»Wäre wohl empfehlenswert.« Fletch dachte an den nächsten Morgen und erhob sich. »Jetzt oder vielleicht nie wieder.«

17

In die Titelseite der Zeitung vertieft, kam Barbara ins Schlafzimmer.

»Verflucht noch mal«, sagte Fletch vom Bett her. »Wenn du das nächste Mal haushütest, dann vergewissere dich bitte vorher, ob Vorhänge an den Schlafzimmerfenstern sind, ja?«

»Biff Wilson beherrscht die Titelseite.«

»Versteht sich.«

»Oder Habeck.«

»Die Sonne ist noch nicht mal aufgegangen.«

»Willst du das hören?« Ein Bein unter sich ziehend setzte sich Barbara aufs Bett.

»Wenn's sein muß.«

»›Der landesweit berühmte Strafverteidiger, Partner in der Anwaltskanzlei Habeck, Harrison und Haller, Donald Edwin Habeck, einundsechzig, wurde heute morgen auf dem Parkplatz der *News-Tribune* in seinem blauen Cadillac Seville, neuestes Modell, erschossen aufgefunden.‹«

»Obwohl dieses Schlafzimmer nach Westen liegt, ist es noch vor Sonnenaufgang so lichtdurchflutet wie eine Kirche an einem Sonntagmittag.«

»›Nach Darstellung der Polizei trägt die Tat, Zitat, die Handschrift eines Unterweltmordes, Zitatende.‹«

»›Unterwelt‹!«

»So steht's hier. ›Mr. Habecks Kanzleipartner, Charles Harrison und Claude Heller, gaben noch vor heute mittag eine gemeinsame Erklärung heraus.‹«

»Jede Wette, daß sie das getan haben. Ließen alle andere Arbeit stehen und liegen und machten sich sogleich ans Werk.«

»Folgt die Erklärung: ›Durch das Ableben von Donald Habeck hat die Anwaltschaft einen ihrer brillantesten Köpfe und erfahrensten Vertreter verloren. Dank seines scharfen Intellekts und seiner innovativen Anwendung des Rechts als Verteidiger, insbesondere in Verbrechensfällen, wurde Donald Habeck landesweit ein Vorbild für den Berufsstand und nahezu ein Volksheld. Wir beklagen das Ableben unseres Partners und teuersten Freundes, insbesondere unter solch verabscheuungswürdigen und unerklärlichen Umständen. Unsere tiefempfundene Anteilnahme gilt Donalds Witwe Jasmine, seinem Sohn Robert, seiner Tochter Nancy, in Klammer Farliegh, und seinen Enkelkindern.‹ Ende der Erklärung.«

»›Innovativ‹,« sagte Fletch. »Ist das erste Mal, daß ich dieses Wort in der Bedeutung von unehrenhaft gehört habe.«

»War er denn unehrenhaft?« fragte Barbara.

»Als ich Habeck gestern bei einer Gelegenheit einen *Verbrecheranwalt* nannte, hatte ich Angst, daß mich jemand für einen Witzbold halten könnte.«

»Das sind vielleicht Sprachdrechsler, diese Knaben. »›Verabscheuungswürdige und unerklärliche Umstände.‹«

»Rechtsanwälte sind die einzigen Menschen auf der Welt, die es fertigbringen zu sagen: ›Worte bedeuten nicht, was sie bedeuten. Sie bedeuten, was wir sagen, daß sie bedeuten.‹ Einer der erfahrensten Vertreter des Rechts. Ha! Ein Verdreher der Rechtsordnung.«

»Du scheinst dir eine subjektive Meinung gebildet zu haben, Fletch.«

»Was ich weiß, weiß ich.«

»Laß dich nicht von einer subjektiven Meinung beeinflussen. Es gibt andere sehr wirksame Möglichkeiten, wie du uns über diese Story ruinieren kannst.«

»Du hast recht.«

»›Habecks Frau Jasmine wurde von ihren Ärzten abgeschirmt und stand daher für einen Kommentar nicht zur Verfügung.‹«

»Da muß es eine erste Mrs. Habeck gegeben haben. Wird sie irgendwo erwähnt?«

»Kann nichts entdecken. ›Weder Harrison noch Haller wollten sich während den noch laufenden polizeilichen Ermittlungen über die Art von Habecks Tod äußern.‹«

»Es war kein Unterweltmord.«

»›Nach Aussage von John Winters, Verleger der *News-Tribune*, hatte Donald Habeck um eine Zusammenkunft mit Mr. Winters um zehn Uhr heute morgen ersucht, um ihn hinsichtlich der Ankündigung einer Wohltätigkeitsspende, die Mr. Habeck in der Stadt zu machen beabsichtigte, um Rat zu bitten. ›Ich kannte Donald Habeck nicht persönlich‹, sagte John Winters. ›Natürlich bekunden wir alle hier in der *News-Tribune*-Familie seiner Familie und seinen Freunden unser Beileid.‹«

»Weiser alter John Winters. Hält sich den Winkeladvokaten selbst noch nach dessen Tod vom Leibe. Amelia Shurcliffe sagte, niemand würde es wagen, Donald Habeck entweder als Freund oder als Feind zu deklarieren. Vermutlich hatte sie recht.«

»›Mr. Habecks Leiche wurde von der *News-Tribune*-Angestellten Pilar O'Brien entdeckt, als sie sich zur Arbeit meldete. Police Lieutenant Francisco Gomez erklärte, Mr. Habeck wäre von einer Handfeuerwaffe noch unbestimmten Kalibers aus offensichtlich geringer Entfernung einmal in den Kopf getroffen worden. Die Waffe wurde nicht am Tatort entdeckt.«

»Es war kein Unterweltmord.«

»›Habeck, Absolvent des staatlichen Schulsystems und jahrelang Gastdozent an der juristischen Fakultät . . .‹ Bla, bla, bla. Anschließend wird im einzelnen über seine berühmtesten Fälle berichtet.« Barbara wandte sich einer Innenseite zu. »In großer Ausführlichkeit. Soll ich dir das alles vorlesen?«

»Das bin ich gestern schon alles durchgegangen. Selbst ich weiß, wie man Nachrufe schreibt.«

»Ich meine, der Schwiegersohn Tom Farliegh sollte umgehend verhaftet, angeklagt, verurteilt und eingesperrt werden.« Barbara faltete die Zeitung wieder zusammen.

»Du meinst, daß Tom Farliegh Habeck ermordet hat?«

»Tom Farliegh hat dieses Gedicht geschrieben, das du mir gestern abend vorgelesen hast. Ist das nicht Grund genug, ihn einzusperren? Ein Mensch, der ein sogenanntes Gedicht wie das da schreibt, sollte nicht frei auf der Straße herumlaufen dürfen.«

»Es ist kein Untergrundmord.«

»Soll ich dich eigentlich fragen, warum du das ständig sagst?«

»Fragst du schon?«

»Scheint so.«

»Um auf den Parkplatz der *News-Tribune* fahren zu können, mußt du anhalten, dich ausweisen und dem Wächter am Tor dein Anliegen vortragen. Aber zu Fuß kann jeder rein und raus. Habecks Wagen war mehr zum hinteren als zum vorderen Teil des Platzes geparkt. Ich kann mir einfach nicht vorstellen, daß professionelle Gangster anhalten und dem Wächter am Tor irgendwas erzählen, reinfahren, ihre schmutzige Tat erledigen und anschließend wieder rausfahren. Ich kann mir außerdem nicht vorstellen, daß ein professioneller Gangster seinen Wagen außerhalb des Tores parkt, reinspaziert, Habeck in den Kopf ballert und anschließend wieder rausspaziert. Kannst du dir das etwa vorstellen? Ein professioneller Gangster hätte Habeck irgendwo anders umgelegt.«

»Komisch, daß niemand den Schuß hörte.«

»Der Knall einer kleinkalibrigen Handfeuerwaffe ist so leise, vor allem wenn sie auf einem großen Freiluftparkplatz abgefeuert wird, daß du den Laut irrtümlich für einen Rülpser nach dem Verzehr eines griechischen Salats halten könntest.«

Barbara streckte sich neben ihm auf dem Bett aus.

»Ich sollte mich wohl mal auf die lange Rückfahrt zur Stadt machen«, sagte Fletch.

»Du mußt noch nicht los.«

»Woher willst du das wissen? Es gibt viele, viele Dinge, die ich heute erledigen will. Und einige, die ich nicht erledigen will.«

»Vergiß nicht, daß du heute abend mit Mutter und mir zu Abend ißt. Um die Hochzeit durchzusprechen.«

Fletch spähte auf seine Uhr. »Wir sind wirklich schrecklich früh aufgewacht. Schätze, wir haben noch Zeit.«

»Ich weiß.« Barbara wölbte die Hände hinter seinem Nacken. »Deswegen habe ich ja gestern abend, bevor du herkamst, alle Vorhänge hier drin abgenommen.«

18

»Guten Morgen«, sagte Fletch fröhlich zu der beschürzten Frau mittleren Alters, die ihm die Tür zum Haus Nummer 12339 Palmiera Drive, The Heights, öffnete. Ihre Augen wurden schmal, als sie ihn als den Mann wiedererkannte, der tags zuvor unbekleidet bis auf ein um seine Hüften geschlungenes Jeanshemd durch ihre Küche gerannt war. Er schenkte ihr ein breites Lächeln. »Ich bin wirklich harmloser, als ich sein dürfte.«

»Ja?« fragte sie.

»Ich möchte nur dieses Paket abgeben.« Er reichte ihr die Lebensmitteltüte mit Donald Habecks Kleidern durch die Türöffnung. »Außerdem würde ich gerne Mrs. Habeck besuchen, wenn's möglich ist.«

Die Frau hielt die Tür mit den Füßen umklammert, als sie das Paket mit beiden Händen entgegennahm. Der Bindfaden hatte sich gelokkert. »Hat sich zurückgezogen«, sagte sie. »Steht unter Beruhigungsmitteln.«

Einer von Donald Habecks schwarzen Schuhen purzelte aus der Tüte.

»Ach, du Schreck«, sagte Fletch. Er hob den Schuh auf und packte ihn auf das Bündel in ihren Armen.

Ihr Kopf wich von dem Schuh zurück.

»Noch eine Frage«, fuhr Fletch fort. »Gestern war hier eine ältere Frau, saß am Pool. Bläuliche Haare, rote Handtasche, grüne Turnschuhe. Wissen Sie, wer das war?«

Die Frau sah Fletch durch enge Augenschlitze über Donald Habecks Schuh hinweg an.

»Sie behauptete, Mrs. Habeck zu sein. Sie benahm sich seltsam.«

»Ich spreche nicht Englisch«, sagte die Frau. »Kein einziges gottverdammtes Wort.«

»Verstehe.«

Sie schloß die Tür.

»Ich werde wiederkommen, um Mrs. Habeck zu besuchen, wenn es ihr besser geht!« rief Fletch durch die Tür.

Als er in seinen in der Einfahrt geparkten Wagen stieg, blickte er am Haus hoch.

Im ersten Stock fiel eine Gardine wieder an ihren Platz.

19

»Danke, daß Sie mich so prompt empfangen«, sagte Fletch zögernd.

Er war überrascht, daß ihn der Kurator für zeitgenössische Kunst im Museum überhaupt empfing, zumal um halb zehn morgens und ohne Voranmeldung. Er hatte erwartet, daß Museumskuratoren die Ruhepausen einhielten. Er hatte außerdem erwartet, daß sich jeder

Museumskurator reserviert zeigen würde, wenn einer in Bluejeans und T-Shirt, wie frisch und sauber auch immer, und Turnschuhen, wie neu und weißglänzend auch immer, daherkam und behauptete, von der Zeitung zu sein.

Er hatte auch nicht erwartet, daß ein Museumskurator, wie zeitgenössisch auch immer, mit einer Detroit-Tigers-Baseballmütze auf dem Kopf hinter einem Schreibtisch saß. Auf dem Schreibtisch, neben einem riesigen Buch mit dem Namenszug MARGILETH auf dem glänzenden Umschlag und ein paar Mappen, lagen der Fanghandschuh eines Außenfeldspielers und ein Baseball.

»Sie sind also von der *News-Tribune*«, bestätigte Kurator William Kennedy.

»Ja. Ich hatte den Auftrag, über die Fünf-Millionen-Dollar-Spende an das Museum zu berichten, die von Donald und Jasmine Habeck bekanntgegeben werden sollte.« Fletch lächelte flüchtig über seine zutreffende Anwendung der Vergangenheitsform. »Eine Dame in Ihrem Kuratoriumsbüro sagte, soweit sie wisse, sollte die Spende dieser Abteilung zukommen.«

»Ich bin froh, daß ich mit jemandem, irgendwem, darüber reden kann«, sagte Kennedy.

Fletch fragte: »Stammen Sie aus Detroit?«

»Nein.« Kennedy nahm seine Baseballmütze ab und betrachtete ihr Emblem. »Ich bin lediglich ein Bewunderer vorzüglicher Leistungen, in jeglicher Form.«

»Verstehe.«

»Ich sammle auch Videokassetten von Nurejew, Mohammed Ali und Michael Jackson. Platten von Caruso, McCormack, Erroll Garner und Eric Clapton. Finden Sie mich sonderbar?«

»Eklektisch.«

»Ich bin ein absolut glücklicher Mensch.« Kennedy griff nach seinem Baseballfanghandschuh. »Mir ist schleierhaft, warum nicht jeder so wie ich ist.«

»Mir auch«, sagte Fletch.

»Sammeln Sie etwas?«

»Ja«, sagte Fletch. »Menschen.«

»Was für ein interessanter Einfall.«

»Ich benutze die Menschen nicht, ich sammele sie nur. Das beschert mir einige interessante Erinnerungen auf der langen Fahrt.«

»Sind Sie deshalb Journalist?«

»Vermutlich. Deshalb und aus noch ein paar anderen Gründen.«

»Sie haben weniger Platzprobleme als ich.«

»Als erstes brauche ich Ihre Bestätigung, daß Mr. und Mrs. Habeck dieser Abteilung des Museums fünf Millionen Dollar spenden wollten.«

»Da bin ich nicht sicher.« Kennedy warf den Ball in die Luft und fing ihn in seinem Handschuh. »Und falls sie im Begriff waren, ein solches Angebot tatsächlich zu machen, schriftlich, dann bin ich nicht sicher, ob wir es auch angenommen hätten.«

Fletch hob die Augenbrauen. »Nimmt ein Museum denn nicht aus jeder Quelle Geld an?«

»Die Quelle interessiert uns nicht. In meiner bislang fünfzehnjährigen Museumslaufbahn habe ich es nicht ein einziges Mal erlebt, daß Geld aufgrund seiner Herkunft abgelehnt worden ist, selbst wenn es schmutziges Geld war. Erinnern Sie sich an diese alte Anekdote über Mark Twain? Ein Pfarrer kam zu ihm und sagte, daß ihm ein Gangster Geld für die Reparatur des Kirchendachs angeboten hätte. Twain fragte: ›Warum zögern Sie?‹ Der Pfarrer sagte: ›Weil es ungehöriges Geld ist.‹ – ›Das ist richtig‹, sagte Twain. ›Ihnen gehört es nicht, und mir gehört es auch nicht.‹«

»Sie sammeln wohl auch gute Geschichten?«

»Bei Gelegenheit.«

»Ich meine aus Ihren Worten herausgehört zu haben, daß Sie Habecks Geld für schmutzig hielten.«

Kennedy zuckte mit den Schultern. »Wir wußten, daß er ein durchtriebener Anwalt war.«

»Mit ›durchtrieben‹ meinen Sie wohl ›unehrenhaft‹? Hat ganz den Anschein, als sammelte ich auch noch höfliche Umschreibungen für unehrenhaft.«

»Wie oft hören Sie, daß Anwälte ins Gefängnis wandern?«

»Nicht oft.«

»Ärzte werden krank, aber Anwälte wandern selten ins Gefängnis.«

»Warum lehnt ein Museum Geld ab?«

»Wegen der Bedingungen, die an das Geld geknüpft sind. Lassen Sie mich das erklären.« Kennedy legte seine behandschuhte Hand auf die Baseballmütze auf seinem Kopf. Mit der anderen Hand ließ er den Baseball auf seinem Schreibtisch kreiseln. »Ende letzter Woche vereinbarte Donald Habeck einen Termin für ein Gespräch mit mir. Ich war bestürzt, als meine Sekretärin mir mitteilte, daß sie den Termin vereinbart hätte. Wir waren Donald Habeck nie nachgelaufen. Mir war noch nie zu Ohren gekommen, daß er sich etwas aus

Kunst oder dem Museum machte. Deshalb befürchtete ich, daß er mich dazu überreden wollte, als Sachverständiger bei einem seiner Fälle aufzutreten – oder etwas in der Art.«

»Und damit wären Sie nicht einverstanden gewesen?«

»Ich glaube nicht. Ich bin natürlich schon als Sachverständiger vor Gericht gewesen. Aber nur, wenn ich das Gefühl hatte, daß ich festen Boden unter den Füßen hatte, daß ich jeder Prozeßpartei, die mich befragte, vertrauen konnte. Ich mache keinen Beruf daraus. Nur wenn ich das Gefühl habe, daß man meine Dienste zu Recht benötigt.«

»Und Sie hatten nicht das Gefühl, Donald Habeck vertrauen zu können?«

»Ich wußte überhaupt nichts über ihn, hatte lediglich durch Zeitungs- und Fernsehberichte einen Eindruck von ihm gewonnen. Den unbestimmten Eindruck nämlich, daß er durch eine Menge Tricks Leute vor dem Gefängnis bewahrte, die dort von Rechts wegen eigentlich hineingehörten. Kennengelernt hatte ich den Mann bis dahin nie.«

Fletch fiel auf, wie rasch die Leute mit der Erklärung bei der Hand waren, sie hätten Donald Habeck nie oder nur flüchtig kennengelernt.

»Habeck erhielt also einen Termin, aber keine Einladung zum Lunch«, fuhr Kennedy fort. »Er kam vergangenen Mittwochnachmittag her, setzte sich auf den Stuhl, auf dem Sie jetzt sitzen, und sagte zu meiner grenzenlosen Überraschung, daß er daran dächte, dem Museum fünf Millionen Dollar zu schenken.«

»Wie lautete Ihre erste Frage?«

Kennedy überlegte einen Moment. »Meine erste Frage lautete: ›Ihr eigenes Geld?‹ Ich war sofort mißtrauisch, weshalb, weiß ich nicht.«

»Und er bestätigte, es wäre sein eigenes Geld, das er verschenken wollte?«

»Ja. Daraufhin sagte ich, so höflich ich konnte, daß mir noch nie zu Ohren gekommen wäre, daß er sich entweder für Kunst oder für das Museum interessierte. Er antwortete, daß er sich sogar sehr für Kunst interessierte und daß er überdies etwas entdeckt hätte, was er als ein ›riesiges Loch‹ in unserer momentanen zeitgenössischen Sammlung bezeichnete.«

»Und das ließ Sie aufhorchen.«

»Und ob. Ich konnte es kaum erwarten zu erfahren, welches ›Loch‹ sich seiner Meinung nach in unserer Sammlung befände. Unsere ist zwar nicht die stärkste Sammlung zeitgenössischer Kunst auf der ganzen Welt, aber dank meines Vorgängers und meiner selbst, ist sie sehr stark und wirklich recht ausgewogen.« Kennedy spielte wieder Fangen mit sich selbst. »Er sagte, daß er die fünf Millionen Dollar ausschließlich für den Erwerb zeitgenössischer religiöser Kunst angelegt wissen wollte.«

Nach einem Moment sagte Fletch: »Sehr merkwürdig.«

»Nicht wahr?« Mit einem entschuldigenden Blick zu Fletch sagte Kennedy: »Wie Sie ja wissen, oder auch nicht wissen, gibt es so gut wie keine zeitgenössische religiöse Kunst. Ich meine, jegliche Kunst ist religiös, nicht wahr? Auf ihre eigene Weise, selbst die weltliche. Die Kunst stellt den Menschen in seiner Beziehung zur Natur, zu sich selbst, zu seinen Mitmenschen und zu seinem Gott dar. Nicht alles davon mag rühmenswert sein, aber jedes Stück wahrer Kunst ist, für mich jedenfalls, ein starkes Bekenntnis zum Wesen unserer Existenz.«

»Wie haben Sie ihm geantwortet?«

»Ich fragte ihn höflich, wen wir denn nach seiner Meinung sammeln sollten. Und er antwortete in echter Juristenmanier, daß wir ja wohl die Experten darin wären, und wenn wir meinten, keine vitale zeitgenössische religiöse Kunst zum Erwerb auftreiben zu können, dann brächte er sein Geld eben woanders hin.«

»Ein harter Bursche, selbst wenn er Geschenke machte.«

»Warten Sie. Sie haben noch nicht alles gehört. Liebenswürdig versuchte ich Mr. Habeck zu erklären, daß ich, falls es viele vitale zeitgenössische religiöse Kunstwerke gäbe, der erste wäre, der sie ausfindig machen und erwerben würde. Gebetskartenkunst, wie zum Beispiel die primitive, sei selbstverständlich immer bei uns zu sehen. Einige Kirchen hätten ihre Kreuze und deren Stationen zwar sehr zeitgenössisch gestaltet. Aber sofern man einen gekreuzigten Jesus mit weiblichen Brüsten nicht als vitale Aussage betrachte, gäbe es auf diesem Gebiet nicht viel Neues. Als Kritiker und Kuratoren stünden wir heute, vielleicht fälschlicherweise, auf dem Standpunkt, daß die verschiedenen religiösen Kunstgattungen, von der ›Schöpfung‹ bis zur ›Johanna auf dem Scheiterhaufen‹, der Vergangenheit angehörten.« Kennedy warf den Ball in die Höhe und fing ihn auf. »Dann wurde mir klar, daß ich dem armen Mann einen Vortrag hielt, und deswegen war er ja nicht hergekommen. Ich konnte sehen, daß er ärgerlich wurde. Ich hatte den absolut falschen Weg eingeschlagen. Daher fragte ich ihn, mehr persönlich, warum er denn soviel Geld spenden wollte.«

»Eine Frage, die wir uns alle stellen.«

»Die Antwort wird Sie wahrscheinlich verblüffen. Nachdem er sich kurze Zeit wie ein Aal auf diesem Stuhl gewunden hatte und sich dabei bestimmt ebenso unbehaglich fühlte wie jeder Zeuge während seines Kreuzverhörs, platzte Habeck damit heraus, daß sein Leben vorüber wäre, daß er damit Schluß machen wollte; kein Hahn würde nach ihm krähen; er wäre dabei, sich all seiner weltlichen Güter zu entledigen, und ...«, Kennedy warf den Ball hoch in die Luft und mußte sich vorbeugen, um ihn zu fangen, »... er beabsichtigte, den Rest seines Lebens in einem römisch-katholischen Kloster zu verbringen.«

Nach einem Moment der Stille warf Kennedy Fletch den Ball quer über den Schreibtisch zu.

»Päng«, sagte Fletch, als er den Ball fing.

»Dachte mir, daß Sie das überrascht«, sagte Kennedy. »Jetzt verstehen Sie wohl, warum ich froh bin, mit Ihnen heute morgen zu sprechen. Ein wirklich sehr seltsames Ereignis.«

»Mannomann. Wer hätte das gedacht?«

»Sind die Menschen nicht erstaunlich? Sehr lohnenswerte Sammelobjekte.«

»Er wollte Mönch werden?«

»Ja. Das sagte er. Ein römisch-katholischer Mönch. Wollte den Rest seines Lebens damit verbringen, Thomas Merton zu lesen oder so was. Frühmette und Abendandacht. Dieser ganze Sums.«

»Er hat immer schwarze Schuhe getragen.«

»Wie bitte?«

»Schon gut.«

»Überflüssig zu sagen, daß wir hier ein paar Mitarbeitersitzungen abgehalten haben, um diese ganze Habeck-Geschichte zu diskutieren. Niemand hat gewußt, was er davon halten sollte. Dann, gestern, als ich zum Lunch wegfuhr, hörte ich im Autoradio, daß Habeck ermordet worden ist. Als er letzten Mittwoch sagte, daß sein Leben vorüber wäre, hatte er mehr recht, als er ahnte.«

»Wenn er fünf Millionen Dollar verschenken und in ein Kloster eintreten wollte, warum hat er das Geld dann nicht dem Kloster oder der Kirche gegeben.«

»Das habe ich ihn auch gefragt. Er sagte, daß er zu alt wäre, um jemals ein geistliches Amt auszuüben. Außerdem, daß er zuviel lernen müßte. Und er wünschte sich den Frieden und die Ruhe eines Klosters. Er sagte, er wäre es leid, zu reden, zu streiten, zu plädieren. Was sagt man dazu?«

»Die Begründung einer Sammlung religiöser Kunst wäre also so etwas wie sein öffentliches Plädoyer für ihn selbst gewesen?«

»Vermutlich. Er hoffte, daß eine solche Sammlung eher religiöse Empfindungen unter modernen Menschen wecken würde als irgendwelche Predigten, die er jemals halten könnte oder wollte. Falls ich ihn richtig verstanden habe.«

Fletch warf den Ball in hohem Bogen zu Kennedy zurück. »Ich kapier' das nicht.«

»Er sagte, er hätte etwas über eine Million Dollar übrig, und dieses Geld würde er dann dem Kloster schenken.«

»Was ist mit seiner Frau? Seinen Kindern? Seinen Enkeln?«

»Die hat er gar nicht erwähnt. Außer, als er sagte, daß kein Hahn nach ihm krähen würde. Exakt seine Worte.«

Kennedy warf den Baseball zu Fletch zurück.

»Das Museum als Kirche, häh?«

»Ein Museum ist ja teilweise eine Kirche. Vielleicht auch gänzlich.«

»Wie sind Sie also mit ihm verblieben?«

»Ich war ja so verblüfft. Ich schlug vor, daß er die Sache überdenkt. Ich glaube, ich wagte sogar vorzuschlagen, daß er die Sache mit seiner Frau, seinen Kindern, seinen Kanzleipartnern bespricht.«

Fletch warf den Ball in einem so hohen Bogen zurück, wie der Raum es zuließ. »Ein Kurator als Priester, häh?«

»Oder Seelenmasseur.« Kennedy fing den Ball über der Glasplatte des Schreibtischs. »Und ich sagte ihm, wir würden es hier ebenfalls besprechen. Ich gab ihm sehr deutlich zu verstehen, daß ich nicht glaubte, daß wir seine fünf Millionen Dollar unter der Bedingung annehmen könnten, sie ausschließlich für den Erwerb von zeitgenössischer religiöser Kunst zu verwenden. Es wäre nicht fair ihm gegenüber, Geld zu Bedingungen anzunehmen, die wir nicht einhalten könnten.« Er warf den Ball zu Fletch zurück. »Wenn wir eine vertragliche Regelung finden könnten, die uns das Geld unter der Bedingung zur Verfügung stellt, daß wir überzeugende zeitgenössische religiöse Kunst erwerben würden, sobald und wenn wir ihrer habhaft werden, dann könnten wir sein Geld vielleicht annehmen.«

Fletch warf den Ball wieder im Bogen zu dem Kurator zurück. »Und er, ganz Rechtsanwalt, war vollkommen sicher, daß er eine solche vertragliche Regelung ausarbeiten könnte.«

»Wahrscheinlich. In dem Bericht über seine Ermordung, den ich heute morgen auf der Titelseite Ihrer Zeitung las, stand, daß er Ihrem Verleger einen Besuch abstatten wollte, der mit der Bekanntgabe seiner Schenkung von fünf Millionen Dollar an irgendwen in der Stadt zu tun hatte.«

»Ans Museum, wie man mir gegenüber erwähnte.«

»Haben Sie diesen Bericht in der heutigen Morgenausgabe geschrieben?«

»Nein. Biff Wilson.«

Kennedy schleuderte den Ball in seinen Handschuh. »Ein guter Bericht.«

»Ganz ordentlich«, sagte Fletch. »Für einen Nachruf.«

20

In dem winzigen Empfangsraum des Ben Franklyn Freundservice taxierte die nicht mehr ganz taufrische, distinguiert wirkende Frau hinter dem kleinen Holzschreibtisch Fletch mit einem kurzen Blick.

»Wenn Sie sich hier an der Ecke nach links wenden«, sagte sie mit einer manikürten Hand in die Richtung zeigend, »und nochmals nach links in der Mitte des Blocks, finden Sie sich in der Allee wieder.«

»Ekstatisch!«

»Unser Lieferanteneingang liegt ungefähr auf halbem Weg, auf der linken Seite.« Über ihrem rosa Trainingsanzug trug sie eine lange Perlenschnur. »Der Eingang ist deutlich gekennzeichnet.«

»Die reine Ekstase!«

Die Frau runzelte die Stirn. »Sie wollen doch etwas abliefern, nicht wahr?« Dem Typ nach gehörte sie eher hinter den Rückgabeschalter einer öffentlichen Bücherei.

»Was will ich denn abliefern?« fragte Fletch.

»Wäsche. Handtücher.«

»Mich.«

»Sie?«

»Mich. Mit allen meinen Bestandteilen. Kopf, Schulter, Hüften und Kniegelenke, bis hinunter zu den Knöcheln. Und allem, was dazwischen ist.« Fletch schluckte heftig.

»Haben Sie einen Termin?« Sie schlug einen Tischkalender auf. »Sie gehören eigentlich nicht zu der Sorte . . .«

»Zu welcher Sorte?«

Ihre Augen bestätigten, daß er ein T-Shirt, verwaschene Jeans und sehr weiße, neue Turnschuhe trug.

»Das Museum hat mich in diesem Aufzug freundlich empfangen.«

»Ihr Name?«

»Jaffe.«

»Ah, ja: Fletcher Jaffe.« Sie hakte seinen Namen in der Eingetroffen-Rubrik mit einem Kugelschreiber ab.

»Haben Sie den Namen schon mal gehört?«

»Namen schenken wir keine allzu große Beachtung.«

»Dem Namen Jaffe sollten Sie aber Beachtung schenken.«

»Das macht einhundertfünfzig Dollar.«

»Prima! Die zahle ich!« Er ließ sieben Zwanziger und einen Zehner auf den Schreibtisch flattern. »Vergessen Sie nicht, mir eine Quittung zu geben.«

Sie sah ihn spöttisch an. »Unsere Kunden verlangen normalerweise keine Quittungen.«

»Ich schon.«

»Ich werde Ihnen eine Quittung ausstellen, bevor Sie wieder gehen.«

»Warum nicht gleich?«

»Nun, Sie könnten ja ein paar Extras hinzufügen wollen.«

»Was für Extras?«

Die Frau schien verlegen. »Trinkgelder. Was auch immer.«

»Aha.«

»Sie sind nicht verheiratet, nicht wahr?«

Fletch schüttelte den Kopf. »Nein, Ma'am. Niemand durchsucht meine Taschen.«

»Krankheiten?« Ihre Augen weiteten sich, als sie ihn ansah. »Sind Sie bereit zu schwören, daß Sie keine Krankheiten haben?«

»Hier kommt man ja schwerer rein als in eine Prep-School in New England.«

»Ich fragte Sie nach Krankheiten?«

»Windpocken.«

»Windpocken!«

»Als ich neun war.« Fletsch deutete auf eine Pockennarbe an seinem linken Ellbogen. »Mir geht's schon besser, danke.«

Die Frau seufzte. Sie drückte auf einen Knopf der Sprechanlage. »Cindy? Hier ist Besuch für dich.«

»Ah, Cindy!« rief Fletch aus. »Ich hatte ja so auf eine Cindy gehofft. Um diese Tageszeit will doch niemand eine Zza-zza, Queenie oder Bobo.«

»Ich habe Sie schon mal irgendwo gesehen«, sagte die Frau, fast als spräche sie zu sich selbst. »Erst vor kurzem.«

»Ich komme viel in der Stadt herum«, sagte Fletch fröhlich. »Hab' was von einem *boulevardier* an mir.«

»Oh, Cindy«, sagte die Frau. »Das ist Fletcher Jaffe.«

In der Tür stand eine Frau von Anfang Zwanzig. Außer gut geschnittenen Boxershorts, Turnschuhen und Söckchen hatte sie nichts an. Ihre Schultern waren leicht muskulös. Ihre kecken Brüste hatten die gleiche ebenmäßige Bräune wie ihr übriger Körper. Ihre Bauchmuskulatur war straff. Ihr schwarzes Haar und die weit auseinanderstehenden Augen ergänzten sich perfekt und hatten den gleichen Schimmer.

Sie musterte Fletch mit gekräuselter Nase.

»Guten Morgen, Cindy.« Wieder schluckte Fletch. »Bin froh, daß Sie heute früh zur Arbeit gekommen sind.«

Durch die Tür zur Straße kam eine andere junge Frau herein. Sie trug weiße Jeans und eine weite rote Bluse. Ihre blonden Haare fielen lose herunter.

Auf dem Weg zum Schreibtisch studierte sie ungeniert die Szenerie: Fletch, der in der Mitte des kleinen Empfangsraums stand, Cindy, die sich im Türrahmen darbot.

»Marta!« beschwerte sie sich mit weinerlicher Stimme bei der Frau am Schreibtisch.

»Ich kann's nicht ändern, Carla«, antwortete Marta.

»Du hast mir gesagt, ich sollte mich heute ausschlafen!«

»Ich habe dir aber auch gesagt«, sagte Marta energisch, »daß du nie dieses Rot tragen darfst. Es paßt nicht zu deiner Haarfarbe.«

»Ich weiß.« Carla kicherte. »Dann drehen die Männer auf der Straße die Köpfe weg.«

Cindy, die nach wie vor in der Öffnung der Innentür stand, warf den Kopf hoch. Fletch folgte ihr.

»Bist du 'n Bulle?« fragte sie.

»Nein.«

»Hoffentlich doch«, murmelte Cindy. »Wird nämlich Zeit, daß dieser Laden mal gründlich unter die Lupe genommen wird.« Sie verlangsamte ihren Schritt. »Tust du mir trotzdem einen Gefallen, ja?«

»Jeden.«

»Nimm diesen Laden gründlich unter die Lupe, wenn du willst. Wart ab, was dabei herauskommt. Aber nimm nicht mich persönlich unter die Lupe, einverstanden?«

»Wie kommst du auf die Idee, daß ich ein Bulle bin?«

»Ende dieser Woche verdufte ich. Das schwör' ich dir. Ich will keinen Ärger.«

»Wenn ich ein Bulle bin, dann bist du 'ne alte Hexe.«

Selbst in dem dunklen Flur hatte ihre Haut einen wundervollen Schimmer.

Sie lächelte über das Kompliment.

Sie öffnete einen großen Wandschrank und zog ein weiteres Paar gut geschnittener Boxershorts heraus. »Kommen die in etwa hin? Taillenweite 80?«

Sie warf sie ihm zu.

»Bestimmt.«

Sie führte ihn in einen hellerleuchteten Raum, der links vom Flur abging.

In dem Raum stand ein einrahmiges Trainingsgerät.

Die Wände waren verspiegelt. Spiegel hingen von der Decke. Selbst in den Teppichboden war ein Spiegel eingelassen.

Fletch stand auf dem Bodenspiegel und schaute nach oben und in die Runde. Durch die schrägen Deckenspiegel konnte er sich aus Blickwinkeln betrachten, aus denen er sich bisher noch nie betrachtet hatte. In den Spiegeln an den vier Wänden sah er seinen Körper endlos vervielfacht.

Cindy schloß die Tür zum Flur. »Wo bist du braun geworden?«

»Im Gesicht.«

»Sonst noch irgendwo?« Sie durchquerte den Raum, ging durch eine Tür in ein Badezimmer, kam umgehend zurück und warf ihm ein Handtuch zu.

Fletch, der immer noch auf dem Spiegel stand und sich von allen Seiten betrachtete, sagte: »Ich, ich, ich.«

»Du hast's erfaßt, Süßer.«

Er hielt das Handtuch und die Shorts in der Hand.

»Geh unter die Dusche«, sagte sie. »Benutz die Seife. Zieh nur die Shorts an und komm dann zurück.«

Fletch hielt die Shorts hoch. »In diesen Shorts ist ja gar nichts drin.«

»Das kommt noch«, sagte sie. »Hoffe ich.«

Die Duschseife brannte auf der Haut.

Als er den Raum wieder betrat, stand Cindy an einer in die Wand versenkten Bar und mixte ein Getränk.

Sie warf ihm einen raschen Blick zu. »Dachte ich mir.«

»Was dachtest du dir?«

Sie kam mit dem Getränk auf ihn zu. »Welche Vitamine nimmst du zu dir.«

»P.«

»Davon hab' ich noch nie gehört.«

»Ist in allen hervorragenden Biersorten.«

Sie reichte ihm das Getränk. Mit der anderen Hand ließ sie fünf gefüllte Oliven in seine Hand fallen.

Er roch an dem Getränk. »Was ist da drin?«

»Orangensaft.«

»Gut.« Er mampfte die Oliven.

»Etwas Proteinpulver.«

»Klingt gesund.«

»Ein bißchen Hefe.«

»Klingt explosiv.«

»Und etwas Elchhornmehl.«

»Ich hatte gehofft, daß du das sagst.«

»Ein Aphrodisiakum, weißt du?«

»Noch etwas?«

»Nein.«

»Spezialität des Hauses?«

»Schluck's runter, Süßer. Absolut ungefährlich.«

Er nippte daran. »Lecker.«

»In einem Zug runterkippen«, sagte sie.

»Das ist vielleicht 'n Hammer.« Er würgte leicht. »Habt ihr schon mal dran gedacht, dieses Gesöff zu vermarkten?« Selbst als er es herunterschluckte, hatte er ein staubiges Gefühl in der Kehle. »Ben Franklyns Zaubertrank.«

»Auf geht's.« Sie nahm ihm das leere Glas ab und stellte es auf die Wandbar.

Dann nahm sie ihn bei der Hand und führte ihn zu der Trainingsmaschine.

»Weißt du, wie man diese Dinger benutzt? Natürlich weißt du's. Leg dich auf den Rücken. Du fängst mit der Hantelbank an. Ich hab' sie auf einhundertzwanzig Pfund eingestellt. Kommt das in etwa hin?«

»Wir werden sehen.«

Er legte sich rücklings auf die Bank. Seine Knie waren angewinkelt, die Füße auf dem Fußboden.

Als er nach oben blickte, sah er sich und Cindys Scheitel und Schultern im Spiegel.

»Stemmen«, sagte sie.

Er stemmte.

»Das kommt in etwa hin«, sagte sie. »Gutes Gefühl?«

»Wie Eiscreme an einem heißen Sommertag.«

»Mach acht hintereinander, langsam.«

Sie setzte sich rittlings auf seine Oberschenkel, spreizte ihre Hände auf seinem Unterbauch, wobei die Daumen ihn berührten.

Als er stemmte, preßte sie ihre Hände in seine Magengrube.

Ein bis dahin nie gekanntes Gefühl überkam ihn.

Er stöhnte.

»Nicht fallen lassen«, sagte sie. »Macht Krach.«

Er ließ die Gewichte geräuschlos sinken und sah ihr in die Augen.

»Weiter«, sagte sie. »Du sollst das acht Mal hintereinander machen. Ich leiste dir jegliche Unterstützung. Atmen.«

Er atmete und stemmte.

Beim dritten Mal merkte er, wie sich seine Beine streckten und seine Fersen über den Teppichboden schabten.

Doch sie rutschte nicht von seinen Oberschenkeln herunter. Im Spiegel sah er, daß sie die Unterschenkel um die Beine der Bank gehakt hatte. Bei jedem Stemmen preßte sie die Handflächen auf seine Bauchmuskeln.

»Atmen«, sagte sie.

»Das auch noch?«

Nachdem er acht Mal gestemmt hatte, schnippte sie mit den Fingernägeln gegen das Vorderteil seiner Shorts. »Du bist ausreichend gesund. Dachte ich mir.«

Er zog die Knie hoch.

»Ich werd' dir den Schweiß wegmachen«, sagte sie.

Sie beugte sich vor und legte sich mit Brüsten und Bauch auf ihn. Dann hob sie die Beine, legte ihre Oberschenkel auf seine und rollte sich, aber nur ganz leicht, auf ihm hin und her.

Kaum hatte er dem unwiderstehlichen Drang nachgegeben und die Arme um ihren Rücken geschlungen, als sie auch schon auf und davon war.

Sie stand unter den Klimmzuggriffen. »Weiter.«

»Wer hat behauptet, daß Gymnastik langweilig sein muß?«

Als sie sich in dem hellerleuchteten Raum bewegten, schien jedes ihrer endlosen Spiegelbilder zu allen Seiten eine Legion darzustellen, die sich mit militärischer Präzision bewegte.

»Leg deine Hände von hinten um die Griffe.«

Auf Zehenspitzen stehend streckte er sich zu voller Körperlänge aus und legte seine Hände um die Griffe.

»Nein«, sagte sie. »Leg deine Hände weiter hinten um die Griffe.« Er tat es. »Und jetzt mach einen Klimmzug.« Er tat es, während sie zuschaute. »Noch einmal«, sagte sie.

Während er sich ein zweites Mal hochzog, sprang Cindy hoch und packte die Griffe genau vor seinen Händen. Ihr Körper prallte gegen seinen.

Sie zog sich mit ihm hoch, wobei sich ihre Körper nur streiften. Sie starrte ihm in die Augen, als sie sich langsam zusammen hochzogen, zu voller Körperlänge senkten und wieder hochzogen.

»Jetzt oben bleiben«, sagte Cindy.

»Als ob mir was anderes übrigbliebe.«

Sie schlang die Beine um seine Hüften.

Langsam lockerte sie ihre Hände an den Griffen.

Sein Körper nahm ihr Gewicht auf.

Sie schlang die Arme um seinen Hals.

»Nun laß uns langsam runter.«

Sie öffnete den Mund und preßte ihre Zähne hart gegen seine angespannten Nackenmuskeln.

Als er sie beide herunterließ, wurde jeder Muskel, jedes Ligament, jedes Gewebe und jedes Stück Haut bis zum äußersten gedehnt.

Wirbelsäulenaufwärts knackte es wie wahnsinnig, in seinem Hinterkopf explodierte etwas.

Als seine Füße auf dem Fußboden aufsetzten, gaben seine Knie nach.

Wie ein wirres Knäuel fielen sie beide auf die Matte.

Cindy lachte. »Das kann nicht jeder.«

Ihre Beine waren miteinander verheddert. Er schlang die Arme um sie. Seine Schultermuskeln waren wie entzündet, wie aufgepumpt.

Sie küßte seinen Nacken, dort, wo sie ihn gebissen hatte.

Dann spürte er, wie ihre Zunge ihn überall dort ableckte, wo sie ihn geküßt hatte.

»Ich lecke das Blut ab«, kicherte sie.

»So war's im Turnunterricht nie.«

»Du bist in die falsche Schule gegangen.«

»Den Verdacht hatte ich schon immer.«

»Wir haben noch 'ne Menge zu tun«, sagte sie.

»Ob ich das noch schaffe?«

»Dafür werde ich schon sorgen.«

Cindy hatte sich noch nicht aus ihm herausgewunden, als sich die Tür zum Flur öffnete.

Sie fuhr hoch und sah mit echter Überraschung zur Tür.

21

»Welches Spiel treiben Sie eigentlich?« fragte Marta Fletch über ihren Schreibtisch im Verwaltungsbüro des Ben Franklyn Freundservice hinweg.

»Spiel?« Fletch, der auf einem kleinen hölzernen Kapitänsstuhl vor dem Schreibtisch saß, blickte zu Boden. Er atmete immer noch etwas schwer, schwitzte immer noch, und die Vorderseite seiner leichten gelben Shorts ließ keinen Betrachter im Zweifel darüber, daß seine Gedanken immer noch woanders weilten. »Kerkermeister, ich leide.«

Marta nahm den Telefonhörer auf ihrem Schreibtisch ab, drückte drei Tasten und sagte ins Telefon: »Cindy? Zieh dich an und komm dann hierher.«

»Haben Sie Erbarmen mit mir!« sagte Fletch.

Nur widerstrebend war er Marta den dunklen, teppichbelegten Flur hinunter zum Büro hinter dem Empfangsraum gefolgt. Marta bewegte sich mehr mit athletischer Elastizität als mit aufreizendem Hüftschwung.

»In einer Minute werden Sie sich beruhigt haben, Junge.«

»Das bezweifle ich. Vielleicht habt ihr hier ja einen Dauerzustand geschaffen.«

»Das könnte Ihnen so passen.«

Die Farne in diesem Büro waren am Leben. Die *Venus von Milo* stand auf einem Sockel in einer Ecke. An einer Wand hing *September Morn*, an einer anderen eine große Tafel mit Farbfotografien von weiblichen Muskelprotzen beim Gewichtheben.

Auf Martas Schreibtisch lag ein Bündel Geldscheine, die verdächtig nach sieben Zwanzigern und einem Zehner aussahen.

»Werde ich jetzt aus dem Ben Franklyn Freundservice ausgestoßen?« fragte Fletch. »Wollen Sie nicht mein Freund sein?«

»Ich fragte Sie, welches Spiel Sie treiben.«

»Ich bin bloß ein kraftstrotzender Junge, der ein bißchen Morgengymnastik treiben wollte.«

»Von wegen.« Marta fingerte an ihren Perlen, die ihren Bauch drapierten. »Mir ist eingefallen, wo ich Sie schon mal gesehen habe.«

»Ich weiß!« sagte Fletch. »Mir ist's auch gerade eingefallen. Am Sonntag, im Newcomers' Coffee bei der St. Anselm's Church.«

»Mit Sonntag haben Sie recht«, sagte Marta. »Sie wollen was. Und ich glaube, ich weiß auch was.«

»Vielleicht haben Sie recht.« Fletch beugte sich vor, stützte die Ellbogen auf die Knie und barg sein Gesicht in den Händen. »So was Schlimmes ist mir nicht mehr passiert, seit Sue Ann Marchinsons Eltern zu früh aus dem ersten *Star-Trek*-Film zurückkamen und uns auf der Couch erwischten.«

»Ich habe Sie am Sonntag gesehen. Sie sind im Sardinal-Rennen mitgelaufen.«

»Damals hatte auch niemand Verständnis für mich. Sie haben mich rausgeworfen. Und die Nacht war echt kalt. Da kann leicht was abbrechen, wissen Sie. Wenn ich nicht mit ganz steifen Hüften den Weg zu ihrem Haus heruntergegangen wäre...«

»Sie haben die Mädchen das ganze Rennen hindurch wie ein Jagdhund verfolgt.«

»... sonst wäre ich ja heute nicht hier.«

»Warum?«

»Wenn Sie mich jetzt entschuldigen wollen. Ich möchte gerne eine Runde laufen.«

»Setzen Sie sich hin.«

»Ich habe aber etwas zu tun!«

»Sie haben mir zu antworten, das haben Sie zu tun. Ich fragte Sie: Warum sind Sie uns am Sonntag das ganze Rennen hindurch gefolgt?«

Fletch setzte sich wieder auf seinen harten Stuhl. »Weil ich ein alter Lustmolch bin.«

»Ich fragte Sie: Warum?«

»Weil ich früher mal ein junger Lustmolch war.«

»Sie sind jung«, beharrte Marta. »Ein offenkundig gesunder junger Mann.«

»Kraftstrotzend.«

»Sie sehen gut aus. Auf manche Frauen könnten Sie sogar erregend wirken.«

»Auf manche Frauen wirken sogar Kohlköpfe erregend.«

»Einhundertfünfzig Dollar.« Marta blätterte das Geldscheinbündel auf ihrem Schreibtisch durch. »Sie können alles bekommen, was Sie wollen, und vermutlich mehr, noch bevor Sie das Ende eines Häuserblocks erreicht haben.«

»Was dagegen, wenn ich's gleich mal versuche?«

»Setzen Sie sich bitte hin. Ich war gleich, als ich Sie sah, mißtrauisch. Einhundertfünfzig Dollar sind eine Menge Geld. Und das ist nur für den Anfang.«

»Sie verstehen es, den Kunden bei der Stange zu halten, was?«

»In dem Moment, als Sie hier hereinspazierten, wußte ich, daß jemand wie Sie keine hundertfünfzig Dollar oder mehr hinblättert, nur um sich sexuell erregen zu lassen.«

»Es hat mir Spaß gemacht. Als Sie diese Tür öffneten, war ich gerade auf dem besten Wege, in Ekstase zu geraten.«

»Dann fiel mir ein, wo ich Sie schon mal gesehen hatte. Ich frage Sie noch einmal: Warum sind Sie am Sonntag während des gesamten Rennens hinter uns geblieben?«

»Also gut«, sagte Fletch. »Ich gestehe. Ich studiere Werbung. Publicity, genauer gesagt. Ich habe Ihre Technik studiert.« Er streckte seine Hände aus, um wackelnde Hüften zu demonstrieren. »Ihre Technik funktionierte tatsächlich. Ich meine, Sie haben von Ihrer Publicity tatsächlich ganz schön profitiert.«

Martas Lächeln war gekünstelt. »Ach, tatsächlich ...«

»Habe ich gestern nicht auf den Sportseiten einer der Zeitungen eine Riesendoppelseite über den Ben Franklyn Freundservice gesehen? Mindestens zwei Fotos. War's die *Chronicle-Gazette?«*

Das Lächeln der Frau wurde echter. »Die *News-Tribune.«*

»Genau. Stimmt. Alles zum Preis von einem Dutzend T-Shirts. Das nenne ich echten Profit.«

Marta sagte: »Sie sind ein Spion.«

Fletch blickte sie mit großen Augen an. »Ich soll ein Spion sein?« Er senkte seine Stimme zu einem Beinaheflüstern. »Sie meinen, aus Rotchina?«

»Sie studieren uns also, na schön.« Marta nickte. »Ist das alles? Deshalb sind Sie uns am Sonntag gefolgt. Deswegen sind Sie heute morgen hergekommen. Sie studieren unseren Betrieb.«

»Oh, Sie meinen einen Industriespion«, sagte Fletch lauter. »Aus Japan.«

»Und nachdem Sie erfahren haben, was wir hier tun, beabsichtigen Sie, ein eigenes Trainingsstudio für sexuelle Ekstase zu eröffnen.«

»Toll, wie Sie das alles formulieren«, sagte Fletch. »Ehrlich, Sie besitzen ein angeborenes Talent für Werbung und Publicity.«

»Stimmt das denn nicht?«

»Moi?« fragte Fletch. »Sehen Sie mich doch an. Woher sollte ich,

in meinem Alter denn wohl das Geld hernehmen, um eine dieser Lustturnhallen zu eröffnen?«

»Das weiß ich nicht, aber Sie sind hier.«

»Ich weiß ja nicht mal, wieviel eine dieser Trainingsmaschinen kostet, aber bestimmt 'ne Menge. Alle diese Spiegel. Lampen. Badezimmer. Elchhornmehl.«

»Irgendwer könnte Sie ja unterstützen.«

»Verdammt, Lady, in meinem Alter könnte ich nicht mal von einem Milchmann finanzielle Unterstützung kriegen.«

Marta schauderte. »Nennen Sie mich nicht ›Lady‹.«

»In Ordnung. Entschuldigung.«

»Also dann: Warum sind Sie hier, Fletcher Jaffe?«

Fletch betrachtete seine Zehen. »Ich dachte, das hätten Sie mittlerweile spitzgekriegt«, sagte er, ohne zu wissen, womit er sich als nächstes herausreden sollte, aber er hoffte auf eine Eingebung.

»Sie wollen einen Job.« Marta blickte selbstzufrieden drein.

»Sie haben's erfaßt«, sagte Fletch rasch.

»Ich mußte auf der Hut sein.« Marta straffte den Rücken.

»Ich verstehe.«

»In diesem Gewerbe«, sagte Marta, »muß man auf der Hut sein.«

»Versteht sich.« Fletch schluckte. »Natürlich. Ich auch.«

»Drumherumreden, sich gegenseitig auf die Probe stellen, bevor wir unsere Karten auf den Tisch legen.«

»Das können Sie prima«, sagte Fletch.

»Also deshalb haben Sie sich uns auf diese seltsame Weise genähert. *Angebiedert* ist so ein häßliches Wort. Sie wollten sehen, ob wir Ihnen ein Angebot machen würden.«

Fletch quetschte ein »Stimmt« durch seinen Adamsapfel.

»Sie haben inständig gehofft, daß Sie Ihre einhundertfünfzig Dollar heute morgen wiederbekommen.« Sie nahm das Bündel vom Schreibtisch und reichte es ihm. »Hier sind sie.«

Er nahm sie.

Sie lehnte sich in ihrem Drehstuhl zurück und schwenkte seitlich zum Schreibtisch. »Im Augenblick haben wir nur zwei Einheiten, die für Frauen in Betrieb sind, dreimal wöchentlich, Dienstag, Mittwoch und Donnerstag, wenn die Zahl unserer männlichen Besucher erfahrungsgemäß gering ist. Keine Sorge. Sie werden in diesen drei Tagen mehr Geld verdienen, als Sie das in jedem anderen Beruf könnten, ausgenommen vielleicht als Neurochirurg. Die Frauen haben selbstverständlich einen separaten Eingang, aber wir reden über die gleiche

Sache. Unser Grundsatz lautet, daß Sex nach einem harten Körpertraining weit ekstatischer ist. Sie wissen schon, Körpertraining als Vorspiel.« Während er ihr zuhörte, seinen Adamsapfel herunterzuschlucken versuchte, sie anstarrte, dachte Fletch, daß Marta eine bemerkenswerte Ähnlichkeit mit Frank Jaffe hatte, als er in seinem Drehstuhl hinter seinem Schreibtisch saß und sich bemühte, ein paar Grundsätze des Journalismus an den Mann zu bringen. »Wenn es dann richtig darauf ankommt, dann erwarten wir nicht, wie Sie natürlich wissen, daß Sie Ihr persönliches, sagen wir mal, intimes Rüstzeug benutzen.« Sie lachte in sich hinein. »Außer Ihren Fingern natürlich. Im Gegensatz zu Frauen können Männer keine so große Besucherzahl verkraften. Männer können es nicht vortäuschen. Unsere Kunden verstehen das. Wir haben Maschinen, Vibratoren, künstliche, mechanische Penisse, die ich ganz zufriedenstellend finde. Wir haben sogar einen vibrierenden künstlichen Penis an einem breiten Ledergürtel, den Sie sich umbinden können, wenn Sie von der Frau nicht vollkommen abgewiesen werden. Wir erwarten natürlich, daß Sie für diesen Service eine Extragebühr fordern.«

Es klopfte an der Tür. Marta rief: »Komm herein, Herzchen.«

Cindy öffnete die Tür und blieb genau darin stehen. Sie trug leichte Slipper, weiße Kniestrümpfe, einen kurzen Kilt und eine hellblaue Button-down-Bluse mit hochgekrempelten Ärmeln. Ausdruckslos betrachtete sie Martas Gesicht.

»Sag noch mal guten Tag, Herzchen, zu deinem neuen Kollegen.« Marta erhob sich. »Fletcher Jaffe wird den Mitarbeiterstab des Ben Franklyn Freundservice verstärken. Ich möchte, daß du mit ihm zum Lunch gehst, Cindy, und ihn in den Genuß deiner Kenntnisse und Erfahrungen kommen läßt.«

Jetzt war es Fletch, den Cindy ausdruckslos betrachtete.

Fletchs Kehle war wie ausgedörrt.

»Wirklich raffiniert, wie er sich uns genähert hat«, sagte Marta. »Er wußte, daß er nicht herkommen und einfach nach einem Job fragen konnte, ohne sich eine schreckliche Blöße zu geben. Er hat es mir ganz schön schwergemacht«, gluckste sie. »Ist er ein Bulle? fragte ich mich. Ein Spion? Die Bullen würden keinen so jungen Spund schicken. Und niemand in seinem Alter könnte einen Laden wie diesen führen. Sexuelle Funktionsstörung? Nicht nach dem, was ich gesehen habe, als ich euch durch den Spiegel beobachtete.«

»Sie sind ja ein toller Detektiv«, krächte Fletch.

Er stand auf wackligen Knien.

Marta kam um den Schreibtisch herum und legte ihre Hand auf seinen Nacken. »Er ist genau das, was wir brauchen, um die weibliche Seite dieses Geschäfts aufzubauen. Meinst du nicht auch, Cindy?«

»Sicher.« Cindy betrachtete ihn immer noch. »Vermutlich.«

»Er ist einfach perfekt. Nach Ihnen habe ich gesucht, Junge.« Sie quetschte seinen Nacken. »Genau das, was wir brauchen. Willkommen an Bord. Sie können jederzeit mit der Arbeit beginnen.«

»Danke.«

»Erzähle ihm alles, Cindy. Bring ihm die Kniffe bei.«

Fletch sagte zu Cindy: »Was dagegen, wenn ich unter die Dusche gehe, bevor ich mich anziehe?«

»*Ich* hätte absolut nichts dagegen.«

»Viel Spaß beim Lunch, Kinder. Heute eßt ihr auf Rechnung des Ben Franklyn Freundservice. Aber denkt dran, sehr viel Protein, alle beide, und paßt auf die Kohlehydrate und Fette auf.« Wieder hinter ihrem Schreibtisch, warf Marta Fletch einen strahlenden Blick zu. »Und denken Sie dran, Fletch. Meine Tür steht immer offen.«

22

»Das ist bis jetzt noch nie passiert«, sagte Cindy. »Daß Marta einfach die Tür öffnet und derart reinplatzt. Ich konnte mir nicht vorstellen, was passiert war.« Sie spazierten von ihrem Wagen zu Manolos Straßencafé. »Natürlich war mir klar, daß du irgendwie ulkig warst. Irgendwie anders. Erinnerst du dich, daß ich dich fragte, ob du ein Bulle wärst?«

»Du hast mich gebeten, den Freundservice unter die Lupe zu nehmen, aber nicht dich persönlich.«

»Nur, falls du ein Bulle wärst. Du brauchst dieses Gefühl von Intimsphäre, das einem diese geschlossene Tür gibt, weißt du? Um die richtige Stimmung zu vermitteln, den Kunden zu lenken.«

»Und zu befriedigen.«

Fletch trug seine Jeans und sein T-Shirt zusammengerollt in der Hand.

Als er gerade im Begriff gewesen war, sich anzuziehen, war Cindy ins Badezimmer gekommen und hatte ihm ein T-Shirt und ein paar helle Shorts zugeworfen. »Marta sagte, du müßtest das anziehen. Sie sagte, du wüßtest über Public Relations Bescheid.« Quer über die Vorderseite des T-Shirts und den vorderen Bund der Shorts stand in kleinen Buchstaben: MÖCHTEST DU EINEN FREUND? und quer über den Rücken des T-Shirts und die Rückseite der Shorts: BEN FRANKLYN FREUNDSERVICE.

Cindy hatte vorgeschlagen, in Manolo's Café zu Mittag zu essen. Fletch schlug ein anderes Lokal vor, aber Cindy sagte, Manolo's wäre im Moment *das* Lokal.

So schlenderten sie auf dem Gehweg entlang, und Fletch, der sich wie eine wandelnde Litfaßsäule vorkam, hoffte, daß niemand genau wußte, was der Werbespruch, den er zur Schau trug, bedeutete.

»Natürlich kann uns Marta durch die Spiegel beobachten, wann immer sie will.«

»Die Spiegel sind auf der Rückseite der Fenster?«

»Nicht alle. Nur einige.«

»Wie wirkt sich das denn auf dein Gefühl von Intimsphäre aus?«

»Das ist 'ne gute Sache. Gibt einem das Gefühl von Sicherheit, weißt du, falls mal was schiefläuft. Falls man mal so 'n Spinner da reinkriegt, der gewalttätig wird oder so.«

»Kriegst du oft Spinner?«

»Nein. Aber wenn man das Gefühl hat, irgendwas könnte schieflaufen, dann ist da ein kleiner Knopf in der Bar, den man drücken kann und der jemandem signalisiert, daß er durch den Spiegel schauen soll.«

»Verstehe.«

»Und natürlich verkauft Marta die Sitzplätze, und dann gibt's da noch die Kameras.«

»Was?«

»Hinter den großen Wandspiegeln sind Sitzplätze, in einem oder zwei der Gymnastikräume, weißt du, für Voyeure. Alt, fett, widerwärtig, ich weiß nicht, was das für Leute sind. Leute, die lieber dabei zuschauen, als es selbst zu tun.«

»Männer und Frauen?«

»Klar. Marta knöpft ihnen hundert Eier pro Sitzplatz ab.«

»Ihr führt denen was vor?«

»Wir machen das gern. Ich meine, mal angenommen, wir bekommen einen einigermaßen jungen, gesunden Burschen da rein. Jemanden wie dich zum Beispiel. Dann hätte dich Marta bestimmt noch mal eingeladen, zu einem Gratistraining, sagen wir mal, am Freitagabend. Du wärst wiedergekommen, und ich hätte mit dir die Nummer durchgezogen, mit dem einzigen Unterschied, daß dann Leute zugeschaut hätten.«

»Und ich hätte nichts davon gewußt.«
»Du hättest bloß gewußt, daß du die Nummer gratis kriegst.«
»Und was hätte das für dich bedeutet?«
»Mehr Geld. Außerdem steigert es irgendwie das Erlebnis, wenn man Zuschauer hat, weißt du. Vor allem, wenn man es dauernd macht.«
»Übertrifft noch das Gefühl der Intimsphäre?«
»Klar. Hast du's denn noch nie in der Öffentlichkeit gemacht?«
»Nicht absichtlich.«
»Manchmal vermietet uns Marta auch nach draußen zu Partys. Dann machen wir's auf dem Fußboden, nach dem Dinner. Ein Junge und ein Mädchen, zwei Mädchen, zwei Jungs. Das törnt die alten Schnuckiputzis echt an. Macht Spaß. Du wirst's erleben. Und die Trinkgelder sind Spitze.«
»Du hast was von Kameras gesagt.«
»Richtig, das muß sein. Um Schwierigkeiten zu vermeiden. Sie sind hinter einem der kleineren Spiegel versteckt, in jedem Gymnastikraum. Eine Videofilmkamera und eine Standkamera. Wir machen von jedem Kunden Aufnahmen.«
»Warum?«
»Na ja, manchmal sind sie betrunken oder verärgert oder kriegen Frustrationen. Weißt du, Kunden sind in jedem Gewerbe gleich, glaube ich. Sie beschweren sich, drohen. Wenn sie uns echt gefährlich zu sein scheinen, dann zeigt Marta ihnen die Bilder. Das bringt sie zum Schweigen, garantiert. Es geht nicht nur darum, daß sie das da tun, weißt du, sondern, daß sie auf den Bildern so häßlich und unbeholfen aussehen, wie sie da mit ihren dicken, bleichen, wabbelnden Wänsten, ihren behaarten, hochgereckten Ärschen von den Trainingsmaschinen malträtiert werden.«
»Und manchmal dienen die Aufnahmen auch Erpressungszwecken, stimmt's?«
»Klar. Vor allem dann, wenn der Kunde aufhört, ein Kunde zu sein, und wir wissen, wer er in Wirklichkeit ist. Wenn du einmal über die Schwelle des Ben Franklyn Freundservice getreten bist, bleibt für immer ein Stück von dir dort.«
»Ihr habt einen Freund fürs Leben gewonnen.«
»Ist ein gutes Geschäft.«
»Bestimmt«, sagte Fletch. »In der Beziehung steht es auf einer Stufe mit einer soliden Anwaltspraxis.«
»Oh, schau mal. Da ist ein freier Tisch.«

»Also«, sagte Fletch, als er seine Beine in den Schatten unter dem Café-Tisch streckte, »bist du nun die Prostituierte mit dem Herz aus Gold?«

Wenn er die Arme über der Brust verschränkte, waren alle Werbesprüche unsichtbar.

»Ich glaube kaum, daß ein Herz aus Gold sehr gut pumpen würde«, antwortete Cindy. »Ich habe eine bessere Stelle, um mein Gold anzulegen.«

»Hast du viel Gold bei Ben Franklyn verdient?«

»Genug, um diesen blöden Laden zu verlassen. Marta weiß es noch nicht. Erzähl's ihr bitte nicht. Wir wollen sie damit überraschen, Ende der Woche. Freitag ist mein letzter Arbeitstag. Am Samstag hab' ich noch was anderes vor. Und am Sonntag schwirren wir nach Colorado ab. Für immer.«

»Du ergreifst die Flucht.«

»Worauf du Gift nehmen kannst.«

»Aber wenn du doch soviel Gold verdienst...«

»Es ist nicht sehr nett von mir, das zu sagen. Ich meine, du fängst ja gerade erst bei der Firma an, und ich verlasse sie. Ich sollte vermutlich nur Gutes sagen. Du magst das vielleicht nicht glauben, Fletch, aber ehrlich gesagt, der Ben Franklyn Freundservice ist ein ziemlich mieser Schuppen.«

Fletch versuchte, überrascht auszusehen.

»Ich hab' einfach die Nase voll von ihm«, sagte Cindy. »Erinnerst du dich an die üppige Blondine, die reinkam, als du am Empfang warst, und anfing, Krach zu schlagen?«

»Klar.«

»Das war Carla. Sie war eifersüchtig, weil ich dich als Kunden bekam. Dabei wurde sie heute morgen nicht mal erwartet, verdammt noch mal.«

»Sie kann sich als erste die Kunden aussuchen?«

»Sie kann sich alles als erste aussuchen. Stunden, Kunden, Gymnastikräume.«

»Längere Betriebszugehörigkeit hat seine Vorteile, in jedem Gewerbe.«

»Längere Betriebszugehörigkeit! Von wegen. Sie ist ja erst drei Monate dabei. Ich bin schon seit zweieinhalb Jahren dabei, seit der Eröffnung, verdammt noch mal!«

»Eifersucht gibt's vermutlich in jedem Gewerbe. Was hat sie, was du nicht hast?«

»Hast du denn nicht gehört, wie Marta etwas davon sagte, daß sich Carla heute morgen ausschlafen sollte? Rat mal, wer heute morgen aus einem Doppelbett kroch und sich auf Zehenspitzen aus dem Schlafzimmer schlich, damit sich Carla ausschlafen konnte?«

»Verstehe.«

»Marta.«

Der Kellner, der Fletch am Tag zuvor bedient hatte, erkannte Fletch wieder. Er blickte sich verzweifelt um, vermutlich nach einem anderen Kellner, und kam dann widerstrebend näher.

Cindy lehnte sich vor und sagte mit großer Heftigkeit zu Fletch: »Es ist mir egal, in welchem Gewerbe du bist. Aber niemand sollte aus sexuellen Gründen besondere Vergünstigungen erhalten oder gefördert werden!«

Fletch räusperte sich und blickte zu dem Kellner hoch.

Der Kellner sagte: »Wie mich das freut zu sehen, daß Sie noch am Leben und wohlauf sind.«

»Ich danke Ihnen, denke ich.«

»Und was wird heute wohl Ihr ›Übliches‹ sein? Ich habe es nicht eilig, Ihre Bestellung zu hören.Um die Wahrheit zu sagen, ich bin überzeugt, daß unser Chef, der vergangene Nacht kein Auge zugetan hat, weil er Ihre gestrige Bestellung noch einmal durchlebte, aufgrund der Möglichkeit Ihrer Wiederkehr heute mittag in seiner Küche zu Kreuze kriecht.«

»Du hast gestern schon hier gegessen?« fragte Cindy.

»Ein unvergeßliches Erlebnis, Miss«, sagte der Kellner. »Um die Wahrheit zu sagen, wir haben den Restaurantkritiker der *News-Tribune* gebeten, uns so lange nicht zu beehren, bis dieser spezielle Kunde entweder den Bundesstaat verläßt oder für alle Ewigkeit zum Schluckauf verdammt sein wird.«

Fletch sagte zu Cindy: »Ich bestellte lediglich ein -«

Der Kellner hob abwehrend die Hand. »Bitte, Sir. Eine Wiederholung wäre unerträglich. Nachdem ich gestern Ihre Bestellung vernommen hatte, habe ich selbst kaum den Rest des Tages und die Nacht überstanden. Was würde wohl aus uns allen werden, wenn wir nicht mehr darauf hoffen dürften, daß jeder Tag besser als der vergangene werden kann?«

Fletch sagte zu Cindy: »Glaubst du, daß er mich beleidigen will?«

»O nein«, sagte Cindy. »Ich glaube, daß er dich über die feineren Seiten von Schnellimbissen aufklären will.«

»Schnellimbisse können verfeinert werden?«

»Und ob.« Zum Kellner sagte sie: »Wie auch immer, heute bestelle ich für ihn.«

»Oh, dem Himmel sei Dank! Sir, endlich hat Sie jemand unter seine Fittiche genommen!«

»Er wird fünf Rühreier essen.«

Der Kellner sah sie verblüfft an. »Das ist alles?«

»Und einen Schokoladenshake«, murmelte Fletch.

»Ha«, sagte Cindy. »Wissen Sie, von jetzt an wird sein Körper nämlich auf eine ganz bestimmte Art beansprucht werden, in seinem neuen Job.«

»Das will er doch gar nicht hören«, murmelte Fletch.

»Und Sie, Miss?«

»Ich nehme einen Bananensplit, drei Sorten Eis, Fondantsauce, Marshmallow und gehackte Nüsse.«

»Was versprichst du dir davon?« fragte Fletch.

»Daß sich mein Bäuchlein freut.«

Fletch sagte zum Kellner: »Sie müssen wissen, daß mich diese junge Frau heute morgen bereits mit einer Portion Elchhornmehl gefüttert hat.«

Der Kellner sagte: »Das hätte ich mir denken können.«

»War ja gar keins«, sagte Cindy. »Das ist Betrug. Ich glaube, es ist pulverisiertes Kuhhorn.«

»Oh, seufz«, sagte der Kellner. »Wo sind bloß alle diese netten Leute geblieben, die zu sagen pflegten: ›Nur eine Cola und einen Hamburger blutig?‹«

»Junge Menschen werden von Kellnern einfach nicht respektiert«, murmelte Fletch, »ganz gleich, womit sie ihren Lebensunterhalt verdienen. Ganz gleich, worüber sie reden.«

»Wie lautet eigentlich meine Berufsbezeichnung?« fragte Fletch zwischen zwei Stohhalmzügen aus seinem Schokoladenshake. »Callboy?«

»Sie sind eine Hure, Sir, wie wir anderen auch, und vergessen Sie das ja nicht.« Cindy nahm ihren Löffel in die Hand. »Wenn du anderer Meinung bist, verlierst du die Kontrolle, über dich selbst, über deinen Kunden. Es ist ein Beruf, weißt du. Du darfst nicht die Kontrolle verlieren. Die Kontrolle zu verlieren, kann gefährlich sein.«

Der Kellner hatte ihren Lunch mit der Ankündigung gebracht: »Fünf zu früh geborene Hühner und eine Schale gefrorene Eutertropfen.«

»Was hat uns bloß hierher verschlagen?« wollte Fletch von Cindy wissen.

»Wir haben die gleiche Erziehung genossen, nehme ich an. Alle Amerikaner haben das, bis zu einem gewissen Grad.« Mit ihrem Löffel verteilte sie die Schlagsahne und das Marshmallow gleichmäßig über dem Eis. »In erster Linie wurden wir doch als Sexobjekte erzogen, oder? Ich meine, wozu dienten denn im Grunde diese ganze Vitaminschluckerei, diese ganze Lauferei zum Kinderarzt, zum Kieferklempner? Warum haben uns Eltern und Schulen Sport treiben lassen? Um eine Philosophie zu lernen, um zu lernen, wie man gewinnt, wie man verliert? Quatsch. Eltern und Trainer haben bei den Schiedsrichtern und jedem anderen mehr protestiert, sich mehr beschwert und mehr mit denen gestritten, als wir das taten. Aus gesundheitlichen Gründen? Quatsch. Wie viele deiner Freunde haben den Schulsport ohne Dauerschäden an Knien, Rücken oder Hals überstanden?« Cindy führte einen gehäuften Löffel mit Eis, Fondantsauce, Marshmallow und Schlagsahne in ihren Mund. »Du durftest an die frische Luft, durftest alles mögliche anstellen, aber ja nicht ohne Sonnenschutz für die Haut. Gesichtswässerchen morgens und abends. Der einzige Zweck der Übung war, tolle Beine, Arme, Schultern, flache Bäuchlein mit schimmernder, frischer Haut zu erzeugen.«

»Ich bin ein Exobjekt?« fragte Fletch.

»Das ist alles, was du bist, Sportsfreund. Als du herangewachsen bist, womit hat man da dein Hirn gefüttert? Mit Theologie? Philosophie? Kultur? Ich, ein dreizehnjähriges Mädchen, bin von der Schule nach Hause gerannt gekommen, bin ins Haus gestürmt und hab' gerufen: ›Mama, Mama, ich hab' eine Eins in Mathematik!‹ Und meine Mama sagte: ›Ja, Schatz, aber ich habe bemerkt, daß dein Haar seinen Glanz verliert. Welches Shampoo benutzt du?‹«

Schweigend verzehrte Fletch seine Rühreier.

»Wer wurde uns als Helden vorgeführt?« fragte Cindy. »Lehrer? Mathematiker? Dichter? Nein. Nur solche mit wunderschönen Körpern, Athleten und Filmstars. Sie sind diejenigen, die dauernd im Fernsehen interviewt werden. Und dürfen sie jemals darüber sprechen, warum sie eigentlich so schnell laufen können, oder wie sie sich in den Charakter einer Rolle, die sie gerade spielen, einfühlen? Nein. Alles, worüber sie jemals befragt werden, ist ihr Sexualleben, wie oft sie schon verheiratet gewesen sind und mit wem, und wie denn jede Affäre so war. Prestige, Fletch, richtet sich danach, wie viele Leute man in sein Bett locken kann.«

»Und deshalb bist du eine Hure geworden.«
»Läuft denn nicht alles darauf hinaus?«
»Sehr scharfsichtig von dir.«
»Meine ich auch.«
»Schmeckt dir dein Bananensplit?« Er war halb leergetrunken.
»Sehr gut.«
»Das kann ich sehen.«
»Sehr gut.«
»Aber, Cindy, ich, äh, habe gewisse Skrupel, es, äh, wirklich zu machen, äh, du weißt schon, für Geld.«
»*Wirklich* mach ich's nur ganz selten. Im Fitneßcenter machen die Apparate die Kunden fertig. Sie werden vollkommen gestreßt und strapaziert, und ich sorge dann dafür, daß sie erregt werden, und dann hol' ich ihnen einen runter, bevor sie überhaupt merken, was passiert ist. Dann entschuldigen sie sich, daß sie sich nicht beherrschen konnten und ich, in Gänsefüßchen, ›ein richtig tolles Erlebnis verpaßt‹ habe. Wenn ich abends als Begleiterin ausgehe, sitze ich meistens in den Restaurants und Clubs und schaue irgendeinem alten Knaben zu, wie er sich vollaufen läßt. Ich höre ihm einfach nur zu, irgendwie. Normalerweise ist das alles, was er wirklich will. Sehr langweilig ist das. Wenn er dann total betrunken ist, bring' ich ihn schleunigst in sein Hotelzimmer zurück, zieh ihn aus und pack ihn ins Bett. Am nächsten Morgen denkt er, er hätte was ganz Tolles erlebt, hätte wundervolle Sachen mit einem wundervollen Mädchen gemacht. Hat er aber gar nicht. Das wirst du noch lernen. Wahrscheinlich hab' ich mit weniger Männern oder weniger oft mit einem Mann geschlafen als diese Sekretärin da drüben.«
Sie nickte zu einer jungen Frau, die mit einem älteren Mann an einem Tisch in der Nähe saß. Auf ihrem Tisch, neben ihrem Lunch, lagen Notizblöcke, Kugelschreiber, eine Mappe mit Papieren und ein Rechner.
Cindy murmelte vor sich hin: »Außer, wenn ich mehr bezahlt kriege.«
Fletch sagte: »Vielleicht meine ich gefühlsmäßig. Wie soll ich das gefühlsmäßig verkraften, weißt du, wenn ich für Intimitäten bezahlt werde? Das macht mir ein bißchen Sorgen.«
»Das ist nichts als Scheiß, der von den Psychiatern verzapft wird. Und beantworte mir mal die Frage: Wer ist intimer mit einem Kunden, eine Hure oder ein Psychiater?«
»Äh...«

»Ich kenne ihre Sprüche auswendig. Die Schuldtour. Huren haben ein enormes Bedürfnis nach Liebe, aber wir wissen nicht, was Liebe ist. Unseren Eigenwert bestimmen wir nur dadurch, daß wir für unsere Zuneigung, unsere Gefälligkeit einen Preis festsetzen. Aber trifft das denn nicht auch auf Psychiater zu? Mensch, die übertragen doch bloß. Mir ist das egal. Die müssen sich schließlich auch ihre Brötchen verdienen. Ich wünschte bloß, sie würden nicht ihre eigenen Neurosen auf uns abladen.«

»Aber du, Cindy, wie kannst du nach zweieinhalb Jahren in diesem Gewerbe jemals wieder eine wirkliche, aufrichtige Beziehung zu einem Mann haben, wieder echt was empfinden?«

»Das will ich ja gar nicht. Das hab' ich vorher schon nicht gewollt und das will ich auch in Zukunft nicht.« Sie schabte mit ihrem Löffel den Eisbecher sauber. »Weißt du, in dem Punkt irren sich alle, zumindest was mich angeht. Was viele von uns angeht. Ich habe dir gegenüber doch eine Freundin erwähnt, eine echte Freundin. Sie arbeitet auch bei Ben Franklyn. Wir haben gut verdient. Nächste Woche hauen wir ab. Wir gehen nach Colorado, werden eine Hundezucht-Ranch kaufen und von da an glücklich und in Freuden leben.«

»Seid ihr ein Liebespaar?«

»Aber sicher. Verstehst du, mit einem Mann zu schlafen, bedeutet mir nichts. Gefühlsmäßig, moralisch. Was immer diese Worte auch bedeuten. Männer interessieren mich nicht. Mit einem Mann ins Bett zu steigen, regt mich ebensowenig auf, wie es dich aufregen würde, mit einem Jungen oder einem Hund ins Bett zu steigen.«

Fletch sagte: »Mit was für einem Hund?«

Cindy lehnte sich von ihrem leeren Becher zurück. »So wie ich erzogen wurde, war Eisessen eine größere Sünde für mich, als mit einem Mann ins Bett zu steigen. Oder mit Männern. Oder mit einer ganzen Leichtathletikmannschaft.« Sie schaute auf ihren leeren Eisbecher. »Mir hat's geschmeckt.«

»Bei mir sieht das anders aus«, sagte Fletch.

»Wahrscheinlich. Das ist dein Problem.«

Von der Ecke des Häuserblocks spazierte ein gelber Rock auf sie zu, der Fletch bekannt vorkam. Ebenso die dunkelblaue, kurzärmelige Bluse über dem Rock.

»O mein Gott.«

Cindy reckte ihre Arme ein wenig. »Aber grundsätzlich ist es bei dir und mir das gleiche, glaube ich. Mich hat man zu einem angeblich hirnlosen, unkultivierten wunderschönen Körper geformt, zu einem Sexobjekt, und mir erzählt, daß Männer materialistische Unterdrücker sind und Kindermachen etwas strikt Verbotenes ist. Ich bin keine richtige Athletin. Ich bin keine Schauspielerin.«

Fletch hatte sich kerzengerade aufgesetzt. Unter dem Tisch hatte er seine Füße in Sprintposition gebracht. Seine Augen schätzten die Entfernung zwischen seinem Tisch und der Tür zu Manolo's ab. »Oh, wau.«

»Es wird Zeit, Geld zu verdienen«, fuhr Cindy fort. »Was soll ich machen? So tun, als sei ich eine Intelligenzbestie? Oder, schlimmer, so tun, als sei ich eine Arbeitsbiene?«

Die Frau, die auf sie zukam, entdeckte Fletch.

Dann entdeckte sie Cindy.

Fletch sagte: »O nein.«

»Ich tue genau das«, sagte Cindy mit Bestimmtheit, »was ich tun soll. Ich bin genau die, die ich sein soll.«

»Fletch!« sagte die Frau.

»Äh ...«

Dann sagte sie: »Cindy!«

Cindy drehte sich um. Ein Strahlen überzog ihr Gesicht.

»Barbara!« juchzte sie.

Cindy sprang auf und fiel Barbara um den Hals.

Barbara fiel Cindy um den Hals.

Fletch erhob sich. »Ah, Barbara ...«

Als das Umarmen und Juchzen endlich ein Ende nahm, sah Barbara zu Fletch. Sie hielt immer noch Cindys Hand.

»Ich wußte gar nicht, daß ihr beiden euch kennt!« sagte Barbara.

23

»Du hast einen Knutschfleck am Hals«, sagte Barbara zu Fletch.

Der Kellner hatte einen dritten Stuhl an den Tisch gebracht, mit Erleichterung vernommen, daß sie nichts weiter als die Rechnung wollten, und sich entfernt.

»Ein Lustmal«, fügte Barbara hinzu, als sie ihn aus dem Schatten unter dem Schirm näher betrachtete. »Als du heute morgen weggingst, war es noch nicht da.«

Fletch befingerte das Mal an seinem Hals. »Ich, äh ...«

Cindy runzelte verwirrt die Augenbrauen.

»Und so warst du auch nicht angezogen, als du heute morgen weggingst.« Barbara legte ihre Hand auf das Bündel mit seinem T-Shirt und seinen Jeans auf dem Tisch. »Wieso hast du Shorts an?«

Fletch verschränkte die Arme über der Brust.

»Was steht auf deinem T-Shirt?« Barbara beugte sich vor und zog seine Arme weg. »›Möchtest du einen Freund?‹ Was hat das zu bedeuten?« Sie langte in seinen Schoß. »Auf deinen Shorts steht das gleiche.«

»So ist es«, bekannte Fletch würdevoll.

»Hast du ein Sonderangebot erstanden?« fragte Barbara.

»Woher kennt ihr beide euch?« krächzte Fletch.

»Ach, wir sind alte Schulfreundinnen«, sagte Barbara leichthin.

»Tatsächlich? Alte Freundinnen?«

»Genau.«

»Gute Freundinnen?«

»Ich habe dir doch von Cindy erzählt. Sie hat mich bei den Hochzeitsvorbereitungen beraten.«

»Ah!« sagte Fletch.

»Fletch!« kreischte Cindy und schlug sich mit dem Handballen gegen die Stirn. »Dieser Fletch bist du!«

»Und warum trägst du keine Jodhpurs?« fragte Fletch Barbara vorwurfsvoll.

»Ho, ho, ho«, wieherte Cindy.

»Ich habe mich zum Lunch umgezogen«, antwortete Barbara. »Ich hasse diese ekelhaften Dinger.«

»Das ist der Fletch, den du am Samstag heiratest?«

»Höchstpersönlich.« Barbara legte ihre Hand auf seinen Oberschenkel. »Fletch, du bist ja schrecklich heiß. Du schwitzt. Dein Gesicht ist ganz rot. Bist du in Ordnung?«

»Ho, ho, ho«, machte Cindy.

»O mein Gott«, stöhnte Fletch.

»Aber woher kennt ihr beiden euch denn?« fragte Barbara.

»Ich, äh, wir...«, sagte Fletch.

»Gibt's da irgendwas zu lachen?« fragte Barbara.

»Eigentlich nicht«, sagte Fletch.

»Ho, ho, ho«, machte Cindy.

»Wenn wir erst mal verheiratet sind«, sagte Barbara, »hege ich die bescheidene Hoffnung, daß Fletch abends ungefähr genauso angezogen nach Hause kommt, wie er morgens weggegangen ist.«

»Ho, ho, ho.« Cindy erstickte fast vor Lachen.

»Barbara«, sagte Fletch gemessen und ernsthaft. »Cindy und ich haben uns während der Arbeit kennengelernt.«

»Ho! Ho! Ho!« johlte Cindy.

Die Sekretärin und der ältere Mann an dem benachbarten Tisch runzelten die Stirn über die Ruhestörung.

»Während der Arbeit?« fragte Barbara.

»Während der Arbeit!« lachte Cindy.

»Während der Arbeit«, bestätigte Fletch. »Nun, Barbara, mein Schatz, wenn du bloß –«

»Barbara, mein Schatz!« kreischte Cindy.

Barbara, die Cindys ungezügelte gute Laune nicht verstand, sagte zu Fletch: »Oh, ich habe übrigens gerade im Autoradio gehört, daß jemand den Mord an Donald Habeck gestanden hat.«

Fletch schnellte auf seinem Stuhl vor. »Was?«

»Ein Mann namens Childers, glaube ich. Ging heute morgen zur Polizei und gestand, daß er Donald Habeck getötet hätte. Ein Mandant von Habeck –«

»Ich erinnere mich«, sagte Fletch. »Der Prozeß endete vor zwei oder drei Monaten. Er war angeklagt, seinen Bruder ermordet zu haben.«

»Nun, heute morgen hat er jedenfalls zugegeben, Habeck ermordet zu haben.«

»Aber er ist freigesprochen worden. Ich meine, von dem Mord an seinem Bruder.«

»Du brauchst dir also nicht mehr dein Köpfchen wegen des Mords an Donald Habeck zu zerbrechen. Du kannst dich wieder der Aufgabe zuwenden, mit der man dich betraut hat.«

»Mmhhh«, brummte Fletch. »Danke.«

»Wir können am Samstag heiraten, wir können uns Flitterwochen leisten, und vielleicht wirst du sogar einen Job haben, wenn wir zurückkommen.«

»Das stimmt.« Cindy hatte aufgehört zu lachen. Sie betrachtete Fletch mit neuen Augen. »Du bist Reporter!«

Fletch seufzte. »Stimmt.«

Für die *Chronicle-Gazette*«, sagte Cindy.

»Für die *News-Tribune*.« Fletch durchbohrte Barbara mit Blicken.

»Was ist los?« fragte Barbara.

»Stark«, sagte Cindy. »Das erklärt alles!«

»Das fürchte ich auch«, sagte Fletch.

»Hast du irgendwas für die Zeitung geschrieben, was ich vielleicht gelesen habe?« fragte Cindy.

»Am Sonntag«, sagte Fletch. »Hast du ›Sportfreaks am Ende‹ gelesen?«

»Ja«, sagte Cindy. »Klar. Der Aufmacher im Sportteil. Echt gut. Hast du das geschrieben?«

»Nur die Überschrift«, sagte Fletch.

»Oh.«

»Was hast du gemacht?« Barbara grinste tapfer, als bäte sie darum, über einen Witz aufgeklärt zu werden, den sie vielleicht schon verdorben hatte. »Dir die Tarnkappe übergezogen?«

»Danke der Nachfrage«, sagte Fletch.

Cindy begann erneut zu lachen. Sie klatschte in die Hände. »Super!«

Der kleine Kellner gab Fletch die Rechnung. »Sie zu bedienen, Sir«, sagte der Kellner, »ist eine Heimsuchung, die ich nur äußerst ungern zu einer Sucht ausarten lassen möchte.«

Fletch starrte ihn an.

Cindy nahm die Rechnung. »Nein. Das geht auf die Firma, erinnerst du dich?« Sie lachte erneut laut heraus. »Du könntest sagen, das geht aufs Haus!«

»Wie auch immer, Cindy«, sagte Barbara. »Wir werden in schwindelnder Höhe heiraten, auf einer Klippe mit Blick über den Ozean. Hab' ich dir das schon erzählt? Das Wetter soll schön werden, am Samstag.«

Cindy bezahlte die Rechnung bar.

»Denk dran, daß wir heute abend mit meiner Mutter essen«, sagte Barbara unsicher zu Fletch.

»Heute abend zum Dinner«, sagte Fletch düster, »wird mir mein Kopf auf dem Tablett serviert.«

»Cindy«, sagte Barbara. »Hier um die Ecke ist ein Sportgeschäft. Im Fenster ist ein toll aussehender Skianzug. Du weißt schon, für unsere Flitterwochen. Hast du Lust mit mir hinzugehen und dir anzuschauen, wie ich darin aussehe?«

»Klar«, sagte Cindy. Sie hinterließ dem Kellner ein großzügiges Trinkgeld.

Die beiden Frauen standen vom Tisch auf.

Fletch blieb sitzen, den Ellbogen auf den Tisch gestützt, das Kinn auf der Hand.

»Bis dann, Fletch«, sagte Barbara.

Fletch antwortete nicht.

Cindy sagte fröhlich: »Bis dann, Fletch! Bei der Hochzeit! Am Samstag!«

Nachdem Cindy ein paar Schritte gegangen war, drehte sie sich, erneut von Lachen geschüttelt, um: »Fletch!« rief sie. »Paß am Samstag auf der Klippe auf. Du bist nicht schwindelfrei!«

24

»Hallo! Hallo!« Fletch klopfte laut an den Rahmen der Fliegengittertür. Im Innern des Bungalows plärrte ein Fernseher, der jedoch von einem plärrenden Kind, anderen kreischenden Kindern und dem Lärm irgendeines mechanischen Spielzeugs noch übertönt wurde. »Hallo!« rief er.

Die vordere Veranda war ein Schrottplatz, auf dem zerbrochenes Spielzeug, ein Roller mit verbogenem Lenker, ein zermalmtes Dreirad, eine plattgedrückte Plastikpuppe und ein Kinderherd, über den eine Axt hergefallen zu sein schien, abgeladen worden waren.

Aus dem Fernseher tönte eine weibliche Stimme: »Wenn du Ed erzählst, was du über mich weißt, Mary, dann sorge ich dafür, daß du in der Hölle brätst.«

Im Haus rief eine weibliche Stimme: »Wenn du nicht aufhörst zu heulen, Ronnie, kriegst du eine von mir gescheuert, daß dir Hören und Sehen vergeht!«

Eine männliche Stimme sagte: »Na, na. Laß uns erst mal diese Fütterei beenden. Die Kinderchen müssen essen, Nancy. Damit sie groß und stark bleiben!«

Der Bungalow des Privatdozenten Thomas Farliegh lag acht Häuserblocks vom Rand des Universitätscampus entfernt. An den anderen bescheidenen Häusern in der Nachbarschaft waren noch Reste von Farbe zu erkennen, und in ihren Vorgärten wuchs zumindest noch unbehelligtes Unkraut. Farlieghs Haus dagegen hatte der Moder gelb und grau gefärbt, ein Vorderfenster war in der Mitte eingeschlagen, und der Vorgarten bestand aus gebackenem Dreck und diente unter anderem einem räderlosen, zusammengebrochenen, verrosteten gelben Volkswagen als Abstellplatz.

Auf der Fahrt zu Farlieghs Haus hatte Fletch im Radio eine Wiederholung der Nachrichtenmeldung gehört, die Barbara erwähnt hatte. Stuart Childers hatte gestanden, Donald Habeck ermordet zu haben. Er hatte gestanden und war wieder auf freien Fuß gesetzt worden.

Fletch stellte sich so nah wie möglich an die Fliegengittertür und rief so laut wie möglich: »Heda! Hallo!«

Der Lärm im Innern des Hauses wurde nur geringfügig schwächer.

Ein Schatten auf der anderen Seite der Fliegengittertür entpuppte sich als eine Frau, die sagte: »Wer sind Sie?«

»Fletcher.«

»Wer? Ich kenn' Sie nicht. Kommen Sie mal lieber rein.«

Als er im Haus war, wurde klar, daß nicht die Fliegengittertür seine Rufe gedämpft hatte.

»Sind Sie Student?« fragte die Frau.

»Ich bin von der *News-Tribune*! Reporter!«

»Tom ist wieder hier«, sagte sie. »Ich weiß nicht, ob er Ihren Report schon korrigiert hat.« Sie führte ihn in die Küche auf der Rückseite des Hauses. »Sie heißen Terhune, sagten Sie?«

Das Haus roch nach Windeln, angebranntem Essen, übergekochter Milch und gewöhnlichem Haushaltsmüll.

»Ich bin von der Zeitung«, sagte Fletch.

Außer dem plärrenden Fernsehapparat und einem batteriegetriebenen Spielzeugpanzer, der sich geräuschvoll seinen Weg über den Fußboden und über Berge von Wäsche, Müll und Büchern bahnte, waren fünf Kinder in der Küche, von denen offenbar keins älter als sieben Jahre war. Zwei hatten Windeln an, drei Unterhosen, und alle schienen morgens frisch in gebrauchtem Spülwasser gebadet worden zu sein.

Ein kleiner, kahlköpfiger, rundlicher Mann saß an dem angeschlagenen Küchentisch und löffelte Pflaumenmus in einen Säugling, der auf einem hohen Stuhl saß. Die Augen des Mannes, mit denen er kurz zu Fletch aufblickte, waren von einem überraschenden Blaßblau. Vier der Kinder hatten ebenfalls hellblaue Augen, aber keine waren so hell wie seine.

Die Frau sagte etwas.

»Wie bitte?« fragte Fletch.

Aus dem Fernseher tönte: ». . . die eine Ladung Dumdumgeschosse transportierten . . .«

Die Frau drehte den Apparat leiser, so daß nur noch der bergauf und bergab über alle Hindernisse auf dem Fußboden ratternde Panzer, zwei schreiende und sich gegenseitig tretende Kinder und ein auf einem zerfledderten Kissen an der Wand sitzendes, lustvoll heulendes Kleinkind zu hören war.

»Ronnie«, sagte die Frau zu dem heulenden Kind. »Hör auf zu flennen, oder ich tret' dir ins Maul.« Ihre Drohung blieb wirkungslos. Ihre Füße waren nackt.

»Haben Sie ein Auto?« fragte die Frau Fletch.

»Ja. Sind Sie Nancy Farliegh?«

»Er will dich besuchen«, sagte der Mann am Tisch.

»Ich bin sicher, daß er dich besuchen will, Tom. Irgendwas wegen eines Reports.«

»Ich will Sie besuchen, Nancy. Ich bin von einer Zeitung.«

»Oh«, sagte sie. »Wegen dem Tod meines Vaters.« Sie trug einen weiten, mit Bleichflecken gesprenkelten Rock und eine grüne, mit Essensflecken gesprenkelte Bluse. Ihre Arme und Beine waren dünn und weiß, ihr Bauch war aufgebläht. Ihr Haar hing in fettigen Strähnen herunter. »Ich habe keine Lust, irgendwas darüber zu sagen, aber ich brauche unbedingt wen, der mich mitnimmt.«

»Ich werde Sie mitnehmen.«

»Unser Auto ist kaputt«, sagte der Mann am Tisch. »Zu Bruch gegangen. *Roto*. Ruiniert.«

»Ich hätte schon gestern fahren sollen«, sagte Nancy.

»Ja, ja«, sagte der Mann. »Pflaumen feines Hammhamm für Bobby.«

»Setzen Sie sich.« Nancy nahm einen Stoß Zeitungen und ein Telefonbuch von einem anderen Stuhl am Tisch und ließ sie auf den Fußboden fallen. »Ich ziehe mich nur schnell um.« Sie sah an sich herunter. »Tom, soll ich mich umziehen?»

Das Kind auf dem Kissen hörte auf zu heulen. Entschlossenheit machte sich auf seinem Gesicht breit.

»Bleib immer wie du bist, Schatz.«

Das entschlossen aussehende Kind erhob sich von dem Kissen, stapfte über den Fußboden, fing den Panzer ein, hob ihn auf und schleuderte ihn durchs Fenster.

Die drei sich anbrüllenden und verhauenden Kinder hatten ihren Kampfplatz jetzt in die Mitte des Fußbodens verlegt. An-den-Haaren-ziehen schien ihre beste Verteidigungsstrategie zu sein. Denn danach wurde am besten gebrüllt.

»Ich zieh' mich nur schnell um«, sagte Nancy. Fletch schaute aus dem Küchenfenster. Im Vorgarten attackierte der Spielzeugpanzer gerade einen zusammengebrochenen Kinderwagen.

Er setzte sich.

»Wau, wau, wau, wau!« sagte Tom Farliegh. »Jetzt kommt der Wauwau ans offene Tor. Mach das Tor auf!« Das Baby machte den Mund auf. Tom stopfte das Pflaumenmus hinein. »Und jetzt«, sagte er, während er das Marmeladenglas sauberkratzte, »kau, kau, kau, kau.«

»Soziale Sicherheit«, zitierte Fletch. *»Die Gehwege der Stadt / sind erbarmungslose Opferstatt / für alter Damen Hab und Gut.«*

»Ah!« Tom wischte den Mund des Babys sanft mit einem verklebten Lappen ab. »Sie sind mit meinem Werk vertraut.«

»Nennen Sie es die Poesie der Gewalt?«

»So wird es genannt.« Tom hob das Baby aus dem hohen Stuhl und setzte es behutsam auf den Fußboden.

Er ging quer durch die Küche zu einem noch kleineren Baby, das in einem auf der Herdkante stehenden Plastik-Korbstühlchen lag, als sollte es gebraten werden. Der Mann hatte die Umrisse einer Steckrübe. Er brachte den Säugling samt Korbstühlchen zum Tisch.

»Ihre Poesie ist eigentümlich«, sagte Fletch.

»Eigentümlich, ja.« Tom versuchte, die Kappe einer Flasche Babymilch abzuschrauben. »Warum nennen Sie sie nicht schön?«

Er reichte Fletch die Flasche, der die Kappe abschraubte und die Flasche zurückreichte.

»Wäre *schön* denn das richtige Wort?« fragte Fletch.

»Warum nicht?« Tom schraubte einen Schnuller auf die Flasche. »Wau, wau, wau.« Der Säugling machte den Mund auf. Tom schob die Flasche hinein. »In der Gewalt muß etwas Schönes liegen. Sie übt eine starke Anziehungskraft auf die Menschen aus.«

Während er die Flasche schräg an den Mund des Säuglings hielt, blickte er dorthin, wo jetzt vier Kinder auf dem Boden kämpften und schrien. Eins blutete aus einem Kratzer am Arm. Ein anderes hatte über einem Auge eine frische Beule.

»Deswegen habe ich ja so viele Kinder«, sagte Tom Farliegh. »Schauen Sie sich ihre Wut an. Ist das nicht wundervoll? Ungezügelte Gewalt. Ich kann es kaum erwarten, bis aus diesem Haufen Teenager geworden sind.«

»Mögen Ihre Träume in Erfüllung gehen«, betete Fletch. »Wie viele, glauben Sie, werden es schaffen?«

»Gewalt übt eine starke Anziehungskraft auf Sie aus«, sagte Tom.

»Eigentlich nicht.«

»Sehen Sie sich Football an?«

»Ja.«

»Boxkämpfe?«

»Ja.«

»Sind die gewalttätig?« Toms Hände waren die weichesten, schwammigsten, die Fletch je bei einem Mann gesehen hatte. »Die weitaus überwiegende Zahl der menschlichen Vergnügungen ist gewalttätig.« Er nickte zu dem Fernseher hinüber. »Dieses Instrument populärer menschlicher Kommunikation verbreitet an einem Tag mehr Gewalt, als die meisten Menschen ohne Fernsehen normalerweise in ihrem ganzen Leben sehen. Warum fühlen wir uns zu derartiger Gewalt hingezogen?«

»Faszination«, sagte Fletch. »Es ist das zweitgrößte Rätsel im Leben, daß Menschen bereit sind, anderen Menschen jene Gewalt anzutun, die sie offensichtlich sich selbst angetan haben möchten.«

»Schönheit«, sagte Tom. »Die faszinierende Schönheit der Gewalt. Der Gipfel der Ironie. Warum hat es noch nie zuvor einen Dichter gegeben, der das zugegeben hat.«

»Schlanke, gegürtete Hüften / Übersprüht von Automatikfeuer, / jede Kugel / durchschlägt / den Körper / in seiner Mitte, / hebt ihn empor, / schleudert ihn zurück, / stößt ihn umher. / Also / verneigt sich / der vollkommene Krieger / vor seinem Tod, / krümmt sich, / schwenkt und fällt«, zitierte Fletch.

»Schön«, sagte Tom.

»Ich habe so etwas schon gesehen«, sagte Fletch.

»Und es ist schön. Geben Sie's zu.« Tom Farliegh hielt die Babyflasche schräger. *»Verwelkt, verwüstet, / doch nicht verschwendet. / Dieser Tod ist sein Leben / Und er ist vollkommen / darin.«*

»Welche Seminare halten Sie an der Universität ab?«

»Eines über die Werke von Geoffrey Chaucer. Und ein weiteres, das die Werke von John Dryden und Edmund Spenser vergleicht. Außerdem leiste ich meinen Beitrag zu den Englischkursen für die Erstsemester.«

»Sie unterrichten *The Faerie Queene*, die Feenkönigin?«

»Aber ja.« Tom zog die Flasche, in der noch ein Rest Milch war, aus dem Mund des Babys, steckte sie sich selbst in den Mund und trank sie leer.

Das Baby brüllte.

Tom brachte die Flasche zum Spülbecken und spülte sie aus.

Fletch fragte: »Haben Sie Ihrem Schwiegervater Gewalt angetan?«

»Ja«, sagte Tom. »Als ich seine Tochter heiratete. Das hat er uns beiden nie verziehen.«

»Er ist nie hergekommen, um sich seine Enkel anzusehen?«

»Nein. Ich bezweifle, daß er überhaupt wußte, wie viele er hatte oder wie sie hießen. Zu schade. Sie hätten ihm gefallen.«

Fletch beobachtete, wie eins der Farliegh-Kinder einem anderen eine Karotte an den Kopf warf. »Vermutlich.«

»Donald Habeck war kein rechtschaffener Mensch.«

»Sie leben hier in einem Schweinestall«, sagte Fletch. »Und Ihr Schwiegervater war Multimillionär.«

»Habe ich deswegen meinen Schwiegervater ermordet?« Der kleine, untersetzte Mann drehte sich von der Küchenspüle herum und trocknete seine Hände an einem Stück Zeitungspapier ab. »Darin hätte keine Ironie gelegen.«

»Nein.«

»Nein. Es ist die Unschuld der Opfer, die das, was ihnen zustößt, zu Poesie werden läßt. Und ich bin der Poet.«

»Wußten Sie, daß er vorhatte, nahezu sein gesamtes Vermögen einem Museum zu schenken?«

»Nein.«

»Wenn er ohne ein Testament gestorben ist, wozu Rechtsanwälte, wie ich hörte, neigen, dann hat Ihre Frau vielleicht soviel geerbt, daß Sie sich ausschließlich mit Poesie befassen könnten. Das heißt, falls sein Vermögen noch vollständig ist. Wollen Sie etwa behaupten, daß Dichter keine pragmatischen Menschen sind?«

»Einige schon.« Tom Farliegh lächelte. »Jene, die in *The Atlantic* veröffentlicht werden und den Pulitzer-Preis erhalten. Sie mögen pragmatisch genug sein, um einen Mord zu begehen. Aber Sie werden doch gewiß nicht den unpopulärsten Dichter, der in diesem Land veröffentlicht wird, des Pragmatismus bezichtigen wollen?«

Nancy Farliegh kam wieder ins Zimmer zurück. Sie trug Ballerina-Schuhe, einen wärmer aussehenden, weitgeschnittenen Rock und eine einstmals weiße, jetzt durch wiederholtes Waschen graue Bluse. Sie hatte sich bemüht, ihre Haare zu bürsten.

»Können wir fahren?« fragte sie.

Fletch, der nicht wußte, wohin er fahren sollte, stand auf.

»Morton Rickmers, der Literaturredakteur der *News-Tribune*, würde vielleicht gerne ein Interview mit Ihnen machen, Mr. Farliegh. Würden Sie ihm zur Verfügung stehen?«

»Siehst du?« Tom Farliegh grinste seine Frau an. »Ich ernte bereits die Früchte des sensationellen Mords an meinem Schwiegervater.« Zu Fletch sagte er: »Sicher. Ich stehe ihm zur Verfügung. Ich tue alles, um meine Unpopularität zu vertiefen.«

25

»Ist es richtig, ihn mit den Kindern allein zu lassen?« Fletch legte den Sicherheitsgurt an.

»Warum fragen Sie?« Nancy Farliegh fand ihren Sicherheitsgurt.

»Ihr Mann findet, daß in Gewalt etwas Schönes liegt. Und diese Kinder verprügeln sich gegenseitig vor seinen Augen.«

»Er kann besser mit den Kindern umgehen als ich. Er hat viel mehr Geduld.«

»Viel mehr Toleranz.« Er drehte den Zündschlüssel. »Wohin fahren wir?«

»Zum Kloster St. Thomas, in Tomasito.«

»Tomasito!« Fletch sah sie an. »Das sind ja hundert Kilometer von hier!«

»Ja«, sagte sie. »Ganz recht.«

»Ich dachte, ich sollte Sie nur irgendwo in der Stadt absetzen.«

»Mein Bruder ist in dem Kloster.« Nancy starrte durch die Windschutzscheibe in die regungslose Landschaft. »Es ist ein von der Welt abgeschiedenes Kloster. Ich glaube nicht, daß er schon weiß, daß Vater tot ist. Ich habe das Gefühl, daß ich mit ihm reden muß. Ich habe keine andere Möglichkeit, dorthin zu kommen.«

»Ihr Bruder ist ein Mönch?«

»Ein Mönch, ein Mönch«, sagte sie. »Tom könnte vermutlich einen boshaften Kinderreim daraus machen. *Ein Mönchlein klein, ein Mönchlein klein / schließt sich in den Keller ein / damit er nicht mehr sehen muß / den Vater, diese fiese Nuß.* Nicht sonderlich gut.«

»Nicht sonderlich.«

»Ich werde wohl meinem Mann das Dichten überlassen und mich darauf beschränken, ihm weiterhin seine kleinen Monster zu gebären.«

Fletch legte einen Gang ein. »Entschuldigung«, sagte er. »Der Auspufftopf hat ein Loch.«

»Hör' ich nicht.«

»Sind Sie Christin?«

»Ich? Gott bewahre. Daß Bob in ein Kloster eingetreten ist, war seine persönliche Angelegenheit. Es hatte überhaupt nichts mit der Familie zu tun, ich meine, mit unserer Erziehung. Ich habe den Verdacht, daß er versucht, für die Sünden seines Vaters zu büßen. Heißt es nicht, daß sie am Sohn vergolten werden? Er ist für seinen Job wie geschaffen.«

Gegenüber der Universität fuhr Fletch die Auffahrt zur Schnellstraße hinauf und trat aufs Gas.

Er sagte: »Jemand, der erst vergangene Woche mit Ihrem Vater gesprochen hat, erzählte mir, daß Ihr Vater die Absicht geäußert hätte, in ein Kloster einzutreten.«

Nancy schnappte nach Luft. »Mein Vater!« Sie lachte. »Ich wußte doch, daß Zeitungen nichts als Märchen drucken.«

»Es ist wahr«, sagte Fletch. »Zumindest ist es wahr, daß jemand das gesagt hat.«

»Vielleicht würde mein Vater in ein Kloster eintreten, wenn er das Horn hörte, das zum Tag des Jüngsten Gerichts bläst. Das sähe ihm ähnlich. Eine geschickte Verteidigung.«

»Er wurde älter.«

»So alt nun auch wieder nicht. Ungefähr sechzig.«

»Vielleicht ging es ihm nicht gut?«

»Hoffentlich. Wenn jemand Magenlepra verdient hatte, dann er.«

»Haben Sie sich nie nahegestanden?«

»Gefühlsmäßig? Das weiß ich nicht. Ich habe ihn nur selten gesehen, als ich aufwuchs. Schwarzer Anzug und schwarze Schuhe, die die Zufahrt rauf- und runtermarschierten. Geistig? Als ich älter wurde, erkannte ich, wie er sein ganzes Leben lang das System beschissen hatte. Ein richtiger Wertezerstörer. Aus Profitgier. Er glaubte nie an das Gute oder das Böse oder an Gerechtigkeit; an all die Dinge eben, an die wir glauben, an denen wir unser Leben ausrichten, uns festhalten können. Er glaubte daran, seinen eigenen Willen durchsetzen zu können, ungeachtet der sozialen Konsequenzen, glaubte daran, in die eigene Tasche arbeiten zu können. Er war der rundum unsozialste und unmoralischste Mensch, den ich je kannte. Wenn er nicht Rechtsanwalt geworden wäre, wäre er vermutlich selbst ein psychopatischer Killer gewesen.« Nach einem Moment lachte sie bitter auf. »Mein Vater ein Mönch!«

»Ihr Mann«, sagte Fletch, »verherrlicht die Gewalt.«

»Sehen Sie denn den Unterschied nicht?« fragte Nancy. »Mein Mann ist Lehrer. Dichter. Auch wenn er dafür persönliche Opfer bringen muß, zeigt er die in der Gewalt liegende Schönheit auf, und in der Gewalt liegt Schönheit. Wir fühlen uns davon angezogen. Er bringt uns dazu, uns der Gewalt in uns zu stellen. Er klärt uns über unser Ich auf. Seine Poesie wäre nicht so verdammt erfolgreich, wenn sie nicht wahr wäre.«

»Welche persönlichen Opfer?«

»Na, Sie machen mir Spaß. Die Leute wechseln die Straßenseite, wenn sie ihn kommen sehen. Sie wollen nicht mal mit ihm reden. Wir sind in drei Jahren nicht einmal zu einer Cocktailparty der Fakultät eingeladen worden. Die meisten in der Fakultät wollen ihn loswerden. Er könnte nie eine andere Lehrstelle bekommen. Wir werden noch im Armenhaus landen. Gerade deshalb kann Tom ja diese Aussage machen, nicht über das Wesen der Gewalt, sondern über das Wesen des Menschen, über Ihres und meins. Verstehen Sie das denn nicht?«

»Wie auch immer.« Fletch streckte sich in seinem Sitz. »Dieser Mann, der es wissen sollte, erzählte mir jedenfalls, daß Ihr Vater vorgehabt hat, dem Museum fünf Millionen Dollar zu schenken. Das Geld sollte für zeitgenössische religiöse Kunst ausgegeben werden. Den Rest seiner weltlichen Güter wollte er einem Kloster vermachen, in das er einzutreten gedachte.«

Nancy zuckte die Achseln. »Da hat er sich irgendwas Hinterhältiges dabei gedacht. Ich schätze, daß irgendwer etwas gegen ihn in der Hand hatte. Das Justizministerium. Das Finanzamt. Die Anwaltskammer. Vermutlich hätte man meinen Vater, nachdem sich die Aufregung gelegt hat, an irgendeinem Ort wiedergefunden, wo er mit seiner aufreizend attraktiven, hohlköpfigen jungen Frau ein luxuriöses Leben führte und das hinter der Fassade, dem Schutz irgendeiner religiösen oder kulturellen Stiftung, alles von ihm selbst brillant und legal begründet und abgesichert.«

»Mag sein. Aber wußten Sie, daß Ihr Vater die Absicht bekundet hat, sich seiner weltlichen Güter zu entledigen?«

»Ich habe irgend so was in der Zeitung gelesen. In der heutigen Morgenausgabe. Nachdem man ihn ermordet hatte.«

»Es hat Ihnen niemand vorher erzählt?«

»Nein.«

»Es ist immer schwer zu beweisen, daß man von nichts wußte«, sagte Fletch.

Sie fuhren eine Weile schweigend weiter und lauschten *The Grateful Dead* im Radio.

Schließlich sagte Fletch: »Gestern bin ich im Haus Ihres Vaters einer Frau begegnet, die ungefähr sechzig Jahre alt war, weißhaarig oder blauhaarig, wie immer man's nennen will, und ein farbenfrohes Kleid und grüne Turnschuhe anhatte. Ich fragte sie, ob sie Mrs. Habeck wäre, und sie sagte ja. Über Ihren Vater hat sie lediglich gesagt, daß er schwarze Schuhe trug und davonstiefelte. Von Habeck, Harrison und Haller sprach sie als *He, Hä, Ho*.«

»Ehmmm«, sagte Nancy.

»Ist das Ihre Mutter?«

»Ehm.« Nancy rutschte unruhig auf ihrem Sitz hin und her. »Was da auf Ihren Shorts steht, stimmt. Sie können ein Freund sein, schätze ich.«

»Das trifft nicht ganz das, was die Aufschrift meint.« Fletch hatte die T-Shirts gewechselt in der Hoffnung, daß sein eigenes, unschuldiges T-Shirt, über den Shorts getragen, die Werbebotschaften verdekken würde.

»Sie haben den Nagel auf den Kopf getroffen«, sagte Nancy. »Als ich aufwuchs, haben mein Vater und ich uns gegenseitig ignoriert. Er war nicht interessiert. Als ich älter wurde, lernte ich ihn zu verachten. ›Brillanter Rechtsanwalt.‹ Scheiß. Er war ein Schuft. Als er Mutter abschob, sie gerichtlich in ein Heim für psychisch Gestörte einweisen ließ, habe ich ihn total verabscheut. Ich habe nie wieder mit ihm gesprochen oder ihn freiwillig wiedergesehen. Entschuldigung. Ich habe vorhin nicht ganz die Wahrheit gesagt. Ich hasse denReckskerl.«

»Oh.«

»Es war unnötig, Mutter aus ihrem Zuhause zu werfen. Sie in eine Anstalt zu sperren, mag sie noch so protzig und vornehm sein. Sie ist nur ein bißchen verdreht.«

Fletch erinnerte sich, wie Mrs. Habeck auf ihre grünen Turnschuhe hinuntergeschaut und gesagt hatte: *Ich habe kein Privatleben*.

»Ein bißchen verdreht«, wiederholte Nancy. »Jahr für Jahr ließ Dad sie allein in diesem Haus. Niemand wollte etwas mit ihr zu tun haben. Zuerst versuchte sie auszugehen, irgend etwas zu tun, wissen Sie, sich dem Blumenclub anschließen. Die anderen Damen wollten sie nicht. Es brauchte nur irgendein sensationeller Fall meines Vaters in den Zeitungen zu stehen, ein kleiner Schrei der Entrüstung im Leitartikel darüber, daß Donald Habeck für einen Frauenschänder ein Nichtschuldig-Urteil erwirkt hatte, und schon kamen Mutters Blumenarrangements nicht in die Ausstellung. Klingelte ihr Telefon nicht. Einmal, als ich ein Teenager war und selbständig wurde, marschierte Mutter in die Stadt und besorgte sich einen Job hinter der Theke eines

Blumenladens. Mein Vater machte dem nur allzu rasch ein Ende. Die arme, verdammte Seele. Sie vermoderte allein in diesem Haus. Führte Selbstgespräche. Sie fing an, den Eßzimmertisch für Lunch- und Dinnerpartys zu decken, für sechs Personen, acht, ein Dutzend. Aber es kam niemand.« Tränen strömten über Nancys Gesicht. Ihre Stimme klang belegt. »Was konnte ich denn dagegen tun? Ich kam eben so oft wie möglich nach Hause. Sie hatte die Angewohnheit, an einem Tag zu sechs verschiedenen Friseuren zu gehen, nur um mit jemanden reden zu können. Ihr Haar ging völlig kaputt. Dann fing sie an, den ganzen Tag in den Einkaufszentren zu verbringen, kaufte alles mögliche, Rasenmäher, Waschmaschinen, Handtücher. In einer Woche wurden mal zwanzig Waschmaschinen ins Haus geliefert. Als man sie zusammenpackte, um sie ins Agnes-Whitaker-Heim zu bringen, entdeckte man, daß sie über zweitausend Paar Schuhe hatte! Sie unterhielt sich gerne mit den Verkäufern, verstehen Sie.«

Fletch nahm die Abfahrt nach Tomasito. »Läuft sie öfter aus dem Heim weg?«

»Fast täglich. Zuerst war das Heimpersonal immer beunruhigt und rief mich an und vermutlich auch meinen Vater. Schimpften mit ihr, wenn sie zurückkam. Aber sie ist harmlos. Sie hat kein Geld, keine Kreditkarten. Ich habe keine Ahnung, wie sie das anstellt. Hab' das nie herauskriegen können. An schönen Tagen setzt sie sich vermutlich in den Park, schlendert durch die Geschäfte und tut so, als kaufe sie etwas, kehrt in ihr altes Zuhause zurück und setzt sich an den Pool.«

»Ja. Genau da war sie gestern.«

»Jasmine muß sie vorkommen wie der ›Schatten der ersten Frau‹.« Nancy lachte. »Na, und wenn schon. Zwei- oder dreimal pro Woche taucht sie bei mir zuhause auf. Sitzt da und schaut fern. Sitzt da und schaut die Kinder an. Erzählt ihnen vollkommen verrücktes Zeug, zum Beispiel über die Zeit, als sie sich mit einem großen schwarzen Bären im Wald anfreundete und der Bär ihr beibrachte, wie man fischt. Die Kinder lieben sie heiß und innig.«

»Und liebt sie auch die Kinder?«

»Woher soll ich das wissen? Sie kreuzt immer wieder auf.«

»Und Sie meinen, daß man diese Frau nicht hätte einsperren sollen?«

Nancys Kiefer wurden hart. »Ich meine, man hätte sie nicht jahrelang allein lassen dürfen. Ich meine, man hätte sie nicht gesellschaftlich ächten dürfen. Nein. Ich meine, man hätte sie nicht aus ihrem Haus werfen dürfen. Als sich die ersten seltsamen Symptome bemerkbar machten, hätte mein Vater, meine ich, nicht so weitermachen dürfen wie bisher. Sie hätten in Pension gehen, irgendwo ein neues Leben beginnen können. Oder, wenn das zu spät gewesen wäre, hätte irgendeine Art Haushälterin-Pflegerin angestellt werden können, die bei ihr blieb, ihr ein bißchen Gesellschaft leistete.« Nancy schwieg eine Zeitlang, ihre Kiefer mahlten. Dann sagte sie: »Mein Vater hat sie sich durch einen legalen Kniff, Scheidung und Einsperren, vom Hals geschafft, weil er die hohlköpfige Jasmine heiraten wollte.«

»Sie mögen Jasmine natürlich nicht.«

»Nicht mögen?« Nancy sah Fletch an. »Sie tut mir leid. Ihr passiert das gleiche wie meiner Mutter.«

Sie bogen von der Schnellstraße ab auf eine zweispurige Straße durch eine recht ansprechende Ackerlandschaft.

»Ich habe heute morgen im Fernsehen gehört«, sagte Nancy, »daß jemand den Mord an meinem Vater gestanden hat.«

»Ja«, sagte Fletch. »Stuart Childers. Ein Mandant Ihres Vaters. Angeklagt wegen Mordes an seinem Bruder. Vor zwei oder drei Monaten freigesprochen.«

»Und?« sagte Nancy.

»Die Polizei hat ihn sofort freigelassen. Ich weiß nicht warum.«

»Worauf wollen Sie hinaus, Freund?« fragte Nancy.

»Ich glaube nicht an einen Unterweltmord«, sagte Fletch, »trotz der Anspielung heute morgen in der *News-Tribune*.«

»Sie glauben, ich war's?«

»Jemand in der Familie erfuhr, daß Ihr Vater die Absicht hatte, oder sagte, daß er die Absicht hätte, sich aus frommen oder unfrommen Motiven all seiner weltlichen Güter zu entledigen. Meine Quelle berichtete übrigens, daß Ihr Vater letzte Woche sagte, kein Hahn würde nach ihm krähen. Seine Worte.«

Nancy schnaubte. »Das wird wohl stimmen.«

»Irgend jemand beschloß, ihn auszubooten, bevor er beschloß, die Familie auszubooten. Sie, Ihr Mann. Ihre Mutter, Ihretwillen oder um Ihrer Kinder willen. Die zweite Frau Ihres Vaters.«

»Sie verstehen Tom nicht.«

»Er mag ja der bedeutende Dichter, der Intellektuelle sein, wie Sie behaupten. Aber wo war er am Montagmorgen?«

»In der Universität.«

»Um wieviel Uhr hat er montags sein erstes Seminar?«

Nancy zögerte. »Nachmittags um zwei.«

»Gut.«

»Armut ist wichtig für Tom. Die Tatsache, daß er, seine Arbeit verachtet wird. Dadurch wird das Opfer echter, die Poesie«, stammelte sie, »bedeutsamer, monumentaler.«

»Sie sind nicht in einem Schweinestall aufgewachsen«, sagte Fletch. »Ihr Daddy mag Sie zwar nicht auf den Knien geschaukelt haben, aber Sie hatten einen vollen Kühlschrank in einem sauberen Zuhause, samt einem Swimmingpool im Garten. Plus einer Menge Waschmaschinen.«

»Ehrlich gesagt, Freund, ich will keinen Penny von meinem Vater. Denn immer noch werden Menschen ausgeraubt, vergewaltigt und ermordet, weil mein Vater ihr Geld nahm.«

»Ah, die Schönheit der Gewalt!« sagte Fletch. »Sie haben fünf auf dem Boden krabbelnde Kinder. Sie sagten, daß Sie aufs Armenhaus zusteuern. Nicht viele Mütter lassen ihre Kinder verhungern, wenn es einen Ausweg gibt.«

Nach einem Moment sagte Nancy: »Am Montagmorgen war ich allein mit den Kindern zuhause.«

»Tolle Zeugen. Haben Sie noch andere?«

»Nein.«

Fletch nahm das Gas weg, als sie ein Schild mit der Aufschrift KLOSTER ST. THOMAS passierten, und bog nach rechts durch die Tore ab.

»An der Einfahrt zum Parkplatz der *News-Tribune* ist ein Wächter«, sagte er. »Der die Autos überprüft. Ich stelle mir vor, wie jemand, der weiß, daß Ihr Vater an jenem Morgen zur Zeitung wollte, um die Bekanntgabe seiner Vermögensschenkung in die Wege zu leiten, auf den Parkplatz spaziert, ihn erschießt, als er gerade aus seinem Wagen an der Rückseite des Parkplatzes steigt, und wieder hinausspaziert, unbehelligt.«

Der Wagen fuhr die Straße hinauf durch einen gepflegten Wald.

»Wer, Mutter?«

»Sie hat nun mal ihre eigene Art zu kommen und zu gehen«, sagte Fletch. »Und ihre eigene Betrachtungsweise. Und was hat sie denn zu verlieren? Sie ist ja bereits als Geisteskranke in einer Anstalt.«

»Sie haben Jasmine vergessen.«

»Ich habe Jasmine noch nicht kennengelernt. Sie hat jetzt übrigens eine Köchin.«

»Gut. Dann hat Jasmine jemanden zum Reden. Ich bezweifle, daß sie Spiegeleier braten kann.«

»Eine junge Frau, möglicherweise kurz davor, durch die innere Wandlung ihres Ehemannes oder durch seine legalen Tricks auf dem trockenen sitzengelassen zu werden...«

Vor ihnen, auf einer Kuppe inmitten eines Gartens, stand ein mit Stuck verziertes Gebäude im spanischen Stil.

»Toms Selbstbild würde zerstört werden, wenn wir Geld hätten«, sagte Nancy. »Meine Mutter könnte sich auf nichts lange genug konzentrieren, um einen Mord zu begehen. Und ich mache mir zuwenig aus meinem Vater oder seinem Geld, um ihn ermordet zu haben.«

»Und dann ist da noch Robert.« Fletch lenkte den Wagen auf den Kiesparkplatz und stellte den Motor ab.

»Jetzt spinnen Sie aber wirklich.«

»Ich werde hier auf Sie warten.«

Nancys Hand lag auf dem Türgriff, doch sie rührte sich nicht. Wieder starrte sie durch die Windschutzscheibe auf die regungslose Szenerie.

»Sie tun mir leid«, sagte Fletch. »Das wird für Sie beide hart. Ich werde hier sein.«

»Nein«, sagte Nancy. »Kommen Sie mit, ja, Freund? An diesem Ort kriege ich eine Gänsehaut.«

26

»Sind Sie schon mal in einem Kloster gewesen?« Robert Habeck nahm Fletch beim Ellbogen und lenkte ihn über den kleinen Hof zu einer Bank ohne Rückenlehne.

»Nein«, antwortete Fletch. »Die Stille ist ohrenbetäubend.«

»Ich hörte den Krach, den Ihr Wagen macht.« Robert lächelte. Es klang wie eine Rüge.

Fletch und Nancy Habeck Farliegh waren schweigend in ein kleines, kühles Wartezimmer gleich hinter dem Haupteingang geführt worden und hatten sich auf eine geschnitzte Holzbank gesetzt.

Ein paar Minuten später kam der Abt herein. Er begrüßte sie nicht und nahm auch nicht Platz. Nancy erklärte, daß sie zum Kloster gekommen wäre, um ihren Bruder vom Tod ihres Vaters zu unterrichten. Der Abt nickte und entfernte sich, ohne ein einziges Wort von sich zu geben.

Während sie warteten, erklärte Nancy Fletch, daß dieses Zimmer und der kleine angrenzende, von hohen Mauern umgebene Hof die einzigen Orte im Kloster wären, wo Frauen Zutritt hätten. Sie hatte

Robert zum letzten Mal nach der Geburt ihres ersten Babys besucht, und das lag fast sieben Jahre zurück. Seitdem hatte sie ihm einmal im Jahr geschrieben, zu Weihnachten. Sie hatte nie eine Antwort von ihm erhalten.

Sie warteten etwas über fünfundvierzig Minuten.

Als Robert das Zimmer betrat, lächelte er und streckte seiner Schwester die Hände entgegen. Er umarmte sie weder, noch küßte er sie. Er sprach kein Wort.

Nancy stellte Fletch als »einen Freund« vor.

Auf Fletchs Shorts herunterblickend, fragte Robert: »Sind Sie Quäker?«

»Wie bitte? Nein.«

Roberts knöchellange weiße Kutte war mit einer langen schwarzen Schnur gegürtet. Er trug Sandalen, war mager und wurde kahl. Und sein Bart sah aus, als wäre er von einem Heuschreckenschwarm heimgesucht worden.

Die verbale Verständigung wurde durch seine zunächst glanzlosen und nach innen gekehrten, doch dann lebendiger werdenden Augen ersetzt.

Als Nancy ihnen durch den Hof folgte, sagte sie: »Ich habe jetzt fünf Kinder, Robert. Tom lehrt immer noch an der Universität, aber er macht sich allmählich einen Namen als Dichter. Mutter ist immer noch im Agnes-Whitaker-Heim. Physisch geht's ihr ganz gut. Wir sehen sie oft.«

Robert setzte sich auf die Bank und blickte zu ihnen mit glücklichen Augen auf.

Nancy setzte sich neben ihn.

Fletch ließ sich im Schneidersitz vor ihnen auf dem gepflasterten Weg nieder.

»Robert, ich muß dir etwas Schwieriges mitteilen.« Im Gegensatz zu allem, was sie bisher gesagt hatte, brach Nancy draufhin in Tränen aus. »Vater ist tot.« Sie schluchzte. »Er wurde ermordet, erschossen, gestern, auf einem Parkplatz.«

Robert sagte nichts. Seine Augen kehrten sich wieder nach innen. Er sah seine Schwester nicht an, streckte keine Hand nach ihr aus, berührte sie in keiner Weise. Er drückte ihr weder sein Mitgefühl noch sein Verständnis aus.

Verzweifelt nach Fassung ringend, wischte sich Nancy mit dem Saum ihres schweren Rockes über die Augen.

Schließlich seufzte Robert. »Tja.«

»Ich weiß nicht, was wegen der Beerdigung geschehen soll«, sagte Nancy. »Jasmine ... die Partner ... Robert, wirst du zur Beerdigung kommen?«

»Nein.« Er legte seine Hand auf die Bank und schaute sich in dem kleinen Hof um, als wollte er aufstehen und weggehen. »Hier sind wir an den Tod gewöhnt ... die Blumen ... die Tiere auf dem Bauernhof ... Er kommt her zu uns. Wir brauchen nicht zu ihm hinauszugehen.«

»Können Sie eigentlich jemals von hier weggehen?« fragte Fletch.

»Wer möchte das schon?«

»Gehen Sie jemals von hier weg?«

»Manchmal fahre ich mit dem Lastwagen, zu den Märkten. Oder mit dem Kombi, zum Zahnarzt.«

»Fahren Sie jemals allein?«

»Ich bin nie allein. Ich trage den Heiland bei mir in meinem Herzen.«

Nancy legte ihre Hand auf Roberts Hand. »Ganz gleich, was wir von ihm hielten, Robert, es ist ein Schock, es ist kaum zu fassen, daß er ermordet wurde. Daß irgendwer tatsächlich einen Revolver nahm und seinem Leben damit ein Ende setzte. Vor ihm stand. Ihn erschoß.«

»Ah, die Große Vermessenheit«, sagte Robert mit deutlich zu hörenden Großbuchstaben. »Woher nehmen die Menschen immer wieder die Große Vermessenheit zu glauben, daß jeder von uns das Recht habe, das moralische wie gesetzliche, eines natürlichen Todes zu sterben? Wo doch so viele durch Unfall, Gewalt, Kriege, Pest, Hungersnot sterben ...«

Nancy warf Robert einen raschen Blick zu, dann sah sie zu Fletch. Sie zog ihre Hand weg.

»Nun ja ...«, sagte Fletch. »Ihr Vater starb durch Gewalt.«

»Durch Mord wird der Anschein erweckt, als hätte jemand Gott korrigiert.« Robert lächelte. »Wir müssen glauben, daß das jemand getan hat. Aber nein. Man kann im Grunde nicht korrigieren, was vollkommen ist.«

Nancy strich mit zitternden Händen den Saum ihres Rockes über den Knien glatt.

»Robert«, sagte Fletch, »es geht darum, daß Ihr Vater gestern morgen zur *News-Tribune* fuhr, um mit dem Verleger, John Winters, über die Ankündigung zu beraten, daß Ihr Vater dem Kunstmuseum fünf Millionen Dollar zu schenken beabsichtigte. Zuvor hatte er bereits im Kunstmuseum über diese Schenkung diskutiert. Das Museum war nicht sicher, ob es diese Schenkung wollte, solange Ihr Vater zur Bedingung machte, daß das Geld ausschließlich für zeitgenössische religiöse Kunst auszugeben wäre.«

Robert machte einen interessierten Eindruck.

»Ferner«, fuhr Fletch fort, »erzählte Ihr Vater dem Kurator im Museum, daß er beabsichtigte, den Rest seines Besitzes einem Kloster zu schenken, in das er gehen, in das er eintreten wollte.«

Zuerst hob Robert die Augenbrauen und starrte Fletch an.

Dann wurden seine Kiefer hart. Er preßte seine Augen zu und senkte, die Ellbogen auf den Knien, die Hände ineinander verkrampft, den Kopf.

Nancy und Fletch warfen sich einen schnellen Blick zu.

Schließlich fragte Fletch: »Sind Sie verärgert?«

»Dieser Mann«, preßte Robert durch die Zähne.

Fletch fragte: »Hat er möglicherweise versucht, zu Ihnen zu kommen? Zu seinem Sohn?«

Nancy riß die Augen auf, als sie Fletch ansah.

»Dieser Mann«, wiederholte Robert.

»Glauben Sie denn irgendwas von dem, was ich Ihnen gerade erzählt habe?« fragte Fletch.

Eine ganze Weile saß Robert schweigend auf der Bank, beherrschte sich offensichtlich nur mit Mühe. Er atmete schwer durch die Nase. »Unmöglich«, sagte er. Sein Atem ging wieder leichter. »Nancy schrieb mir, daß mein Vater, nachdem er sich meiner Mutter entledigt, sie in ein Heim eingewiesen hatte, eine zweite Frau nahm...«

»Jasmine«, sagte Nancy.

Roberts Augen öffneten sich. Die Anspannung in seinem Gesicht ließ nach. »Sie ist doch nicht tot?«

»Nein«, antwortete Nancy.

»Man kann sich nicht von einer Frau scheiden lassen«, sagte Robert, als erkläre er eine Besonderheit des Gesetzes, »weil man in ein Kloster eintreten will.«

Fletch sagte: »Oh.«

»Also ist das alles nicht wahr«, sagte Robert. »Wie auch alles übrige im Leben meines Vaters. Es ist irgendeine komplizierte Lüge. Selbst wenn er frei wäre, wären Monate, wenn nicht gar Jahre, frommer Unterweisung und Reflexion erforderlich.«

Fletch schaute nach unten auf die Pflastersteine zwischen seinen Beinen. »Vielleicht hatte er einem Kloster mehr als eine weitere Million Dollar zu schenken.«

Robert sah Fletch wortlos an.

Fletch drehte die Frage um. »Robert, Sie müssen doch an Wiedergutmachung glauben. Können Sie sich denn absolut nicht vorstellen, daß Ihr Vater mit sechzig, einundsechzig Jahren einen solchen Wandel in seinem Leben vollziehen könnte?«

»Mein Vater«, sagte Robert mühsam. »Mein Vater verbrachte sein Leben damit, den Gesetzesweg abzukürzen. Genauer gesagt, ihn zu umgehen. Zum ewigen Paradies gibt es keine Abkürzung. Die Gesetze Gottes kann man nicht umgehen.«

Nancy stieß ein kurzes Lachen aus. »Robert. Du klingst so unversöhnlich.«

Endlich wandte sich Robert an seine Schwester. »Und bist du versöhnlich?«

»Nein«, sagte sie. »Nicht in bezug auf das, was er Mutter angetan hat.«

»Man weiß ja nie«, sagte Robert. »Vielleicht starb der Mann ja in der Gnade Gottes. Ich habe da allerdings meine ernsthaften Zweifel.«

Fletch hatte den Eindruck, als wünschte Robert weder im Kloster noch im Paradies die Gesellschaft seines Vaters.

»Was hat er Mutter angetan«, sagte Robert. »Was hat er uns allen angetan.«

»Was hat er Ihnen denn angetan?« fragte Fletch.

In Roberts Augen loderte die gleiche Flamme auf wie in den Augen eines von El Greco Porträtierten. »Er lehrte uns das einzige, was man Kinder nicht lehren darf, was man die Gesellschaft nicht lehren darf, daß man nämlich ungestraft Böses tun kann, wenn man überzeugend lügt.« Robert hob die Stimme. »Und glauben Sie wirklich, daß eine Person mit einer derartigen Philosophie, einer derartigen Handlungsweise jemals zu Gott kommen kann?« Er senkte die Stimme wieder, aber seine Hände und selbst seine Schultern bebten. »Mein ganzes Erwachsenenleben lang bemühe ich mich nun schon darum, mich von einem derart gottlosen Glauben zu lösen. Denn es ist der einzige Glaube, der die Gesellschaft zerstören kann. Es ist der einzige Glaube, der die Seele eines Menschen unwiderruflich verderben kann.« Mit dem Versuch eines Lächelns fragte Robert Fletch: »Glauben Sie, daß eine Person mit einer derartigen Geisteshaltung aufrichtig beichten und zu Gott kommen könnte?«

Fletch ahnte, daß er nicht zu antworten brauchte.

Robert dämpfte seine Stimme. »Das Unverzeihliche an dem, was er uns angetan hat, ist, daß er uns unglaublich verdorben hat.«

Fletch erhob sich von dem gepflasterten Weg.

Den Blick auf seine schwieligen Finger gerichtet, redete Robert weiter. »Es ist unwichtig, wer ihn getötet hat. Uns alle bringt das Leben um, unsere persönliche Lebensweise, unsere Art zu leben. Natürlich ist er eines gewaltsamen Todes gestorben. Sein Leben verzieh, förderte Gewalt. Wir sind alle Opfer unseres eigenen Ichs.« Auch Nancy erhob sich. »Das einzig Wichtige ist, daß er in Gottes Gnade starb. Obwohl ich nicht glauben kann, daß er das tat und verdammt ist, in alle Ewigkeit in der Hölle zu schmoren, werden wir es nicht erfahren. So war sein Leben; so war sein Tod: alles zwischen seinem Göttlichen Schöpfer und sich selbst.«

»Trotz der Umstände«, sagte Nancy, während sie ihren Rock geradezog, »ist es schön, dich zu sehen, Robert.«

Robert erhob sich nicht von der Bank. Robert antwortete nicht.

»In Ordnung«, sagte Fletch. »Versuchen Sie, etwas Frieden zu finden.«

Zwischen dem Wartezimmer und dem Haupteingang des Klosters sagte Fletch zu Nancy: »Warten Sie einen Moment auf mich, ja?«

Er durchquerte die Halle und betrat ein kleines, mit Aktenschränken eingesäumtes Vorzimmer.

Dann ging er durch eine offene Tür in ein größeres, gut eingerichtetes Büro, wo der Abt hinter einem ausladenden Holzschreibtisch saß. Der Abt blickte von einigen augenschonenden hellgrünen Papieren auf seinem Schreibtisch auf.

»Verzeihen Sie die Störung«, sagte Fletch.

Der Abt tat nicht kund, ob er die Störung verzieh oder nicht.

»Roberts Vater, Donald Habeck, ist gestern nicht einfach gestorben, er wurde ermordet.« Der Abt ließ keinerlei Reaktion erkennen. »Es ist wichtig für uns zu wissen, ob Donald Habeck kürzlich herkam und sich mit Ihnen unterhielt.«

Der Abt grübelte, als könnte es sich um eine Fangfrage aus dem Gremium für scholastische Philosophie handeln.

»Ja«, sagte der Abt schließlich zögernd. »Donald Habeck hat mich kürzlich aufgesucht. Ja, wir unterhielten uns.«

»Mehr als einmal?«

Der Abt blickte zu der offenen Tür hinter Fletch.

»Als er Sie aufsuchte«, fragte Fletch, »hat er da auch Robert besucht?«

»Meines Wissens wußte Robert nicht, daß er hier war.«

»War Robert gestern morgen hier?«

»Montagmorgen? Ich nehme es an.«

»Darf ich fragen, worüber Sie sich mit Donald Habeck unterhalten haben?«

»Nein.«

»Sie können vorgeladen werden«, sagte Fletch.

»Sie haben meine Adresse«, antwortete der Abt. »Ich bin immer hier.«

Nancy wartete im Wagen auf Fletch.

Noch bevor Fletch den Schlüssel ins Zündschloß gesteckt hatte, sagte sie: »Ich brauche ein Bier. Der Geruch der Heiligkeit weckt in mir den Wunsch zu kotzen.«

27

»Cecilia's Boutique. Cecilia am Apparat. Haben Sie schon mal an Jodphurs gedacht?«

»Guten Tag«, sagte Fletch. »Ich habe heute morgen ein Paar Jodhpurs für meine Frau bestellt. Eine Farbe, die Sie wohl nicht auf Lager haben?«

»Sollte es tatsächlich eine Farbe geben, die wir nicht auf Lager haben?«

»Spezialauftrag. Grüne, weiße und schwarze Streifen, längs verlaufend an den Oberschenkeln und Waden, quer an den Knien.«

»Das haben wir sicherlich nicht auf Lager.«

»Macht nichts. Ich verstehe. Sie sind eben ein kleiner Laden. Können schließlich nicht alle Jodhpurs der Welt auf Lager haben.«

»Bisher war ich dieser Meinung.«

»Ich teilte der Verkäuferin, die sich als Barbara vorstellte, mit, daß ich sie heute nachmittag anrufen würde, um die genaue Größe meiner Frau durchzugeben.«

»Das war wohl Barbara Ralton.«

»Kann ich mit ihr sprechen, bitte?«

»Selbstverständlich.«

Nach einer Pause meldete sich Barbara: »Hallo?«

»Huhu, Süße.«

»Fletch? Wie bist du zu mir durchgekommen?«

»Mit einer Lüge. Aber das ist nicht weiter schlimm. Ich kann mir selbst vergeben. Wenn die Menschheit so verdorben ist, daß sie einen zum Lügen zwingt, dann tue ich ihr eben den Gefallen.«

»Wo bist du?«

»In der einzigen Bar von Tomasito.«

»Tomasito? Was machst du denn da?«

»Lauwarmes Bier trinken.«

»Da bist du aber weit gefahren für ein Bier.«

»Hör zu, Barbara, ich werde heute abend nicht mit dir und deiner Mutter essen können. Ich habe noch einiges zu erledigen.«

»Du hast es versprochen.«

»Ich verspreche es für morgen abend.«

»Damit bleiben nur noch zwei Tage bis zur Hochzeit.«

»Hoch und heilig versprochen.«

»Fletch, hast du im Radio gehört, daß die Polizei den Mann freigelassen hat, der den Mord an Habeck gestanden hat?«

»Ja.«

»O nein. Deswegen bist du also in Tomasito! Deswegen wirst du dich heute abend verspäten! Du bist also fest entschlossen, dich wegen dieser Habeck-Geschichte feuern zu lassen, und das kurz vor unserer Hochzeit!«

»Barbara? Ich hatte einen anderen Auftrag von der *News-Tribune*. Aber irgendwie, weißt du, hat man mir dabei den Boden unter den Füßen weggezogen.«

»Die Reisestory. Was hat Cindy mit einer Reisestory zu tun?«

»Mit Cindy kann man weit fahren. Wie hat ihr der Skianzug gefallen?«

»Gut. Ich habe ihn gekauft. Bei Sportbekleidung hat Cindy einen ausgezeichneten Geschmack.«

»Das kann ich mir denken. Äh, Barbara, hast du eigentlich eine Ahnung, womit sich Cindy ihre Brötchen verdient?«

»Klar. Sie arbeitet für eins dieser Diät-Fitneßstudios. Deswegen war ich ja so überrascht, als ich sah, daß sie einen Bananensplit zu Mittag aß. Sie selbst kann sich so was ja vermutlich leisten, aber Leuten wie mir gibt sie damit ein echt schlechtes Beispiel.«

»Sie arbeitet es ab, vermute ich. Irgendwie.«

»Ich hab' vergessen, für welches Studio sie arbeitet. Eins von den superfeinen, in der Innenstadt, glaube ich.«

»Glaubst du, daß sie schwul sein könnte?«

»Cindy? Lesbisch? Ausgeschlossen. Ich hab' sie mit jeder Menge Männern ausgehen sehen.«

»Zweifellos.«

»Cindy ist echt nett.«

»Ja, das ist sie. Bis heute abend.«

»Kommst du zum Strandhaus?«

»Aber klar. Es wird nur spät werden. Du könntest im Schlafzimmer ein paar Vorhänge aufhängen.«

»Magst du nicht, wenn er so früh munter wird?«

»Nicht so früh.«

28

»Heda! Verdammt noch mal! Aufmachen!« Wieder hämmerte Fletch an die Tür. Wieder spähte er zur Straßenecke. Wieder probierte er den Türknauf. Wieder las er das Schild: NUR NOTAUSGANG. HAUPTEINGANG UM DIE ECKE. AGNES-WHITAKER-HEIM. Er war schon im Begriff, wieder loszusprinten, als er noch einmal mit der Faust gegen die Tür schlug. »Heda!«

Sie öffnete sich.

Dahinter, auf dem Zementboden, standen grüne Turnschuhe.

»Ich sah Sie durchs Fenster«, sagte Mrs. Habeck. »Sie sollten wohl besser hereinkommen.«

Fletch trat rasch ein und schloß die Tür hinter sich.

»Warum war dieser Polizist hinter Ihnen her?« fragte Mrs. Habeck.

»Zum Teufel, wenn ich das wüßte.« Fletch holte tief Luft. »Ich hatte kaum geparkt, ungefähr fünf Blocks von hier, als dieser Bulle aus seinem Wagen sprang, mir etwas zuschrie und hinter mir herjagte. Sein Partner blieb im Verkehr stecken. Danke, daß Sie mich reingelassen haben.«

»Sie sind ihm sicher ein gutes Stück voraus«, sagte Mrs. Habeck bewundernd. »Natürlich, Sie sind ja auch zum Laufen gekleidet. Wenn die Polizei schon die Aufgabe hat, Leute zu fangen, warum trägt sie dann nicht auch Shorts und Turnschuhe?«

In der Mehrzweckhalle, in der sie standen, schien ihr geblühmtes Kleid noch intensiver zu leuchten.

»Ich kenne Ihren Vornamen nicht«, sagte Fletch.

»Wozu auch?« Mrs. Habeck machte kehrt und führte ihn durch eine Tür und einen Flur entlang. »Ich habe Sie erwartet, wie Sie gleich sehen werden. Aber jetzt kommen Sie zu spät. Man wird uns bald das Abendbrot hinstellen. Eine lächerlich frühe Uhrzeit, ich weiß, aber wie Sie ja wissen, werden die drei Mahlzeiten auch in Heimen innerhalb des Acht-Stunden-Arbeitstages serviert. Als Folge davon sind manche Heiminsassen zu fett; manche sind zu dünn: Keiner kann einem Polizisten davonlaufen, da bin ich sicher.«

Sie betraten einen großen Raum im vorderen Teil des Hauses.

In einem Fernseher im Hintergrund des Raums lief ein Ratespiel für drei niedergeschlagen wirkende Leute. Ein Mann in einem weitgeschnittenen Anzug saß an einem Bridgetisch und grübelte über einem Spiel Karten. Vor den drei freien Plätzen am Tisch lagen säuberlich gestapelte Karten. An der Seitenwand des Raums bediente eine junge Frau in Jeans und T-Shirt, auf dem PROPBERTY I.C.U. ATHLETIC DEPT. stand, einen Computer.

Fletch und Mrs. Habeck ließen sich auf Sesseln in einer vorderen Ecke des Raums nieder. Von ihrem Fenster aus hatte sie eine ausgezeichnete Sicht auf die Straße.

»Ich heiße Louise«, sagte sie.

»Werden Sie so von Ihren Freunden genannt?«

»Ich habe keine Freunde«, sagte Louise Habeck. »Seit meiner Heirat nicht mehr. Die Freunde meines Mannes haben uns nicht aufrichtig gemocht, verstehen Sie. Keiner unserer Freunde tat das. Ihre Shorts fragen, ob ich einen Freund möchte. Nun, ein einziges Mal habe ich mir einen Freund gewünscht. Das ist so, als wünschte man sich in der Wüste eine Tasse Tee. Ich bin sicher, daß Sie wissen, wie das ist. Bekommt man die Tasse Tee nicht, ist die Sache nach einer Weile erledigt. Man hört auf, sie sich zu wünschen.« Sie hob eine große, braune Papiereinkaufstüte vom Boden neben ihrem Sessel hoch und legte sie Fletch in den Schoß. »Jetzt bin ich schon sehr lange nicht mehr und nicht weniger als Mrs. Habeck gewesen.«

In der Tüte, säuberlich zusammengefaltet, waren sein T-Shirt, seine Jeans, Unterhosen und Socken. Sie rochen sauber. Am Boden der Tüte konnte er seine Turnschuhe fühlen.

»Sie haben mir ja meine Sachen gewaschen!«

»Das sagte ich doch.«

»Meine Lieblingsturnschuhe!«

»Meine Güte, die haben vielleicht ein ulkiges Geräusch gemacht, als sie im Trockner schleuderten. Ein Geräusch, wie es ein Kamel machen könnte, nachdem es für eine olympische Laufdisziplin trainert hat.«

Er zog seine neuen, weißen Turnschuhe aus und seine alten, schmutzigen, durchlöcherten Turnschuhe an.

Sie schaute zu, wie er seine Zehen darin hin und her bewegte.

»Vielleicht wären Sie ja sogar noch schneller vor dem Polizisten weggelaufen, wenn Sie die angehabt hätten.« Draußen vor dem Fenster stand der Polizist, die Arme in die Seiten gestemmt, an der Bordsteinkante. »Mein Mann hat natürlich immer nur schwarze Schuhe getragen. Irgendwie hat er es immer geschafft, in schwarzen Schuhen davonzustiefeln.«

Sie beobachteten, wie das Polizeiauto die Straße entlang kam, eine Kehrtwende machte und den Polizisten auflas.

»Ich weiß ehrlich nicht, warum mich der Polizist verfolgt hat«, sagte Fletch. »Vielleicht hätte ich stehenbleiben und fragen sollen, aber ich habe heute noch eine Menge vor.«

»Ich liebe die Art, wie Sie irgendwo ankommen«, sagte sie. »Gestern nach Bourbon stinkend. Heute von einem Bullen verfolgt. Erinnert mich an überhaupt niemanden.«

»Und Sie können ziemlich gut von irgendwo fortgehen«, erwiderte er in Erinnerung daran, wie sie gestern mitsamt seinen Kleidern verschwunden war.

»O ja«, stimmte sie zu. »Wenn man Sie einmal aus Ihrem eigenen Haus hinausgeworfen hat, weil Sie zuviel Ärger machen, dann ist es fortan leicht, wissen Sie, von irgendwo fortzugehen. Genauso, als ob man keine Tasse mehr will.«

»Tee«, sagte er. »Ja.«

»Tut mir leid, aber ich kann Ihnen keinen anbieten«, sagte sie. »Alle diese weißgekleideten Leute hier herum werden nicht fürs Bedienen bezahlt.« Ein großer weißgekleideter Mann stand jetzt in der Tür des Aufenthaltraums. »Das schärfen sie einem ein, wenn man das erste Mal herkommt. Sie werden dafür bezahlt, daß sie wie Deppen herumstehen und Grimassen schneiden.« Sie schnitt dem großen Deppen eine Grimasse. Er sah sie nicht. Seine Augen waren vollkommen blutunterlaufen. »Verdufte!« sagte sie zu ihm. »Geh Abendbrot machen!«

Der gutgekleidete Bridgespieler legte sein Spiel ab, wechselte auf den Platz zu seiner Linken und nahm dieses Spiel auf.

»Ich werde eine Tasse Tee sein«, sagte Fletch.

Sie lächelte und nickte verstehend.

»Erzählen Sie mir«, sagte Fletch sanft, »ob Sie inzwischen wissen, daß Ihr Exmann tot ist?«

Sie lachte, schlug sich auf die Knie. »Ex! Jetzt ist's wohl richtig aus mit ihm! Aus-gehaucht!«

Wieder wußte Fletch in ihrer Gegenwart nicht, ob er lachen sollte.

Er räusperte sich. »Ich habe den heutigen Tag mit Besuchen bei Ihrer Familie verbracht.«

»Sie versuchen herauszufinden, wer Donald um die Ecke gebracht hat!« sagte sie aufgekratzt.

»Nun, ich versuche die Story zu bekommen. Versuche zu verstehen...«

»Donald ist nicht zu verstehen. War er nie. Selbst wenn er mir persönlich sagte, daß er tot ist, würde ich auf den Nachruf warten, bevor ich es glaube.«

»Nachrufen«, sagte Fletch ernst, »darf man auch nicht immer glauben.«

»Ich hoffe, man hat noch eine andere Quelle für die Nachricht von seinem Tod als ihn selbst. Oder sein Büro.«

»Man hat. Er wurde erschossen. Auf dem Parkplatz einer der Zeitungen.«

»Er muß irgendwo Geschworene haben, die sich beraten.«

»Wie meinen Sie das?«

»Donald lenkt immer die Aufmerksamkeit auf sich, wenn er weiß, daß die Geschworenen im Begriff sind, ein positives Urteil zu fällen. Er sagt, das ist gut fürs Geschäft.«

»Er hat sich nicht selbst erschossen«, sagte Fletch. »Die Waffe wurde nicht gefunden.«

»Sie stiefelte davon«, sagte sie. »Stiefelte davon in schwarzen Schuhen.«

»Ja. Schon gut. Sagen Sie, kehren Sie oft zu Ihrem alten Haus zurück und setzen sich in den Garten? Der Gärtner kannte Sie nämlich nicht.«

»Nicht oft. Gewöhnlich sitze ich nicht dort, es sei denn, ich weiß, daß niemand da ist. Ich bin daran gewöhnt, daß dieses Haus leer ist, wissen Sie. Manchmal überrascht mich Jasmine. Sie kommt aus dem Haus und setzt sich zu mir, und wir unterhalten uns. Sie hat herausgefunden, daß es einsamer ist mit Donald zu leben als allein. Er stiefelt davon, wissen Sie.«

»In schwarzen Schuhen. Was war gestern so besonders?«

»Gestern? Lassen Sie mich nachdenken. O ja, Donald wurde erschossen.«

»Ich meine, Sie hielten sich am Haus auf, obwohl doch der Gärtner da war.«

»So ein schöner Tag.«

»Als ich gestern mit Ihnen zusammentraf, wußten Sie da schon, daß Donald umgebracht worden war?«

»Ich wußte irgendwann Bescheid. Ich weiß nicht, ob ich es wußte, bevor oder nachdem ich Sie kennenlernte. Sie kennenzulernen, schien nicht so bedeutsam, ursprünglich. Sie waren doch nicht betrunken, oder?«

»Nein.«

»Sie rochen aber so.«

»Haben Sie, schon bevor ich es Ihnen erzählte, gewußt, daß Donald bekanntgeben wollte, daß er dem Museum fünf Millionen Dollar zu schenken beabsichtigte.«

»Ich habe Ihnen Ihre Kleider gewaschen. *Bummbiddi-bumm-biddi-bumm!* machten die Turnschuhe im Trockner. Genau wie ein Kamel, das die vier-vierzig läuft.«

Der Bridgespieler war nun am vierten Platz des Tisches angelangt.

»Wie kommen Sie eigentlich so rum?«

»Irgendwie.«

»Ich meine, wie kommen Sie denn so in der Stadt herum? Zum Haus Ihrer Tochter, zu –«

»Ich setze mich in ein offenes, leeres Auto. Wenn der Fahrer dann zurückkommt, vom Einkaufen oder was auch immer, sage ich ihm oder ihr, wohin ich will. Und sie bringen mich hin.«

»Immer?«

»Immer. Ich bin eine kleine, alte, blauhaarige Dame in einem hellen Kleid und grünen Turnschuhen. Warum sollten sie's nicht tun? Manchmal müssen sie erst noch woandershin. Dann fahre ich mit. Das Geheimnis ist, daß ich es nie eilig habe. Und manchmal«, fuhr sie fort, »lerne ich dadurch Orte kennen, die ich sonst nicht kennenlernen würde.«

Fletch runzelte die Stirn. »Ihre Tochter hat heute nachmittag in etwa das gleiche gemacht.«

»Ach ja? Ich habe ihr nie erklärt, wie ich's mache, und sie hat nie gefragt. Aber sie hat ja auch kein Geld, das arme Ding.«

»Ich bin heute nachmittag mit Ihrer Tochter zum Kloster St. Thomas gefahren und habe mit Robert gesprochen.«

»Dieser Sünder!«

»Warum sagen Sie das?«

»Haben Sie schon mal von der Unterlassungssünde gehört?«

»Nein.«

»Robert unterläßt es zu leben in diesem Kloster. Ich vermute, er wäre lieber im Gefängnis, aber er wußte, daß sein Vater ihn vor dem Gefängnis bewahren würde, egal, was er getan hätte. Ich glaube, daß manche Leute gerne im Gefängnis wären, glauben Sie nicht auch?«

»Wenn er seinen Vater erschösse, würde er damit zwei Ziele erreichen, nicht wahr?«

»Bravourös!«

»Ich meine gehört zu haben, daß Ihr Sohn, der Mönch, tatsächlich so etwas sagte wie, es würde ihn wenig kümmern, wenn sein Vater zur Hölle führe.«

»Oh, diese Einstellung zu Donald hatten wir alle. Sie denn nicht?«

»Ich kannte ihn nicht.«

»Kein Beinbruch.«

»Als Nancy Robert vom Tod ihres Vaters erzählte, hat sie geweint.«

»Nancy! Da habe ich sie nun zu einem so hübschen Mädchen großgezogen, und kaum war sie eine Zeitlang dort, schon war sie eine solche Hure.«

»Ach, tatsächlich?«

»Sie heiratete ihren Collegeprofessor, wissen Sie. Wie heißt er noch?«

»Tom Farliegh.«

»Gestern wußten Sie seinen Namen noch nicht. Heute wissen Sie ihn. Sehen Sie? Sie haben etwas gelernt.«

»Nicht viel.«

»Ich versuche, seinen Namen bekannt zu machen, auf meine eigene bescheidene Weise.«

»Ein ziemlich seltsamer Mann, finden Sie nicht auch?«

»Oh, er ist ein Schatz. Sehr gut zu mir. Er veröffentlicht meine Gedichte.«

»Wie bitte?«

»Nun ja, er läßt sie veröffentlichen. Unter seinem eigenen Namen natürlich.«

Fletch beugte sich vor. »Wie bitte?«

»Nun, Sie haben doch gerade angedeutet, daß Sie etwas lernen möchten.«

»Wovon reden Sie eigentlich?«

»Von diesem kleinen Buch, *Messer und Blut*. Das sind meine Gedichte.«

Fletch starrte die blauhaarige Dame an, die in der Ecke des Aufenthaltsraums des Agnes-Whitaker-Heims saß. »Sie spielen gern mit Worten.«

»Sehr gern«, sagte sie mit Nachdruck. »Sehr gern.«

»Der aus-gehauchte Ehemann. Mit Lauten. *He, Hä, Ho.*«

»Es sind gute Gedichte, nicht wahr?«

»Ich glaube ihnen, glaube ich. Die Poesie der Gewalt, geschrieben von...«

»Die wenigen Kritiker, die die Gedichte rezensierten, haben sie so bezeichnet. ›Poesie der Gewalt?‹ Schon möglich, Poesie der Wahrheit und der Schönheit. Ich mag Etiketten nicht.«

»Daß Sie diese Gedichte schreiben, ändert ihre Bedeutung völlig.«

»Tatsächlich? Das sollte es aber nicht.«

»Es verändert die Perspektive. *Die Gehwege der Stadt / sind erbarmungslose Opferstatt / für alter Damen Hab und Gut.* Wenn man denkt, daß dies ein junger Mann geschrieben hat, dann kommt es einem grausam vor. Wenn man aber weiß, daß dies eine sechzigjährige Frau geschrieben hat –«

»Ich kenne mich mit Rezensionen nicht aus. Ich weiß nur, daß Tom irgend etwas veröffentlichen mußte, damit er seine Stelle an der Universität nicht verlor. Seine eigenen Gedichte stiefeln wie Donald in schwarzen Schuhen davon. Kann sie nie in den Griff bekommen. Sind so weitschweifig, daß sie nicht weit schweifen dürfen. Nun, im Prinzip dürfen sie ja auch nicht weit schweifen. Er konnte keinen Verleger dafür finden. Daher gab ich ihm meine. Schließlich muß er meine fünf Enkelkinder ernähren.«

»Mein Gott. Das Leben ist verrückt.«

»Interessanter Gedanke.«

»Tom redet aber so, als ob er diese Gedichte geschrieben hätte!«

»Das soll er ja auch. Es ist ein Geheimnis, verstehen Sie. Selbst Nancy weiß nichts davon. Sie sprachen von Perspektive. Wer würde denn die Gedichte einer kleinen alten Dame veröffentlichen, die in einer privaten Irrenanstalt lebt? Tom ist Universitätsdozent. Wenn er einem Verleger etwas vorlegt, dann wird es zumindest gelesen. Richtig? Ich kann nichts dafür, wenn die Perspektive der Welt verrückt ist.«

»Wenn die Menschheit so verdorben ist, daß sie einen zum Lügen zwingt, dann tun Sie ihr eben den Gefallen.«

»Tom arbeitet gerade am zweiten Band. Ich helfe ihm. Es ist sehr schwierig für ihn, verstehen Sie. Wenn ein Mensch beinahe täglich fünfzig Minuten am Stück dozieren muß, dann dürfte es ihm nahezu unmöglich sein, in Form eines einfachen, prägnanten Verses zu denken, in dem jedes Wort mehr als seinen eigenen Beitrag leistet, in

Form eines Versmaßes, das im kürzesten Takt arbeitet. Meinen Sie nicht auch?«

»Ich habe keine Ahnung.«

»Aber sehen Sie, andererseits habe ich mein bisheriges Leben mehr oder weniger in Stille verbracht. In einer so tiefen Stille, daß ich einen Ton, ein Wort, das sie unterbricht, im vollkommensten Sinne wahrnehme, es in seiner Isoliertheit, in meiner Isoliertheit höre, fühle, berühre, koste, um- und umwende. Für Tom, in seinem geschäftigen Leben, mit fünf Kindern, sind Töne etwas, dem man Widerstand leisten muß. Für mich ist Ton etwas Verehrungswürdiges, und ich bringe ihn behutsam zu seiner Fülle, seiner Bedeutung.«

»Ausgeforscht, ausgebeutet, ausgelacht, ausgewichen«, sagte Fletch. »Ausgehaucht.«

»Ich bin überzeugt, daß ich Tom eine zuvor uneingestandene, sagen wir mal, Quelle der Schönheit erschlossen habe. Er kriegt allmählich den Dreh heraus. Sehr bald werden einige dieser Gedichte ausschließlich von ihm sein.« Louise Habeck sah sich im Aufenthaltsraum um. »Und sehr bald wird es Zeit fürs Abendbrot sein.«

»Ich habe da so eine Geschichte gehört«, sagte Fletch zögernd, »daß Donald Habeck sich dem Religiösen zuwandte.«

»Donald war immer religiös«, sagte Louise Habeck.

»Dieser Meinung scheint aber sonst keiner zu sein.«

Louise Habeck zuckte mit den Schultern.

»Er war ein Lügner«, sagte Fletch. »Ein bezahlter Lügner, ein professioneller Lügner. Sie selbst sagten, daß Sie ihm nicht glauben würden, wenn er Ihnen erzählte, er wäre tot.«

»Ein Lügner empfindet mehr Respekt vor der Wahrheit als sonst irgendeiner von uns«, sagte Louise Habeck. »Ein Lügner glaubt, daß die Wahrheit irgendwie zu schwierig, zu mysteriös, mystisch, mythisch ist, zu unerreichbar, um nach ihr zu streben. Ich gehe jede Wette mit Ihnen ein, daß Demosthenes, als er auf der Suche nach einem wahrhaftigen Menschen die Welt durchstreifte, nebenbei goldene Ziegelsteine verkaufte und seine Gastgeber betrog. Für uns übrigen ist die Wahrheit so einleuchtend, so normal, so klar wie ein einfaches Gedicht.«

»Würden Sie glauben, daß Donald sich in ein Kloster zurückziehen wollte?«

»O ja. Das sähe ihm ganz ähnlich. Genau das, was er täte. Er hockte ja ständig über irgendwelchen religiösen Traktaten, Predigtbüchern, Dokumenten über dieses und jenes.«

»Wie ist es möglich, daß seine Kinder nichts davon wissen?«

»Weil sie gar nichts über ihn wissen, nur das, was sie in den Zeitungen lesen. Niemand kannte ihn. Sobald man etwas über Donald in den Zeitungen gelesen hatte, wollte man ihn auch nicht mehr kennen.«

»Hat er sich jemals in irgendeinem religiösen Glauben unterweisen lassen?«

»In allen. Damit hat er ja die meisten seiner Abende verbracht. Deswegen habe ich ihn ja nie gesehen. Haben die Kinder ihn nie gesehen. Ihn nie gekannt.«

»Hören Sie«, sagte Fletch sanft. »Donald Habeck hat eine äußerst ungewöhnliche Lady, die wir beide kennen, in eine Nervenheilanstalt einweisen lassen.«

»Ja«, sagte Louise Habeck. »Mich. Das war sehr freundlich von Donald, absolut korrekt. Hier zu leben, ist viel schöner, als mit ihm zusammenzuleben. Ich kann anderen Leuten beim Essen zuschauen. Es ist netter, mit all den Leuten hier zusammenzusein« – sie machte eine weitausholende Geste durch den Raum – »als mit Donald. Ich komme und gehe, wie es mir gefällt. Leute nehmen mich in ihren Autos mit. Sie unterhalten sich mit mir, normalerweise. Ich erzähle ihnen Geschichten über Peru. Und Donald hatte recht: Ich habe etwas zu viele Waschmaschinen und Rasenmäher gekauft.«

»Sind Sie denn schon mal in Peru gewesen?«

»Nein, aber die ja auch nicht.«

»Mrs. Habeck, Ihr Sohn ist ein Mönch, der keinen Frieden finden kann. Ihre Tochter und Enkelkinder leben in einem Schweinestall. Ihr Schwiegersohn ist ein kleiner, feister Hochstapler.«

»Was hat das mit Donald zu tun?«

»Donald hätte ihnen helfen, ihnen eine Hilfe besorgen können, hätte zumindest erreichbar für sie sein können, hätte versuchen können, sie kennenzulernen, sie zu besuchen.«

Louise Habeck starrte lange auf den Fußboden zwischen ihnen. »Donald stiefelte davon«, sagte sie, »hinter Gott her. Dafür haßte ich ihn.« Irgendwo im Gebäude ertönte ein leiser Gong. Sie hob den Blick, um ihm in die Augen zu sehen. »Die dichterische Ironie läge darin«, sagte sie, »wenn Donald erschossen worden ist, bevor er seinem aus Lügen bestehenden Leben entrinnen konnte.«

»Haben Sie ihn erschossen?«

Sie lächelte. »Zumindest weiß ich jetzt, wo er ist.«

Leute eilten aus dem Zimmer.

»Kommen Sie«, sagte sie. »Ich werde Sie durch den Seiteneingang hinauslassen. Das ist viel einfacher, als diesen ganzen Hokuspokus am Vordereingang über sich ergehen zu lassen. Da Sie sich nicht in die Anwesenheitsliste eingetragen haben, käme alles nur durcheinander, wenn Sie sich jetzt austragen.«

»Danke, daß Sie meine Wäsche gewaschen haben«, sagte er, als er ihr folgte. »Obwohl Ihr Liefersystem noch etwas zu wünschen läßt.«

Während sie vor ihm her den Flur entlangging, sagte sie: »Als ich Ihre Kleider wusch, habe ich Sie liebgewonnen.«

Am Nur-Notausgang sagte Fletch: »Einverstanden, wenn ich irgendwann mal vorbeikomme und Sie zu einer Tasse Tee abhole?«

Louise Habeck schüttelte den Kopf. »Ich bezweifle, daß ich durstig sein werde.«

29

Fletch klingelte mehrere Male und wartete mehrere Minuten, aber niemand öffnete die Haustür zur Nummer 12339 Palmiera Drive. Die Sonne ging unter. Es wurde kühler. Keine Autos standen in der Zufahrt, kein Kranz hing an der Tür. Louise Habeck lebte in einer Irrenanstalt. Robert Habeck lebte verbittert in einem Kloster. Nancy Habeck lebte in einem Schweinestall mit einem Ehemann, der ein Schwindler war. Und Donald Habeck lebte überhaupt nicht mehr, er war ermordet worden.

Und Jasmine?

Fletch trat von der Tür zurück und blickte nach oben zu dem Vorhang, der sich bewegt hatte, als er am Morgen weggegangen war.

Er bewegte sie wieder.

Er lächelte, winkte dem Vorhang zu, drehte sich um und ging zu seinem an der Bordsteinkante geparkten Wagen.

Als er gerade in den Wagen stieg, öffnete sich die Haustür von Nummer 12339 Palmiera Drive. Die Silhouette entsprach der, die der Gärtner in den Staub gezeichnet hatte.

Fletch schloß die Wagentür und ging den Steinplattenweg zurück.

Sie kam ihm die Stufen hinunter entgegen. Hinter ihr fiel die Tür ins Schloß.

»Oh, verdammt«, sagte sie. »Jetzt habe ich mich ausgesperrt.«

»Sind Sie Jasmine?«

Sie nickte. Sie war älter, als sie von weitem ausgesehen hatte. Älter, die Figur massiger, das Gesicht durch Kosmetika entstellter, die Augenbrauen gezupfter, das Haar gefärbter.

»Mein Name ist Fletcher. Ich arbeite für die *News-Tribune*.«

»Wie komme ich jetzt bloß wieder ins Haus?«

»Ist die Köchin nicht da?«

»Ich konnte sie nicht bezahlen. Da ging sie.«

»Warum sind Sie herausgekommen?«

»Ich war neugierig.« Die tiefausgeschnittene Strickbluse, die limonellengrüne Sommerhose und die Stöckelschuhe, die Jasmine trug, waren kaum als Trauerkleidung zu bezeichnen. »Dieses Kleiderbündel, das Sie heute morgen abgaben. Das waren Donalds Sachen.«

»Tut mir leid, daß ich sie vorher nicht reinigen lassen konnte.«

»Sind sie Teil der Ermittlungen?«

»Nein.«

»Ich meine, ich weiß schon, daß es nicht die Sachen waren, in denen er, äh, starb.«

»Nein. Es waren einfach nur seine Sachen. Ich brachte sie zurück.«

»Oh.« Das schien sie zufriedenzustellen. Sie sah besorgt zum Haus.

»Jasmine, ich stehe vor einem Rätsel.«

»Tun wir das nicht alle? Ich mein' das ernst, ehrlich!«

»Hat Donald mit Ihnen über die Schenkung von fünf Millionen Dollar ans Museum gesprochen?«

»Nein.«

»Überhaupt nicht? Er hat sie Ihnen gegenüber niemals erwähnt?«

»Mit keinem Pieps. Ans Museum? Ich hab' in der Zeitung gelesen, daß er irgendwem Geld schenken wollte.«

»Hat er sich bei Ihnen jemals über religiöse Kunst geäußert? Ihnen welche gezeigt?«

»Ich weiß nicht mal, was das ist. Religiöse Kunst? Ich hab' immer gedacht, nur Menschen könnten religiös sein.«

»Hat er jemals mit Ihnen über Religion gesprochen?«

»Nein. In der letzten Zeit hat er dicke Bücher gewälzt anstatt zu schlafen. Dicke Romane.«

»Hat er Ihnen gegenüber jemals seinen Besuch im Kloster von Tomasito erwähnt?«

»Wo sein Sohn ist? Nein. Ich bin da nie gewesen.«

»Hat er mal Ihnen gegenüber angedeutet, daß er gerne in ein Kloster eintreten würde?«

Ihre Augen weiteten sich. »Nein!«

Fletch sah ebenfalls zum Haus. »Na schön. Dann stehen wir eben alle vor einem Rätsel.«

»Er lebte wie ein Mönch«, sagte sie. »War die ganze Nacht auf, hat gelesen. *Krieg und Frieden. Die Brüder Karaminski.*«

Fletch kniff die Augen zusammen. »Nie wieder Böses tun?« sagte er. »So was in der Art. Weggehen und nie wieder Böses tun?«

»Genau«, sagte sie. »So was in der Art hat er gesagt. Zwei- oder dreimal.« Sie zuckte die Achseln. »Ich wußte nie, worüber er redete. Wenn er überhaupt redete.«

»Hat er nie die Absicht geäußert, mit Ihnen wegzugehen?«

»Nein. Warum sollte er?«

Fletch schüttelte den Kopf. »Eine Sekunde lang schien sich das Rätsel etwas zu lüften, und jetzt ist alles nur noch rätselhafter. Sie sind doch Jasmine Habeck, nicht wahr?«

»Nein. Da hat sich die Zeitung geirrt.«

»Aber Sie heißen Jasmine?«

»Nur so ähnlich. Wir haben nie geheiratet. Donald hat sich nie von seiner ersten Frau, Louise, scheiden lassen. Haben Sie sie kennengelernt?«

Fletch hörte sich sagen: »Mich laust der Affe.«

»Irgendwie 'ne ulkige Lady. Irgendwie nett, ehrlich. Sie sitzt immer nur da und sagt stundenlang keinen Ton, und dann fragt sie: ›Jasmine, was halten Sie von dem Wort *bleich*?‹ und ich sagte: ›Ich mach' mir eigentlich keine so großen Gedanken über das Wort *bleich*.‹ Und dann sagt sie irgendwas wirklich Ulkiges wie: ›Bleicher Donald bleicht dahin in seinem bleichen Hemd.‹ Ehrlich! Sehr seltsam.«

»Das Rätsel lüftet sich wieder ein wenig.«

»Das ist gut.«

»Dann wohnten Sie hier also lediglich als seine Freundin?«

»Na ja, irgendwie mußte ich das doch, verstehen Sie.« Sie wippte nervös auf ihren Absätzen. »Vielleicht können Sie mir sagen, was ich tun soll.«

»Käme auf einen Versuch an.«

Sie trat einen Schritt näher an ihn heran. »Ich unterstehe dem Federal Witness Program, verstehen Sie.«

»Oh.«

»Bei einem Prozeß in Miami bin ich für die Regierung als Zeugin gegen ein paar üble Burschen aufgetreten. Eigentlich waren sie ja gar nicht so übel, fand ich, sie hatten halt massenweise Geld und scherten sich nicht darum, ob's Tag oder Nacht war. Aber sie waren in

Schwierigkeiten, und die Regierung sagte, ich sollte ihnen da raushelfen, gegen sie aussagen, sonst könnte ich auch ins Gefängnis kommen, und ich hatte doch gar nichts Schlimmes getan, hatte doch bloß ein bißchen Schmuck von Pete angenommen« – sie deutete auf einen Türkisring an ihrem Finger – »meinen Lieblingspelz, also sagte ich: ›Klar‹, lungerte ewig rum, ging zum Gericht und beantwortete alle möglichen dämlichen Fragen wie zum Beispiel, ob ich die nackten Frauen gesehen hätte, die in der Koksschneidefabrik arbeiteten, all so was, wissen Sie? Daher mußte ich von der Bundesregierung beschützt werden. Meinen Sie, daß ich jemanden in Washington anrufen sollte?«

»Was hatte das alles denn mit Donald Habeck zu tun?«

»Nichts. Ich war gerade in diesem Anwaltsbüro in Miami, und da kam Donald reingestiefelt, um einen Freund zu besuchen. Damals wollten sie mich nach St. Louis verfrachten, sobald ich fertig war, und meine Freundin, diese spanische *chanteuse*, sagte, daß dort die Bibeln gedruckt werden und es da schrecklich schwül ist, und das klang nicht nach meiner Kragenweite. Donald lud mich zu einem Drink ein. Zwei Tage später kam ich mit ihm hierher zurück. Wir waren nie verheiratet.« Sie schloß mit: »In Wirklichkeit heiße ich natürlich nicht Jasmine.«

»Natürlich nicht.«

»Niemand heißt so in Wirklichkeit, glaube ich.«

»Vermutlich nicht.«

»Ich meine, haben Sie schon mal wirklich jemanden kennengelernt, der Jasmine hieß?«

»Noch nie. Noch nicht mal jetzt, nehme ich an.«

»Deswegen habe ich mir den Namen ja ausgesucht. Wenn ich schon anonimistisch werden mußte, dann wollte ich wenigstens einen ausgefallenen Namen. Hätten Sie doch auch gewollt, oder?«

»Vermutlich.«

»Also, was soll ich jetzt tun, wo Donald tot ist? Irgendwen in Washington anrufen oder was?«

»Mit welchem Bundesbeamten hatten Sie in Miami zu tun?«

»Das ist ja das Blöde. Mir fällt sein Name nicht mehr ein. Entweder war's John oder Tom.«

»Was ist mit Habecks Partnern? Wissen die, daß Sie dem Federal Witness Program unterstehen?«

»Ich glaub' nicht. Ich glaub', die glauben, daß ich Mrs. Habeck Nummer zwei war. Die paar Male, wo wir zusammen waren, haben sie nie mit mir geredet. Ich meine, außer: ›Holen Sie mir einen Drink, Jasmine, sind Sie so nett?‹ Pete und diese Burschen waren viel netter. Wenigstens wußten die, daß ich eine Frau war. Sie wissen doch, was ich meine? Die haben mich nicht behandelt, als wäre ich nicht gleichberechtigt, das walte Hugo. Ich bin froh, daß ich mit Donald hierhergekommen bin, bevor ich mit meiner Aussage gegen sie fertig war.«

»Verstehe.« Fletch betrachtete angelegentlich einige seiner Zehen, die durch die Kappen seiner Turnschuhe lugten. »Jetzt sitzen Sie also hier ohne einen Pfennig Geld, ohne Freunde . . .«

»Genau. Ich möchte einen Freund.«

»Sie sind nicht Donald Habecks Witwe, Sie sind nicht mal Jasmine . . .«

»Ich wär' das kleine Fräulein Niemand, wenn ich nicht zweimal verheiratet gewesen wäre.«

»Haben Sie irgendeine Ahnung, welche Pläne Donald mit Ihnen hatte, falls er fortging, falls er in ein Kloster ging?«

»Ich hatte keine Ahnung, daß er in ein Kloster wollte. Das muß ganz plötzlich über ihn gekommen sein. Ich hatte mal 'ne Freundin, die genauso war. Plötzlich überkam es sie, daß sie in die Armee wollte.«

»Wir sollten Sie wohl besser mit irgendeinem Bundesbeamten hier in der Stadt in Verbindung bringen.«

»Ich hab' schon überlegt, ob ich mit dem Briefträger darüber reden soll. Na ja, ich meine . . . ehrlich.«

»Jemand wird Sie anrufen.«

»Und zu allem Übel bin ich auch noch aus dem Haus ausgesperrt.« Sie drehte sich um und sah zu dem stillen, auf einem Meer von Rhododendronbüschen schwimmenden Backsteinhaus. »Mein Pelz ist da drin.«

Er ging mit ihr auf das Haus zu. »Gibt es eine Alarmanlage? Ich habe keine bemerkt.«

»Nein. Ist das nicht bekloppt? Stellen Sie sich mal vor, ein Strafverteidiger wie der, und sein Haus hat noch nicht mal 'ne Alarmanlage. Er hätte mal ein paar von den Burschen kennen sollen, die ich kannte!«

»Ich glaube, das hat er, Jasmine. Ich glaube, er hat sie alle gekannt.«

30

»Da reckt jemand seinen Arsch aus dem Gebüsch!« Kein Zweifel, das war Frank Jaffes Stimme. Keine andere Stimme war derart rostig. »Und auf diesem Arsch steht geschrieben ›Ben Franklyn Freundservice‹!«

Fletch, der gebückt in der Dunkelheit im Gebüsch vor der *News-Tribune* stand, überlegte kurz, ob er wohl vollkommen unsichtbar würde, wenn er seine Vogel-Strauß-Nummer ganz durchzog und auch noch den Kopf in den Boden steckte.

Statt dessen richtete er sich auf und drehte sich um. Er hatte nicht bemerkt, daß er soweit in die Sicherheitsbeleuchtung des Gebäudes vorgedrungen war.

»'n Abend, Frank. Wird Zeit, daß Sie nach Hause kommen.«

»Oh, Sie sind's!« rief Frank Jaffe in gespielter Überraschung aus. »Meinen Sie nicht auch, daß wir dieser speziellen Einrichtung für körperliche Ausschweifungen in dieser Wochen schon genügend kostenlose Reklame gewährt haben?«

»Doch. Ganz meine Meinung.«

»Und warum halten Sie sich dann vor dem Gebäude der *News-Tribune* auf und schwenken den vorbeifahrenden Autos eine Fahne entgegen, auf der sie ihre Dienste anpreisen?«

Der Manilaumschlag und der Stift, den Fletch aus seinem Wagen mitgenommen hatte, lagen auf der Erde hinter dem Gebüsch.

»Also, eigentlich mache ich was anderes, Frank.«

»Und das wäre?«

»Ich suche nach einer Waffe, Frank.«

»Sie suchen nach Ihrer Waffel?«

»Auch recht.«

»Wie konnte Ihre Waffel denn so weit da drüben ins Gebüsch fallen?«

Fletch streckte den Zeigefinger in die Luft. »Spüren Sie denn diesen Wind nicht?«

»Sie wollten im Gebüsch kotzen«, sagte Frank vorwurfsvoll.

»Nein, wollte ich nicht.«

»Sie wollten einen Schwulen erwischen?«

»Frank . . .«

»Sind Sie denn, abgesehen davon, daß Sie mit Ihrem Arsch für deren Dienste Reklame laufen, schon etwas tiefer in die Bordellgeschichte eingedrungen?«

»Darüber wollte ich ja mit Ihnen sprechen, Frank.«

»Wie man unschwer sehen kann, haben Sie sich ja schon enthüllt. Sind wir im Begriff, nun auch die zu enthüllen?«

»Frank, ich glaube, daß die Geschichte ein bißchen mehr Zeit brauchen wird, als wir ursprünglich meinten.«

»Ah«, sagte Frank. »Kniest dich wohl so richtig rein, was, Kleiner?«

»Ist was Unvorhergesehenes passiert . . . ein Rückschlag . . .«

»Haben wohl entdeckt, daß Sie auf diesen Auftrag voll abfahren, stimmt's? Na ja, wenn man seine Knochen auf Firmenkosten poliert bekommt, wer würde das schon ablehnen? Ach, Fletch, ich wünschte, alle Mitarbeiter der *News-Tribune* würden sich so begeistert in die Arbeit stürzen wie Sie! Ich wußte ja, daß Ihnen dieser Auftrag Spaß machen würde, sobald Sie erst mal eingestiegen wären!«

»Na schön, ich stürze mich also hinein, Frank –«

»So ist's brav!«

»Das Dumme ist nur, sehen Sie, dieses Mädchen, Cindy –«

»Jede Wette, daß selbst Sie sich jetzt fragen, warum Sie am Samstag eigentlich heiraten!«

»Nun ja, sehen Sie, Barbara –«

»Bleiben Sie dran, Fletcher, gleich, was Sie tun. Kopf hoch! Aber, bitte, halten Sie dabei den Arsch unten. Sowohl der Verleger als auch ich wüßten es zu schätzen!«

»In Ordnung, Frank.«

»Gute Nacht, Fletch.«

»Gute Nacht, Frank.«

31

»Ist Lieutenant Gomez da?«

Die Theke im Schalterraum des Polizeireviers war so hoch, daß sich davor selbst ein hilfreicher Bürger wie ein erbärmlicher Schurke fühlen mußte.

»Warum wollen Sie das wissen?« fragte der diensthabende Sergeant.

»Ich möchte mit ihm sprechen«, sagte Fletch. »Ich möchte ihm etwas geben.«

»Lassen Sie's bei mir. Ich sorg' schon dafür, daß er's kriegt.«

Auf dem Schild an der Theke stand SERGEANT WILHELM ROHM.

»Ich würde aber gerne mit ihm sprechen. Ist er da?«

»Was ist in dem großen Umschlag?« Sergeant Rohm las den Werbespruch auf Fletchs Bekleidung.

»Das, was ich ihm geben will.«

»Lieferservice von einem Bordell; das ist ja toll. Was ist in dem Umschlag, Hübscher? Ein Tripperfall für den Lieutenant? Wär nicht sein erster.«

»Eine Pistole.«

»Benutzt?«

»Ich denke schon.«

»Ich gebe sie ihm.«

»Ist er nicht da?« Der Sergeant nahm den Umschlag und befühlte den Inhalt. »Versau'n Sie nicht die Fingerabdrücke«, sagte Fletch.

»Ah, einer vom FBI-Nachwuchs«, sagte der Sergeant. »Wie ich sehe, sind Sie es gewohnt, getarnt zu arbeiten.«

»Lassen Sie mich dem Lieutenant wenigstens eine Nachricht schreiben.«

»Aber sicher.« Der Sergeant schob ein umgedrehtes Meldeformular und einen Kugelschreiber über die Theke. »Schreib ruhig alles, was du willst, Sexymaus. Wir sind ganz wild auf volle Geständnisse. Manchmal meinen sogar die Anwälte, daß sie für einen Freispruch ihrer Mandanten hinderlich sind.«

»Warum wurde Stuart Childers wieder freigelassen?«

»Was geht Sie das an?«

»Neugier.«

»Stuart Childers wird immer wieder freigelassen. Er kommt einmal pro Tag hierher. Manchmal zweimal. Er gesteht jeden Mord, von dem er im Radio gehört hat. Und dazu noch Raub, Brandstiftung und schwere Sachbeschädigung. Für den muß es wirklich ein Heidenspaß sein, wenn er vor Gericht darf. Will immer wieder Angeklagter spielen.«

Fletch schrieb:

Lieutenant Gomez,
Ihre Suche nach der Habeck-Mordwaffe kann nicht sehr ausgedehnt gewesen sein. Da der Wächter die Autos an der News-Tribune-*Parkplatzeinfahrt überprüft, liegt nahe, daß der Mörder den Parkplatz zu Fuß betreten und verlassen hat. Bin dem logischen Fußweg von der Rückseite des Parkplatzes, wo Habeck ermordet wurde, zur Straße gefolgt und fand*

heute abend diese Pistole im Gebüsch vor dem News-Tribune-*Gebäude. Habe sie mittels Kuli durch den Abzugsring aufgehoben, daher sollten die Fingerabdrücke intakt sein. Sehe außerdem erwartungsvoll dem Ballistikbericht entgegen. Sagen Sie Ihrem Busenfreund, Biff Wilson, daß ich jederzeit gerne behilflich bin. Offensichtlich benötigt er Hilfe beim Schreiben von Nachrufen.*

I. M. Fletcher

»Schreiben Sie Ihre Lebensgeschichte?« fragte der diensthabende Sergeant und gab sich alle Mühe, eine weinende schwarze Lady am anderen Ende des Schalters zu ignorieren. »Ich würd' ja zu gern mal wissen, was ihr männlichen Huren eigentlich so Tolles macht, daß es sich lohnt, dafür zu bezahlen. Mir hat noch niemand Geld dafür geboten.«

Fletch reichte ihm die zusammengefaltete Nachricht. »Stecken Sie das zu der Pistole in den Umschlag, ja?«

»Aber klar, Sexymaus. Ich werd' drauf aufpassen.« Er legte die Nachricht oben auf den Umschlag.

»Bitte«, sagte Fletch. »Es ist wichtig.«

»Aber klar, Sexymaus, aber klar. Und wie wär's, wenn du jetzt Leine ziehst, bevor ich dich in eine Zelle werfe, wo du all das zu tun kriegst, was du umsonst machst?«

32

»Was treibt ihr beiden, spielt ihr *Onkel Wiggly in Connecticut*?«

»Erraten.« Cindy zitierte: »›Ich war ein hübsches Mädchen, nicht wahr?‹«

Barbara und Cindy lagen in Liegestühlen auf der Veranda des Strandhauses. Auf dem kleinen runden Tisch zwischen ihnen standen ihre Gläser, eine halbleere Flasche Scotch und ein Eiskübel.

»Mittags einen Bananensplit und abends Scotch«, sagte Fletch. »Du solltest aufpassen, daß du nicht in Teufels Küche kommst, Cindy.«

Sie reckte die Arme. »Das ist schon in Ordnung. Ich setze mich ja sehr bald zur Ruhe.«

»Richtig«, sagte Fletch. »Um ein Hundeleben zu führen.«

Über dem Ozean stand ein Viertelmond. Weit draußen auf dem Meer zog ein ziemlich großer Frachter gen Süden.

»Trink was«, sagte Barbara. »Setz dich zu uns.«

»Tja«, sagte Cindy, »das war bestimmt ein langer Tag für dich, erst kriegst du heute morgen einen Job, obwohl du doch schon einen hast, dann ein Geschäftsessen . . .«

»Ihr wißt ja noch nicht mal die Hälfte«, sagte Fletch.

»Und bestimmt auch ein entmutigender Tag«, sagte Barbara.

»Tjaja«, sagte Cindy. »Ist schon entmutigend, wenn man beim Vorstellungsgespräch eine so prima Figur gemacht hat wie du und dann beim Lunch so schnell als Lügner, als Hochstapler entlarvt wird.«

Die Frauen lachten.

In der Küche füllte Fletch ein Glas halb mit Leitungswasser.

»Armer Fletch«, sagte Barbara. Auf der Veranda fügte er dem Wasser in seinem Glas Scotch und Eis hinzu. »Er war so entmutigt, daß er die ganze Strecke bis Tomasito kutschiert ist, nur um was zu trinken.«

»Ein warmes Bier«, murmelte er. »Was gibt's zu essen?«

»Nichts«, sagte Barbara. »Falls du dich erinnerst, hast du das Essen mit meiner Mutter abgesagt.«

»Wir haben auch noch nichts gegessen«, sagte Cindy.

»Es ist zehn Uhr«, sagte Fletch.

»Wir haben bloß gequatscht«, sagte Cindy. »Über mein Leben.«

»Vielleicht könntest du Pizza besorgen«, sagte Barbara.

Fletch setzte sich auf den Stuhl, der dicht am Geländer stand. »Wie sieht's aus, Cindy . . . Hast du meine Aussichten auf eine Stellung zunichte gemacht? Hast du Marta erzählt, daß ich ein Hochstapler bin? Daß ich in Wahrheit gar keine männliche Hure bin, sondern vielmehr ein ehrbarer Journalist, der es darauf abgesehen hat, den Ben Franklyn Freundservice in die Pfanne zu hauen?«

»Ich habe darüber nachgedacht«, sagte Cindy. »Ich habe lange darüber nachgedacht, was ich tun soll. Meine Kunden hatten heute nachmittag nicht meine ungeteilte Aufmerksamkeit. Und da ich die Situation nicht so gut im Griff hatte, wie's erforderlich gewesen wäre, hat ein Kerl echt stark losgelegt. Ich mußte einen Unfall arrangieren, um ihn abzukühlen. Eine der Hebestangen schwang ganz zufällig gegen seine Nase.« Sie war genauso gekleidet wie beim Lunch, kurzer Schottenrock und leichte Slipper. »Nichts passiert. Der Teppichboden hat kein Blut abgekriegt.«

»Du hast ein Handtuch bereitgehalten«, rief Fletch.

»Ich halte immer ein Handtuch bereit. Männer verspritzen immer die eine oder andere Flüssigkeit.«

Barbara nahm einen großen Schluck von ihrem Drink.

»Hast du's Marta nun erzählt oder nicht?« fragte Fletch.

»Ich stand vor der Entscheidung, daß ich entweder Marta erzählen muß, wer du bist, und damit dich in die Pfanne hauen mußte«, sagte Cindy, »oder Barbara erzählen mußte, wer ich bin, und damit Marta in die Pfanne hauen mußte.«

»Eine schwierige Entscheidung.« Fletch beobachtete Barbara. »Dann hast du also Barbara, deiner alten Freundin, erzählt, wer du bist, womit du dir dein Geld verdienst... et cetera?«

»Genau.«

Fletch fragte Barbara: »Wie denkst du darüber?«

Barbara antwortete nicht sofort. »Ich glaube, ich verstehe. Ich bin mehr über mich selbst überrascht als über alles andere.«

»Wie meinst du das?«

»Daß ich eine Freundin haben und so wenig über sie wissen konnte. Das läßt mich an mir selbst zweifeln, an meiner Sensitivität, meiner Beobachtungsgabe.« Barbara starrte einen Moment in ihr Glas, das sie im Schoß hielt. »Das ist schwer zu erklären. Ich meine, jetzt frage ich mich, wer zum Teufel du eigentlich bist, Fletch, der Knabe, den ich in drei Tagen heiraten werde. Was weiß ich eigentlich über dich nicht? Wie gut ist meine Beobachtungsgabe?«

»Lampenfieber«, sagte Cindy.

»Heute«, sagte Fletch, »habe ich über ein paar Leute Dinge herausgefunden, die ich nie für möglich gehalten hätte. Ich habe meine Sammlung um einige wirklich interessante Menschen bereichert.«

»Ich meine, da leben wir einfach so vor uns hin in der Annahme, daß jeder mehr oder weniger so ist, wie er oder sie zu sein scheint, wie er oder sie sagt, daß sie sind. Entschuldigt meine schlechte Grammatik. Genug von diesem Er-oder-sie-Scheiß. Und, zackbumm, in einer einzigen Minute bei einem Drink oder so stellst du fest, daß sie dieses ganze Leben geführt haben, Gedanken hatten, Dinge getan haben, jemand gewesen sind, von dem du keine Ahnung hattest, ja nicht mal im Traum für möglich gehalten hättest.«

»Ich glaube«, sagte Cindy, »durch die Kieferorthopädie und Psychiatrie, die Gesundheitsfürsorge, auch durch die Kleidermoden, durch die große amerikanische Idealisierung der Normalität, die es gar nicht gibt, glauben die Leute, daß sie nur solche Menschen lieben wollen, die ihnen ähnlich sind.«

»Und das alles ist die Mutter des Vorurteils«, sagte Barbara. »Und die Volkswirtschaft ist der Vater.«

»Dabei sollten wir das lieben, was die Menschen voneinander unterscheidet«, sagte Cindy.

»Wenn wir einfach nur genau das wären, wofür die Leute uns halten«, sagte Fletch, »dann hätten wir doch kaum noch ein Stück von uns, das uns allein gehört, oder?«

»Jaja«, kicherte Cindy. »Heuchelei ist die letzte Bastion unserer Intimsphäre.«

»O weia.« Barbara wedelte mit ihrem Glas vor ihrem Mund herum. »Man braucht diesem Trio bloß ein paar Gläser einzuflößen, und schon haben wir ein philosophisches Thema am Wickel, was?«

»Die Entscheidung ist mir nicht schwergefallen«, sagte Cindy. »Ich verlasse Ben Franklyn ja am Freitag. Von mir aus kann der Ben Franklyn Freundservice ruhig erfahren, daß ich ein Biest bin.«

»Und dann ist da ja auch noch Martas Vorliebe für Carla . . .«, sagte Fletch.

Cindy lächelte ihn an. Aus dem Wohnzimmerfenster fiel Licht. »Das Menschliche spielt bei allem, was wir tun, eine Rolle. Reden wir denn nicht gerade darüber?« Sie ließ zwei Eiswürfel in ihr Glas plumpsen. »Auf diese Art sollte man ein Gewerbe jedenfalls nicht betreiben. Daß Leute im Bett beruflich Karriere machen, müßte verboten sein.«

Barbara kicherte in ihr Glas. »Du sprichst hier über ein Bordell, Cindy! Tut mir leid, altes Haus, aber das ist komisch.«

»Mein Gewerbe hat weniger mit Sex zu tun, als du glaubst«, sagte Cindy.

»Zweifellos.«

»Also, wofür hast du dich nun wirklich entschieden?« fragte Fletch.

»Ich habe mich entschieden, dir zu deiner Story zu verhelfen«, sagte Cindy. »Lassen wir Ben Franklyn auffliegen.«

»Großartig!«

»Das wird mein Hochzeitsgeschenk für dich und Barbara. Eigentlich wollte ich euch ja einen Collie schenken, wenn ihr aus den Flitterwochen zurückkommt . . .«

»Einen Collie!« rief Barbara aus. »Wenn Fletch seinen Job verliert, werden wir nicht mal imstande sein, uns selbst zu ernähren!«

»Sag mir, was du brauchst«, sagte Cindy zu Fletch.

»Ich brauche den Namen des Eigentümers von Ben Franklyn Freundservice.«

»Irgendwas mit dem Namen Waldnymphe-Aktiengesellschaft.«

»Prächtig.«

»Die Nymphe wallt«, kicherte Barbara.

»Und wem gehören die Waldnymphen?« fragte Fletch.

»Ich habe keine Ahnung.«

»Die Nymphomanin wallt immer«, sagte Barbara. »Ist das nicht der Witz der Sache?«

»Das muß ich wissen. Ich muß präzise und anschaulich wissen, welche Dienste ihr anbietet, und die präzisen Gebühren für diese Dienste.«

»Das kann ich dir gleich erzählen.«

»Bitte nicht«, sagte Barbara. »Nicht, während ich trinke.«

»Ich werde eine Art eidesstattliche Erklärung von dir brauchen, was die Darbietungen betrifft, die ihr für Voyeure inszeniert. Und daß der Mann häufig nicht weiß, daß er beobachtet wird, daß seine Nummer verkauft wird.«

»Oh, entzückend!« sagte Barbara.

»Außerdem eine Beschreibung des gesamten Begleitservice, daß ihr in Wirklichkeit als Callgirls beziehungsweise als Callboys arbeitet. Die Partys, auf denen ihr aufgetreten seid, wie das funktioniert, wieviel das kostet. Die ganze Erpressungssache, die Kameras –«

»Kameras!« gackerte Barbara. »Heuchelei ist die letzte Bastion der Intimsphäre.«

»Du mußt ganz still sein«, sagte Fletch zu Barbara. »Vor einer Woche hast du noch vorgeschlagen, daß du und ich vor allen Leuten nackt heiraten.«

»Ich hab' doch nur Spaß gemacht.«

»Ach, tatsächlich?«

»Ich dachte, ich könnte acht Pfund loswerden.«

»Kannst du das alles bis morgen beschaffen?« fragte Fletch Cindy.

»Ich werd's versuchen.«

»Pizza«, sagte Barbara. »Ich verspüre ein ausgeprägtes Bedürfnis nach Pizza.«

Cindy sah Fletch direkt an und fragte: »Was ist mit der Liste unserer Kunden?« Und sie ließ ihn nicht aus den Augen, als sie auf seine Antwort wartete.

»Klar«, sagte er gelassen. »Ohne die Macker kann Prostitution nicht existieren.«

»Wirst du ihre Namen veröffentlichen?« fragte Cindy.

»Ich weiß es nicht«, sagte Fletch. »Ich weiß es ehrlich nicht. Ich werde ihre Namen zur Veröffentlichung vorlegen.«

»Pfui!« sagte Cindy. »Das ist immer noch eine Männerwelt, mein Herr!«

»Würdest du bitte ein paar Pizzas besorgen, Fletch?« fragte Barbara. »Für mich lieber eine mit Pepperoni. Ich glaube nicht, daß ich gerade jetzt einer Sardelle in die Pupille blicken könnte.«

33

»Wir haben vorhin angerufen«, sagte Fletch zu dem Mann hinter der Theke. »Drei Pizzas auf den Namen Ralton.«

Der schwitzende Mann lächelte ihn nicht an. »Es dauert ein paar Minuten.«

Dann nahm der Mann den Hörer eines zwischen zwei Öfen stehenden Telefons ab, wählte eine Nummer und kehrte der Theke den Rücken zu.

Es warteten noch sechs andere Leute auf Pizzas. Vier Männer, zwei in Shorts, einer in Arbeitskleidung, einer im Straßenanzug. Ein halbwüchsiger Knabe im Smoking. Ein halbwüchsiges Mädchen in Shorts, rückenfreiem Top und knallroten Stöckelschuhen, das außerdem Lippenstift und Lidschatten aufgelegt hatte.

»Hast du keine Angst, daß du dir Pizza auf dein Dinnerjackett kleckerst?« fragte der Mann in Joggingshorts den halbwüchsigen Knaben.

Der Knabe antwortete ihm, offenbar höflich, in schnellem Französisch.

»Oh«, sagte der Mann.

Fletch öffnete die Tür des Kühlschranks, nahm einen Sechserpack 7-Up heraus und stellte ihn auf die Theke.

»Schwartz?« rief der Mann hinter der Theke.

Der Knabe im Smoking bezahlte seine Pizza und ging.

Der Mann in Arbeitskleidung bekam seine Pizza als nächster. Dann einer der Männer in Shorts. Eine Frau im weißen Tennisdreß kam herein und nannte den Namen Ramirez. Das junge Mädchen klapperte auf seinen hohen Absätzen aus dem Laden und trug dabei ihre Pizza wie ein Tablett mit Horsd'œuvres vor sich her.

»Wir müssen vor einer halben Stunde angerufen haben«, sagte Fletch zu dem Mann hinter der Theke. »Auf den Namen Ralton?«

Wieder lächelte ihn der Mann hinter der Theke nicht an. »Es dauert ein paar Minuten.«

Der Mann im Straßenanzug nahm seine Pizza entgegen.
Zwei Polizisten schlenderten herein. Ihr Wagen war direkt vor dem Eingang geparkt. Sie nannten keinen Namen.
Sie sahen zu dem Mann hinter der Theke.
Der Mann hinter der Theke deutete mit dem Kopf auf Fletch.
Die Cops sprangen auf Fletch zu, wirbelten ihn herum, schubsten ihn.
Fletch fand sich an die Theke gelehnt wieder, die Hände gespreizt, die Füße gespreizt. Ein Cop hatte seine Hand an Fletchs Nacken und drückte seinen Kopf nach unten. Die Finger des anderen tasteten Fletchs T-Shirt ab, seine Shorts, die Stulpen seiner Sportsocken.
»Was hat er angestellt?« fragte der Mann in den Joggingshorts.
Die Augen der Frau im weißen Tennisdreß weiteten sich. Sie wich ein paar Schritte zurück.
»Er war dabei, den Laden auszurauben«, antwortete der Cop.
»War er nicht!« antwortete der Mann. »Er hat hier fünfzehn Minuten gestanden!«
»Er war im Begriff, den Laden auszurauben.«
»Er hat einen Namen genannt! Er hat auf Pizzas gewartet!«
Sie zerrten Fletch die Arme auf den Rücken.
Er spürte das kühle Metall der Handschellen um seine Gelenke, hörte das Klick, als sie sich schlossen.
»Er hat schon ’ne Menge Läden ausgeraubt«, sagte der Cop. »Schnapsläden, Lebensmittelläden. Wenn er erst mal seine Pizza gehabt hätte, hätte er den Laden hier ausgeraubt.«
»Oh«, sagte der Mann.
Der andere Cop sagte: »Selbst ’n Räuber muß mal essen, wissen Sie.«
»Er sieht gar nicht aus wie ’n Halunke«, sagte der Mann in den Joggingshorts. »Schnell. Den würdet ihr nie erwischen, wenn er erst mal losrennt.«
»Wir haben ihn aber erwischt«, sagte einer der Cops.
Der Mann sagte zu Fletch: »Sie heißen Ralton?«
»Nein.«
»Das genügt mir«, sagte der Mann. »Er hat den Namen Ralton genannt. Falscher Name.«
»Seine Name ist Liddicoat«, sagte der Cop. »Alexander Liddicoat.«
»Der ist wahrscheinlich auch falsch«, sagte der Mann.
»Ramirez?« rief der Mann hinter der Theke.
Die Frau im Tennisdreß bezahlte ihre Pizza.

»Auf geht's«, sagte der Cop.

Beide klammerten sich an Fletch, während sie darauf warteten, daß die Frau mit ihrer Pizza durch die Tür ging.

»Können wir meine Pizza mitnehmen?« fragte Fletch. »Ich gebe euch auch was ab.«

»Danke trotzdem«, antwortete der eine Cop. »Wir haben gerade was vom Chinesen geholt.«

Draußen verfrachteten sie ihn auf den Rücksitz des Streifenwagens und knallten die Tür zu.

Als sie sich auf den Vordersitzen niederließen, schaute der Cop auf dem Beifahrersitz auf seine Uhr. »Zwanzig vor zwölf. Wenn wir ihn die ganze Strecke bis in die Stadt bringen, schaffen wir's nie, pünktlich zum Dienstschluß um zwölf zurück zu sein.«

»Was ist an dem denn so Besonderes?«

»In der Meldung stand, daß er schnurstracks in die Stadt zum Präsidium zu bringen ist.«

»Jaja.« Der Fahrer ließ den Wagen an. »Wir sind ein Taxiunternehmen.«

»Ich kann euch die Fahrt ersparen«, sagte Fletch, der gerade versuchte, seine mit Handschellen gefesselten Hände zwischen seinem Kreuz und dem Rücksitz einzupassen. »Mein Name ist nicht Liddi-irgendwas. Mein Ausweis steckt in meiner Brieftasche.«

»Aber klar. Darauf geh' ich jede Wette ein. Nun düs endlich los, Alf.«

»Ihr habt den falschen Kerl«, sagte Fletch.

Der Cop auf dem Beifahrersitz sagte: »Zwölf Jahre bei der Polizei und noch nie hab' ich den richtigen Kerl verhaftet.«

Der Wagen setzte sich in Bewegung. »Wir haben ihm seine Rechte nicht verlesen.«

Der andere Cop blickte Fletch durch das Sprechgitter an.

»Kennste deine Rechte?«

»Klar.«

»Das ist gut. Er kennt seine Rechte, Alf.«

»Tatbestand der grausamen und unüblichen Behandlung bereits erfüllt«, sagte Fletch. »Weil ihr einen armen Jungen erst fünfzehn Minuten lang Pizza riechen laßt und sie ihm dann verweigert.«

»Erzähl das deinem Anwalt.«

Der Streifenwagen rumpelte über die Bordsteinkante vom Parkplatz der Pizzeria auf die Straße.

Fletch sagte: »Nächste Haltestelle, die Guillotine.«

34

»Fletcher?«

Fletch, der auf der nach Desinfektionsmittel stinkenden Zellenpritsche lag, seufzte vor Erleichterung. Der Wärter, der die Zellentür geöffnet hatte, hatte ihn Fletcher genannt. Das Verwirrspiel über seine Identität war vorbei. Jetzt konnte er endlich in sein Appartement gehen und ein wenig schlafen.

Er stand auf. Nach seiner Rechnung mußte es ungefähr vier Uhr morgens sein.

Ungefähr drei Stunden hatte er auf seiner Pritsche gelegen und gelauscht, wie sich zwei Männer abwechselnd übergaben, ein alter Mann vor sich hin wimmerte und ein weiterer über eine Stunde lang immer wieder den Refrain sang: *Der Teufel soll mich holen, Lucy, wenn du willst*... In der Zelle neben ihm stritten sich zwei Strichjungen endlos und leidenschaftlich über Friseure. Einer hatte Fletch gefragt, wie er an einen Job beim Ben Franklyn Freundservice rankäme, und Fletch hatte geantwortet, daß er es nicht wüßte, weil er dort nur Rausschmeißer wäre. Fletchs Zellengenosse war ein korpulenter Mann mittleren Alters in weißen Hosen und Sandalen, der sich als Schullehrer vorstellte. Am Nachmittag zuvor, sagte er, hätte er einen seiner Schüler erstochen. Auf seiner Hose war Blut. Nachdem er Fletch das erzählt hatte, rollte er sich auf der Pritsche zusammen und schlief ein.

»Mitkommen«, sagte der Wärter. »Los, los.«

»Kann ich gehen?«

Er folgte dem Wärter zwischen den Zellen hindurch zu der Stahltür.

Während er als Alexander Liddicoat, gesucht wegen über zwanzig bewaffneten Raubüberfällen, registriert worden war, hatte man Fletch Brieftasche und Armbanduhr abgenommen. Bei den Steckbriefen befanden sich Fotos von Alexander Liddicoat. Als er sie verkehrt herum betrachtete, stellte Fletch eine entfernte Ähnlichkeit fest. Bei der Übergabe seiner Brieftasche zeigte Fletch dem Schalterbeamten zum Beweis seiner Identität Ausweis, Führerschein und Pressekarte. Der Beamte, der die Eintragung vornahm, sah sich die Ausweisfotos kaum an, sondern bezichtigte ihn obendrein noch, die Brieftasche von Irwin Maurice Fletcher gestohlen zu haben.

Jenseits der Stahltür bog Fletch nach rechts ab auf die Treppe zu, die zum Registrierungsschalter und zur Eingangshalle führte.

Der Wärter packte ihn am Ellbogen. »Hier entlang, bitte.«

Sie gingen nach links, an Büros vorbei. Die meisten Türen standen offen. Lampen brannten, Leute arbeiteten in den Büros.

Am Ende des Korridors kamen sie zu einer geschlossenen Tür. Der Wärter schloß sie auf und knipste die Innenbeleuchtung an.

Sechs Stühle standen um einen langen Konferenztisch. Sonst war niemand im Raum. Hoch oben in der gegenüberliegenden Wand war ein vergittertes Fenster.

»Warten Sie hier«, sagte der Wärter.

»Warum halten Sie mich fest?«

»Der Wärter schloß die Tür hinter sich.

Fletch knipste das Licht aus, krabbelte im Dunkeln auf den Tisch und schlief ein.

Das Licht flammte auf. Die Tür stand offen.

Lieutenant Gomez stand über Fletch.

»Sie richten sich wohl überall häuslich ein, was?«

Fletch setzte sich auf. »Wie spät ist es?«

Er fror.

»Halb sechs morgens. Der Swimmingpool des Gefängnisses wird allerdings erst in einer halben Stunde geöffnet. Der Bürgermeister und seine besten Gehilfen sind gerade unten und reinigen ihn für Sie. Sie wissen, daß Sie gerne jeden Morgen nackt in die Fluten steigen.«

»Freut mich, Sie zu sehen.« Fletch blieb auf dem Tisch sitzen. »Sie kommen früh zur Arbeit.«

»Arbeite an einem wichtigen Fall«, sagte Gomez. »Dem Mord an Donald Edwin Habeck. Wissen Sie irgendwas darüber?«

»Mmhh. Hab' was in den Zeitungen drüber gelesen.« Fletch gähnte und rieb sich die Augen. »Haben Sie die Pistole bekommen?«

»Welche Pistole?«

»Die Pistole, die ich gestern abend für Sie abgegeben habe. Ich hab' sie unten am Schalter für Sie abgegeben, mit einer Nachricht.«

»Welche Pistole?« wiederholte Gomez.

»Ich glaube, es ist die Pistole, mit der Habeck getötet wurde. Ich fand –«

Gomez blickte zur Tür.

Biff Wilson stand in der Tür, so gut rasiert und gekleidet wie immer, zerknittert und zerknautscht.

»Oh, hallo, Biff«, sagte Fletch. »Haben Sie den Kaffee gebracht?«

Biff schnaubte. »Ich glaube, früher war ich auch mal ein Klugscheißer. Aber war ich jemals so ein großer Klugscheißer, Gomez?«

»Du warst nie ein Klugscheißer«, sagte Gomez. »Immer nur Ministrant.«

»Dachte ich mir doch.« Biff schloß die Tür. »Ich bin mir nicht mal sicher, ob ich mich genau daran erinnere, wie man mit einem Klugscheißer umspringt.«

»Bei der Polizei würden wir ihm die Eier zerquetschen«, schlug Gomez vor. »Haben alle Journalistentypen Eier?«

Biff trat näher an Fletch heran. »Hallo, Kleiner. Ich hab' gehört, die haben dich eingelocht.«

»Personenverwechslung«, sagte Fletch. »Räuber namens Liddicoat. Offensichtlich haben sie in allen Schnapsläden, Pizzerias und so weiter sein Bild rumgehen lassen –«

»Können wir die Anklage eine Weile aufrechterhalten?« sagte Biff zu Gomez.

»Eine Weile schon«, sagte Gomez.

»Das könnt ihr nicht«, sagte Fletch. »Der Registrierungsbeamte hat den Ausweis in meiner Brieftasche bereits überprüft. Sonst wüßtet ihr nämlich gar nicht, daß ich hier bin, richtig?«

»Brieftasche?« fragte Biff Gomez.

»Er hatte keine Brieftasche«, sagte Gomez. »Nur eine gestohlene Armbanduhr.«

Biff nickte Fletch zu.

»Wir sprachen gerade über eine Pistole«, sagte Fletch.

Biff sah Gomez an. »Welche Pistole?«

»Eine Pistole, die ich gefunden habe«, sagte Fletch. »Draußen vor der *News-Tribune*. Ich habe sie gestern abend bei Sergeant Wilhelm Rohm abgegeben, mit der Anweisung, sie Gomez auszuhändigen.«

»Ich weiß nichts von einer Pistole«, sagte Gomez.

»Bist ein braves Jüngelchen.« Biff strich mit der Handfläche über Fletchs Bein. »Ein richtig braves Jüngelchen.«

Fletch zog sein Bein weg.

»Muskeln.« Biff bohrte seine Finger in Fletchs Oberschenkel. »Schau dir mal diese Muskeln an, Gomez.«

Fletch rutschte vom Tisch herunter und entfernte sich ein paar Schritte.

»Und was steht denn da auf diesen Shorts?« Biff blinzelte. »Ich kann's nicht richtig lesen, kannst du's, Gomez? Irgendeine Hochschullaufmannschaft?«

»Ben Franklyn Freundservice«, sagte Gomez.

»Football«, sagte Biff. »Ich glaube, das soll eine Footballmannschaft sein.«

»Das ist eine andere Geschichte«, sagte Fletch.

»Ich würde wirklich gerne wissen, was du herausgefunden hast«, sagte Biff.

»'ne Menge«, sagte Fletch. »Sie schreiben lausige Nachrufe, Biff.«

»Wie kommst du denn darauf, Liddicoat?«

»Erstens, Jasmine und Donald Habeck waren nie verheiratet. Er hat sich nie von Louise scheiden lassen.«

»Ach ja? Was noch?«

Fletch blickte von Gomez zu Wilson und schüttelte den Kopf.

»Was noch?« fragte Biff.

»Haben Sie schon mit Gabais gesprochen?«

»Mit wem?«

»Felix Gabais. Einer, der Kinder belästigt. Ehemaliger Mandant von Habeck. Hat sieben harte Jahre abgesessen. Wurde vergangene Woche entlassen.«

»Hast du denn schon mit ihm gesprochen?«

»Noch nicht.«

»Du hast die ganze Woche hinter mir hergeschnüffelt, Kleiner. Hast mit jedem von der Familie Habeck geredet, soweit ich weiß, sogar mit dem Bruder im Kloster. Du nimmst uns den Wind aus den Segeln. Weswegen, Liddicoat?«

Wieder schüttelte Fletch den Kopf. »Das war kein Unterweltmord, Biff. Sie sind auf der falschen Spur.«

»Und du weißt's besser, was? Hat die Zeitung dich etwa mit dieser Story beauftragt?«

»Mit dem Museumsaspekt.«

»Oh. Mit dem Museumsaspekt. Weißt du damit was anzufangen, Gomez?«

»Überhaupt nichts, Biff.«

»Ich glaube, dieses Jüngelchen sollte sich im Wald verlaufen.«

»Das können wir arrangieren«, sagte Gomez.

»In so 'ner Art von bürokratischem Dschungel«, sagte Biff. »Weißt du, Kleiner, wenn du dich erst mal in den Lianen der Bullen verhedderst, kann leicht irgendwas schrecklich Dummes passieren.«

»Genau«, sagte Gomez. »Wir werden ihn heute morgen in den Lastwagen für die Klapsmühle verfrachten. Bevor irgendwer durch diesen bürokratischen Dschungel steigt, vergehen bestimmt gute zehn Tage.«

»Was hättet ihr davon?« fragte Fletch. »Ein paar Tage. Glaubt ihr etwa, ich würde meinen Mund darüber halten?«

»Für einen bürokratischen Dschungel kannst du uns nicht verantwortlich machen«, sagte Biff. »Ich bin heute morgen nicht mal in diesem Gebäude. Und du bist auch nicht hier, oder, Gomez?«

»Nee. So früh bin ich nie hier.«

»Ist doch ein echter Klugscheißer. Da bieten wir ihm ein paar Tage Urlaub in der Klapsmühle an, und der kriegt noch nicht mal Schiß. Wir sollten ihm eine echte Klage anhängen, Gomez. Ihn mir für immer vom Halse schaffen. Springt ihr so mit Klugscheißern um? Kann mich nicht mehr erinnern.«

»Im allgemeinen, Biff, solltest du jemandem, dem du eine verpassen willst, einen so harten Schlag versetzen, daß er nicht mehr schwankend auf die Beine kommen kann.«

»Richtig.« Obwohl er mit sanfter Stimme sprach, konnte man die Venen an Biffs Hals und Schläfen pulsieren sehen. Seine Augen glitzerten wie schwarze Kieselsteine auf dem Grund eines sonnenbeschienenen Flusses. »Das hab' ich schon mal irgendwo gehört. Verpassen wir ihm also eine echte Klage, damit er nicht wieder schwankend auf die Beine kommen kann. Mal sehen. Aufgegriffen wurde er als Alexander Liddicoat. Während er registriert wurde, entdeckte man eine Handelsmenge Angel Dust in seiner Tasche. Hast du etwas PCP in Reserve, Gomez?«

»Klar«, sagte Gomez. »Für eben diese Situation.«

Fletch war heiß. »Und das nur, weil ich hinter Ihrer Story herschnüffele, Biff?« – »Weil du ein Klugscheißer bist«, sagte Biff. »Für Klugscheißer ist im Journalismus kein Platz. Was, Gomez?«

»Du warst immer nur Ministrant«, sagte Gomez zu Biff.

»Wir spielen nach den Regeln, Kleiner. Du wirst wegen des Besitzes einer Handelsmenge PCP verurteilt, Fletcher, und irgendwie habe ich meine Zweifel, daß John Winters und Frank Jaffe weiterhin erleben wollen, wie du in der *News-Tribune* Papierkörbe ausleerst. Oder in irgendeiner anderen Zeitung.«

»Was erwartet ihr von mir?« fragte Fletch. »Daß ich verspreche, mich zurückzuziehen und ein braves Jüngelchen zu sein?«

»Dazu ist es zu spät«, sagte Biff. »Ich habe entschieden, daß du ein echter Klugscheißer bist. Wir wollen, daß du verschwindest.«

»Ich soll also versprechen, daß ich mich entferne?«

»Du wirst dich entfernen«, sagte Gomez. »Auf Kosten der Steuerzahler. Dafür werden wir schon sorgen.«

Fletch lachte. »Haben Sie keine Angst, daß ich jemals zurückkomme, Biff?«

Biff schielte zu Gomez. »Vielleicht. Vielleicht auch nicht. Wenn juckt das schon?«

»Sie wird's jucken.«

»Das bezweifle ich. Du verbringst jetzt ein paar Jährchen hinter Gittern, und bedingt durch dieses und jenes wirst du nicht mal mehr gerade laufen können, wenn du rauskommst. Keine große Gefahr mehr.« Zu Gomez sagte Biff:

»Finde heraus, was es mit dieser Pistole auf sich hat, von der er redet. Wo ist das PCP?«

»Hab' was im Spind.«

»Hol's. Wir werden in dein Büro gehen und den Registrierungsbogen von diesem Jüngelchen neu schreiben.«

»Im Büro hab' ich richtigen Kaffee. Wir werden richtigen Kaffee trinken.«

»Ich könnte einen gebrauchen.«

»Allmächtiger, Biff! Sie meinen das ja ernst?« sagte Fletch.

»Hab' ich jemals Witze gemacht?«

»Ann McGarrahan hat gesagt, daß Sie ein Scheißkerl sind.«

»Sie sollte es wissen. War der größte Fehler ihres Lebens, mich zu heiraten. Das sagt jeder.«

Gomez lachte. »Bist du etwa der Grund, warum sie nie Kinder hatte, Biff?«

»Hing damit zusammen. Die Lady hatte es nicht gern, wenn sie von jemandem gevögelt wurde, der 'ne Whiskeyfahne hatte.«

»Allmächtiger!« sagte Fletch.

»Wirst mir wohl nicht mehr übern Weg laufen, Kleiner«, sagte Biff. »Kann nicht behaupten, daß du mir abgehen wirst.«

»Biff –«

»Irgendwer wird Sie demnächst abholen kommen«, sagte Gomez. »Genießen Sie das Warten. Es wird etliche Jährchen dauern, bis Sie mal wieder soviel allein sein dürfen, wie Sie wollen.«

»Wir machen uns jetzt dran, deine Papiere zu frisieren, Kleiner.« Biff hielt Gomez die Tür auf. »Und glaub mir, Gomez und ich sind die besten Friseure der Welt.«

Fletch stand allein in dem neonbeleuchteten Raum. Die Tür war zugeknallt worden. Die Schritte von Wilson und Gomez verhallten im Flur. Aus dem Zellenblock drangen gedämpfte Rufe.

Louise Habeck kam ihm in den Sinn.

Fletch blickte zu dem schmutzigen, vergitterten Fenster hinauf. Selbst bei den Gitterstäben an der Außenseite führte ein Stromdraht von dem geschlossenen Fenster in die Wand.

Es gab weder eine Klimaanlage- oder Wärmeentlüftung.

Die Wände bestanden aus gestrichenem Zement.

Grüne Turnschuhe, blaugefärbtes Haar und ein geblümtes Kleid . . .

Es war verrückt. Fletch ging zur Tür und drehte den Kopf herum, drückte.

Die Tür öffnete sich.

Er spähte nach draußen. Der Korridor war leer.

Sein Herz ging schneller als seine Füße, als er über den Flur schlenderte und gemächlich die Treppe hinaufstieg.

Am Schalter des Registrierungsbüros war niemand zu sehen.

In der Vorhalle saß dieselbe Frau, die dort in der vergangenen Nacht geweint hatte, jetzt still auf einer Bank. Der Sergeant am Aufnahmeschalter las die Sportseite der *News-Tribune*.

Flecht brauchte einen Moment, um die Aufmerksamkeit des Sergeants zu erregen. Endlich blickte er auf.

»Lieutenant Gomez und Biff Wilson trinken im Büro des Lieutenants Kaffee«, sagte Fletch. »Sie möchten, daß Sie ein paar Krapfen holen lassen. Geleekrapfen.«

»Okay.« Der Sergeant nahm den Telefonhörer ab und wählte drei Ziffern. »Der Lieutenant möchte ein paar Krapfen«, sagte er ins Telefon. »Nein. Seinen Kaffee hat er. Du kennst ja Gomez. Wenn der Löffel nicht drin steht, ist's kein Kaffee.«

»Geleekrapfen«, sagte Fletch.

»Geleekrapfen«, sagte der Sergeant.

35

»*New-Tribune*-Dokumentation. Code und Name, bitte.«

»Hallihallo, Pilar. Wie geht's denn so?«

»Guten Morgen. Hier spricht Mary.«

»Oh. Guten Morgen, Mary.«

»Code und Name, bitte.«

Obwohl er immer noch einen Bärenhunger hatte, war Fletch froh, wenigstens wieder in seinem Auto zu sitzen, das auf seine eigene Wohnung zusteuerte. »Siebzehn neunzig Strich neun. Fletcher.«

Erst als er schon zur Bushaltestellte getrabt war und seine Augen die Ladenfronten nach einem geöffneten Frühstückslokal absuchten, war Fletch eingefallen, daß er kein Geld hatte. Die Polizei hatte seine Brieftasche und seine Schlüssel gestohlen. Der Gedanke, daß man Alexander Liddicoat die Schuld geben würde, wenn er jetzt einen Lebensmittelladen ausraubte, belustigte ihn.

Sein Wagen stand weit draußen am Strand auf dem Parkplatz der Pizzeria. Er trampte. Der erste Fahrer, der ihn auflas, war ein Mann in mittleren Jahren, der Musikinstrumente verkaufte. Er versuchte, Fletch für das Roxophon zu interessieren. Dann wurde er von einem Kombi voller Kids auf dem Weg zum Strand mitgenommen. Schon zu dieser Morgenstunde ließen sie einen Marihuanajoint herumgehen und hatten einen Liter Weißwein ausgetrunken. Eine Gruppe Kids fuhr an einem schönen Morgen dem Strand entgegen, und jedes war den Tränen nahe. Es war neun Uhr vorbei, bis Fletch endlich seinen Wagen erreichte, den Strafzettel wegen Parkzeitüberschreitung entfernte, den Wagen kurzschloß und sich auf die Rückfahrt zu seiner Wohnung machte.

»Nachrichten für Sie«, sagte Mary von der Auskunft über das Autotelefon. »Jemand mit Namen Barbara hat angerufen. Klingt nach einer persönlichen Nachricht.«

»Ja und?«

»Wir sollen nicht zu viele persönliche Nachrichten entgegennehmen, wissen Sie.«

»Ach, nun kommen Sie schon, Mary. Seien Sie ein liebes Mädchen.« Fletchs Augen und Kopf taten weh vor Hunger, der morgendlichen Hitze und dem hellen Sonnenlicht.

»Die Nachricht lautet: ›Hast du die ganze Pizza selbst gegessen? Alles ist verziehen. Bitte ruf an.‹«

Die Erwähnung der Pizza entlockte seinem Magen ein anhaltendes Knurren.

»Nun?« fragte Mary.

»Nun was?«

»Haben Sie die Pizza selbst gegessen?«

»Mary, das ist eine persönliche Frage. Keine persönlichen Fragen, bitte.«

»Sie haben. Ich glaube, Sie haben die Pizza selbst gegessen. Es gibt nichts Schlimmeres, als auf jemanden zu warten, der einem eine Pizza bringen soll, und dieser Jemand ißt sie ganz allein auf.«

»Mary. Haben sie heute morgen schon gefrühstückt?«

»Ja.«
»Ich nicht.«
»Sie brauchen kein Frühstück bei all der Pizza, die Sie gegessen haben.«
»Gibt es noch eine Nachricht?«
»Ich würde Ihnen nicht verzeihen. Ja. Ann McGarrahan möchte von Ihnen hören. Die Nachricht lautet: ›Fletch, weiß, daß Sie mit dem momentanen Auftrag alle Hände voll zu tun haben, aber bitte rufen Sie an. Nehmen Sie sich vor B. W. und anderen Geschlechtskrankheiten in acht.‹«
»Okay.«
»Was ist B. W.?«
»Mary, das ist schon wieder eine persönliche Frage.«
»Ich hab' noch nie von B. W. gehört.«
»Sie Glückliche.«
»Ich dachte, daß ich alle Geschlechtskrankheiten kenne. Ich meine, ich dachte, daß ich von ihnen weiß.«
»Prima. Jetzt brauche ich die Adresse von Felix Gabais.« Er buchstabierte ihr den Namen. »Im St.-Ignatius-Distrikt.«
»Wollen Sie mich denn nicht vor B. W. warnen?«
»Mary? Halten Sie sich von B. W. fern.«
»Ich meine, wie holt man sich so was?«
»Indem Sie Ihre Nase in Dinge stecken, die Sie nichts angehen.«
»Oh, so was tun wir nie. Im St.-Ignatius-Distrikt gibt's nur einen Gabais. Vorname Therese.«
»Genau. Er lebt bei seiner Schwester.«
»Das ist 45447 Twig Street. Laut Stadtplan liegt die Adresse einen halben Block westlich von einer Autohandlung an der Ecke.«
»Danke. Noch eins: Ich brauche die Adresse von Stuart Childers.« Wieder buchstabierte er den Namen.
»Das ist widerlich«, sagte sie. »Jeder, der so was tut, hat B. W. verdient.«
»Mary...«
»Das ist 120 Keating Road. Laut Plan müßten das die Harndon Appartements sein. Piekfein.«
»Okay. Danke.«
»Ich sollte Ihnen das wohl nicht sagen, aber Mr. Wilson hat vor einer Weile angerufen. Er wollte auch diese Adresse.«
»Welche Adresse?«
»Die in St. Ignatius. Therese Gabais.«

»Mary, Sie haben B. W. bereits.«
»Oh, sagen Sie so was nicht.«
»Seien Sie vorsichtig, Mary. B. W. kann Sie für lange Zeit aus dem Verkehr ziehen.«

»Hier spricht der Anrufbeantworter«, sagte Fletch in sein Appartementtelefon, als es zum dritten Mal läutete. »Ich kann gerade nicht an den Apparat kommen –«

»Fletch!« rief Barbara durch den Hörer. »Du hast überhaupt keinen Anrufbeantworter!«

»Oh«, sagte Fletch. »War mir entfallen.«

Fletch besaß nicht viel. Gegenüber der wackeligen, gebraucht gekauften Couch, auf der er saß, hingen Poster vom Hafen von Cagna, der italienischen Riviera, von Cozumel im Osten Mexikos, von Belize, Nairobi, Kenia und der Copacabana in Rio de Janiero an der Wand. Er hoffte, eines Tages ein paar wirklich anständig Fotografien an seiner Wand zu haben. Und eines Tages hätte er vielleicht die Wände, die groß genug waren, um ein paar anständige Kopien der Gemälde von Edgar Arthur Thorpe jr., dem Westernkünstler, aufhängen zu können.

»Geht's dir gut?«

»Natürlich.« Vor ihm, auf dem angeschlagenen Teller auf dem angeschlagenen Tisch, lagen die unbedeutenden Reste seines Frühstücks aus Rührei, Waffeln und Schinkenspeck. »Warum fragst du?«

»Du bist gestern abend um elf Uhr losgefahren, um Pizza zu holen! Und nie zurückgekommen!«

»O Gott! Nein! Bist du sicher?«

»Du hast nicht mal angerufen!«

»Ich hab' nicht die ganze Pizza allein gegessen. Ich hab' nicht mal einen Bissen davon bekommen.«

»Warst du in einen Unfall verwickelt oder so was?«

»Oder so was. Wieso darfst du mich anrufen? Hat Cecilia endlich einen Käufer für ihre Jodhpurs gefunden?«

»Ich erledige eine Besorgung für sie, im Drugstore. Wir sind fast vor Hunger gestorben.«

»Bist du die acht Pfund losgeworden, die du nicht magst?«

»Ich glaube schon.«

»Was habt ihr gemacht, du und Cindy?«

»Sind schließlich ins Bett gegangen. Was blieb uns denn auch anderes übrig? Wir haben bis nach eins auf dich gewartet.«

»Ist Cindy über Nacht geblieben?«

»Natürlich. Was denn sonst? Wir hatten etwas getrunken, falls du dich erinnerst. Sie wußte, daß sie nicht mehr fahren durfte.«

»Aha.«

»Verdammt rücksichtslos von dir. Du hättest wenigstens anrufen können.«

»Hätte ich?«

Auf der anderen Seite des Zimmers hing sein Surfbrett von der Decke, ein Prachtstück, eine stete Augenweide.

»Wir haben uns Sorgen gemacht. Ich rief die Pizzeria an. Der Mann sagte, daß niemand mit dem Namen Fletcher dagewesen wäre.«

»Du hattest auf den Namen Ralton bestellt.«

»O ja. Hatte ich ganz vergessen. Wo hast du die Nacht verbracht?«

»Lange Geschichte. Was dagegen, wenn ich sie dir später erzähle?«

»Hat sie was mit Habeck zu tun?«

»Schon möglich.« Fletch sah auf seinen Teller. Seine Kopfschmerzen waren verflogen.

»Hast du Biff Wilsons Artikel heute morgen gelesen?«

»Klar.« Die *News-Tribune* lag auf der Couch neben Fletch. Daß eine Pistole, die mögliche Mordwaffe, am Abend zuvor bei der Polizei abgegeben worden war, wurde mit keiner Silbe erwähnt.

»Seinem Artikel zufolge ist es sehr wahrscheinlich, Fletch, daß Habeck von einer Gangsterbande umgelegt wurde, weil er zuviel wußte.«

Fletch seufzte. »Vielleicht hat er recht.«

»Ich meine, Fletch, wie lange berichtet er eigentlich schon für die *News-Tribune* über Verbrechen?«

»Schon lange.«

»Er muß überall seine Kontakte haben.«

»Muß er wohl.«

»Ich meine, die Leute müssen doch bestimmt mit ihm reden: die Polizei, Gangster, Informanten. Er hat vermutlich alles rausgekriegt.«

»Vermutlich.«

»Es hat wenig Sinn, daß du die ganze Nacht aufbleibst, daß du dich deswegen um den Schlaf bringst. Und es hat überhaupt keinen Sinn, daß du dich deswegen um deinen Job bringst.«

»Hör zu, Barbara. Ich muß mich rasieren und duschen und zur Arbeit.«

»Die ganze Pizza aufgegessen und bis in die Puppen geschlafen. Und dich soll ich heiraten?«

Fletch schnickte die *News-Tribune* auf den Fußboden.

»Ich würde es mir zweimal überlegen, wenn ich du wäre«, sagte Fletch.

»Zu spät. Ich hab's mir bereits zigmal überlegt. Denk dran, daß du heute abend mit meiner Mutter ißt.«

»Aber sicher.«

»Okay. Übrigens, Cindy hat gesagt, daß du sie Punkt halb eins unter 555-2900 anrufen sollst. Sie wird selbst am Apparat sein.«

»Wie war das? Das ist aber nicht die Nummer von Ben Franklyn.«

»Nein. Sie hat gesagt, daß sie nur um diese Zeit dasein wird und auf deinen Anruf wartet. Die Nummer ist 555-2900. Sie wird dir dann einiges zu erzählen haben.«

»Okay.«

»Fletch, heute ist Mittwoch.«

»Schon?«

»Wir heiraten am Samstag. Du mußt heute abend unbedingt zum Dinner kommen.«

»Okay.«

»Wir müssen einiges besprechen.«

»Okay, okay.«

»Ich muß zurück zur Arbeit«, sagte Barbara.

Fletch sagte: »Ja. Ich auch.«

36

»Ich bin von der *News-Tribune*, sagte Fletch. Die Frau, die die Tür der Erdgeschoßwohnung des Hauses Nr. 45447 Twig Street öffnete, saß in einem Rollstuhl. »Sind Sie Therese Gabais?«

Ihre Augen waren schwarz, ihr Gesicht war grau, ihr Haar ungewaschen und ungekämmt. »Wir können uns keine Tageszeitung leisten. Ich mag sie sowieso nicht.«

»Ist sonst schon jemand von der *News-Tribune* hiergewesen?«

Sie schüttelte verneinend den Kopf.

Die Autohandlung an der Ecke der Twig Street schien Sonderverkaufspreise für rostige, sechssitzige Limousinen anzubieten. Fletch hatte in der Nähe des Ladens geparkt und war den halben Häuserblock, durch altes Papier und leere Konservendosen schlurfend, zu Fuß gegangen. Um ein Haar wäre er über die Beine einer Frau gestolpert, die in einem Hauseingang schlief.

Er hatte nach einem Streifenwagen oder Biffs Wagen Ausschau gehalten. Während er gefrühstückt, mit Barbara gesprochen, sich rasiert und geduscht hatte, hatte niemand an seiner Tür geläutet. Andernfalls hatte er geplant gehabt, durch ein rückwärtiges Fenster zu steigen und die Feuertreppe hinunterzulaufen. Denn darüber, daß er irrtümlich als Alexander Liddicoat wegen zwanzig Raubüberfällen verhaftet worden war, konnte man sich ja noch halbwegs amüsieren. Aber daß Wilson und Gomez den Plan ausheckten, I. M. Fletcher wegen Drogenhandels eine echte Klage anzuhängen, das war äußerst besorgniserregend. Die Polizei hatte sich nicht vor Fletchs Appartement blicken lassen. Und war auch jetzt nicht auf der Straße zu sehen.

Allerdings hatten Wilson und Gomez allen Grund zu der Annahme, daß Fletch vor der Wohnung von Gabais auftauchen würde.

»Ist irgend jemand hiergewesen?« fragte Fletch. »Die Polizei?«

Wieder schüttelte die Frau den Kopf. Als nächstes würde sie ihm wahrscheinlich die Tür vor der Nase zuschlagen.

Fletch hielt die Tür auf und trat in den fauligen Gestank der Wohnung. »Ich suche nach Felix Gabais.«

Für einen kurzen Moment trat Leben in ihre Augen. Sie war überrascht, daß er immer noch da war. »Er will auch keine Zeitung.«

Fletch drückte die Tür ins Schloß. »Ich muß mit ihm reden.«

In dem Raum gab es ein Bett, eine Matratze und ein paar Decken auf einer Kiste.

Die Frau blieb mit ihrem Rollstuhl stehen, wo sie war, und wandte ihre Aufmerksamkeit einem Fernseher auf einer dunklen, schweren Kommode zu, in dem gerade ein Preis lief.

Fletch trat durch die einzige Tür in einen weiteren Raum, die Küche oder so etwas Ähnliches, mit einem kleinen Kühlschrank, einer Kochplatte und einem Spülbecken. Alles war schmutzig. Im Spülbekken türmten sich leere Konservendosen. Der Gestank nach Müll und Exkrementen war beißend. Auf dem Boden an der Wand lag eine Doppelmatratze ohne Kissen oder Decken.

Zwischen der Matratze und dem Kühlschrank stand ein massiger, brauner Polstersessel.

Und in dem massigen Sessel, die Arme auf den Lehnen, saß ein massiger Mann und starrte unverwandt auf die Ecke hinter der

Kochplatte. Mit der einen Hand hielt er eine halbleere Literflasche Bier fest. Sein Hemd und die schwarze Gefängniskluft waren mit Essens- und Getränkeflecken übersät.

Fletch setzte sich auf die Kante der Matratze. »Was haben Sie gemacht, seit Sie aus dem Gefängnis entlassen worden sind?«

»Diesen Sessel gekauft.« Felix Gabais' freie Hand hob und senkte sich auf die Armlehne. »Diese Matratze gekauft.« Felix sah zu der Matratze. »Bier gekauft.« Auf dem Büffet in der Ecke gegenüber dem Kühlschrank standen über zwanzig leere Bierflaschen. »Bier ist im Moment das einzige, was mich abfüllt.« Die Speckfalten in seinem Nacken ordneten sich neu, als Felix den Kopf wandte und zu Fletch herunterschaute. »Mir geht's gut, erste Woche draußen.«

»Sieht jedenfalls so aus, als hätten Sie im Gefängnis genug zu essen gekriegt.«

»Schon. Aber sie hat gelitten.« Felix kippte die Flasche auf das andere Zimmer zu. »Elf, zwölf Jahre hat sich kein Mensch um meine Schwester gekümmert. Schnorrt Essensmarken. Schickt Kinder nach Katzenfutter. Ißt Katzenfutter auf geschnorrte Essensmarken, kapiert.« Fletch nickte. »Schaun Sie sich diese Bude an. Der Hauswirt hat ihr das Wohnzimmer und das andere Schlafzimmer weggenommen. Nur, weil er sie nicht rausschmeißen konnte. Sehn Sie diese Wand da, die er gezogen hat?« Nach den Dreckschichten, die sie überzogen, vermutete Fletch, daß die Wand fast die ganzen elf Jahre dort gestanden hatte. »Nennen Sie so was gesetzlich?« Fletch enthielt sich eines Kommentars. »Was werden Sie dagegen unternehmen? Sie hat nichts Unrechtes getan. Warum soll sie leiden?«

»Haben Sie denn etwas Unrechtes getan?«

Sofort traten Tränen in Felix' Augen. »Man hätt' mich nicht ins Gefängnis stecken dürfen. Ich war krank. Wie würden Sie denn jemanden bezeichnen, der kleine Kinder belästigt?«

»Krank.«

»Klar. Die mußten mich aus dem Verkehr ziehen. Konnten mich nicht frei rumlaufen lassen. Mußten mich im Gefängnis behalten, bis ich zu nichts mehr zu gebrauchen war. Mußten mich kaputtmachen. Ich weiß trotzdem nicht übers Gefängnis Bescheid. Für 'nen kranken Menschen ist das 'ne schreckliche Beleidigung.«

»In Ihrem Prozeß haben Sie sich aber nicht darauf berufen, geisteskrank zu sein.«

»In meinem Prozeß hab' ich überhaupt nix gesagt!« Felix ließ seinen Tränen freien Lauf. »Wissen Sie, wie sich ein Angeklagter in einem

Prozeß vorkommt?« Fletch schüttelte den Kopf. »Er ist wie gelähmt. er ist geschockt von dem, was er über sich selbst hört, über die Sachen, die er gemacht hat. Alle diese Leute quatschen und quatschen über einen und über die Sachen, die man gemacht hat. Was die sagen, hat nix mit dem zu tun, was du immer über dich gedacht hast. Und die ganze Zeit, während die quatschen, biste krank. Es hat dir die Sprache verschlagen, verstehen Sie, was ich meine?«

»Ihr Anwalt war doch Donald Habeck, richtig?«

»Mr. Habeck. Genau. Ich hätt' 'ne Menge sagen können, wenn er nicht soviel gequatscht hätte. Verstehn Sie, ich hab' meine Gründe gehabt. Ich hab' meine eigene Meinung darüber gehabt. Ich hätt's erklären können.«

»Sie konnten erklären, warum Sie Kinder belästigten?«

»Ich hab' was dazu zu sagen gehabt. Ich hab' doch bloß versucht, es wiedergutzumachen an ihnen.«

»Wie haben Sie Habeck bezahlt? Wie konnten Sie ihn sich leisten?«

»Ich hab' Mr. Habeck nie bezahlt. Keinen Cent.«

»Das versteh' ich nicht. Warum hat er dann Ihren Fall übernommen?«

»Keine Ahnung. Eines Tages kommt er ins Gefängnis reinmarschiert und sagt: ›Ich bin Ihr Anwalt.‹ Er hat mich nie was gefragt. Er hat mich nie erklären lassen. Ich hätte nämlich erklären können, aus meiner Sicht, warum ich so 'n übler Kerl war. Er hat den Richter mich nie was fragen lassen. Tag für Tag hab' ich da im Gerichtssaal gehockt, während all diese Leute erschienen sind, einer nach dem anderen, und behaupteten, sie hätten mich dies und das tun sehen, die beiden Hunde, dies und das und dies und das.« Felix setzte die Flasche Bier an den Mund, trank jedoch nur einen kleinen Schluck. »Jeden Tag machten das Fernsehen und die Zeitungen eine Riesensache draus. Sie hetzten meine Schwester. Hetzten sie, bis sie verrückt wurde. Zeigten, wo wir wohnten. Zeichneten Lagepläne. Zeigten die Spielplätze, die Schulhöfe, wo ich immer die Hunde abgerichtet und die Kinder getroffen habe.« Felix weinte ausgiebig. »Die Zeitungen waren hundsgemein! Haben sie schwachsinnig gemacht!«

»Ich beginne zu verstehen.«

»Haben Sie schon mal gehört, daß die Zeitung einem den Prozeß macht?«

»Sie waren der Fall, den Habeck verlor. Haushoch verlor. Warum auch nicht? Einer, der Kinder belästigt...«

»Warum hat er das getan? Warum hat er zugelassen, daß sich die

Sache so in die Länge zog? Warum hat er ihnen alles erzählt? Warum hat er nicht mich ihnen alles erzählen lassen?«

»Er benutzte Sie zu Publicityzwecken. Durch Sie lieferte er den Beweis, daß Habeck auch mal einen Fall verlieren konnte, und das gleich haushoch. Und daß er imstande war, währenddessen jeden Tag seinen Namen in die Zeitung zu bringen. Was ich allerdings nicht verstehe, ist, wieso Sie nur elf Jahre abgesessen haben?«

»Das ist es ja gerade! Nachdem meine Schwester in der Zeitung so in die Mangel genommen worden war, nachdem man sie fertiggemacht hatte, steht dieser Mr. Habeck eines Tages im Gerichtssaal auf und sagt: ›Euer Ehren, mein Mandant ändert sein Schuldgeständnis in allen Anklagepunkten.‹«

»Wau. Und er hat Ihnen nie gesagt, daß er das vorhatte?«

»Nie! Er hat nie auch nur ein einziges Wort zu mir gesagt. Und ich hatte was dazu zu sagen. Ich wollte die Kinder doch nicht belästigen! Ich hab' ihnen doch nur zeigen wollen, daß ich sie schrecklich gern hatte!«

»Und das haben Sie ihnen zeigen wollen, indem Sie zwei Hunde auf sie losließen?«

»Klar! Sie haben die Hunde geliebt. Die Kinder kamen immer zu den Hunden!«

»Sie haben die Kinder mit den Hunden in eine Ecke getrieben.«

»Hören Sie! Haben Sie schon mal einen Schulhof gesehen? Die Kleinen stehen immer in den Ecken! Die Hunde haben sie nicht da hingebracht! Die Hunde haben sie besucht. Sie haben die Hunde gerufen!«

Fletch machte eine verärgerte, an sich selbst gerichtete Geste. »Ich habe nicht die Absicht, Sie zu quälen.«

»Ich weiß alles drüber! Ich hatte was dazu zu sagen. Sehn Sie, da war dieser Psychiater, der 'ne Menge Zeit mit mir verbracht hat, als ich das erste Mal ins Gefängnis ging. Ich hatte Schuldgefühle wegen meiner Schwester. Als wir kleine Kinder waren, hab' ich sie hinter den Wagen meines Vaters gestoßen, als er rückwärts aus der Einfahrt gefahren ist. Dadurch ist sie zum Krüppel geworden. Mein Vater drehte durch. Er ging weg. Hab' nie wieder was von ihm gehört. Verstehn Sie? Ich hab' versucht, es an den kleinen Kindern wiedergutzumachen. Ich hab' ihnen nur zeigen wollen, daß ich sie schrecklich gern hatte. Ich hab' versucht, es ihnen zu zeigen.«

»Das alles hat Ihnen ein Psychiater erzählt?«

»Hat mir geholfen, daß ich das begreife, hat er gesagt. Ich war krank. Ich hatte was zu sagen bei diesem Prozeß. Habeck hat mich einfach verarscht und den Geiern zum Fraß vorgeworfen.«

Fletch schüttelte den Kopf. »Wieso sind Sie im Gefängnis so fett geworden?«

»Weil mich keiner in den Kolonnen dabeihaben wollte. Keiner in den Arbeitskolonnen. Ich wurde zur Gefängnisfarm geschickt. Ich hab' immer in der Ecke gestanden. Die kannten alle diese scheußlichen Sachen über mich, aus den Zeitungen.« Felix Gabais schluchzte. »Wenn Mr. Habeck vorgehabt hat, dem Gericht zu erzählen, daß ich in allen Punkten schuldig war, warum hat er dann zugelassen, daß meine Schwester so lange von den Zeitungen fertiggemacht wurde?«

»Also haben Sie Habeck umgebracht?«

»Ich hab' niemanden umgebracht!« Felix funkelte Fletch mit zornigen, geröteten Augen an. »Ich mußte von der Straße geholt werden. Die Hunde waren tot! Ich mußte fertiggemacht werden!«

»Aber nicht Ihre Schwester.«

Felix zeigte mit beiden Händen auf sich. »Ich soll auf der Straße herumlaufen und jemanden umbringen? Ich bin fertig!«

»Sie sind ganz schön wütend auf Habeck.«

»Ich will nicht nutzlos auf der Straße herumlaufen! Die Matratze, diesen Sessel, die mußte ich haben. Was für 'n Tag ist heute?«

»Mittwoch.«

»Donnerstag. Morgen muß ich zum Bewährungsamt. Werden Sie mitkommen?«

»Was? Nein.«

»Meine Schwester kann nicht mitkommen. Es ist weit weg in der Innenstadt.«

Fletch stand auf. »Ich glaube, Sie sollten besser bei Ihrem Bewährungshelfer vorsprechen.«

»Sie werden nicht mitkommen?«

»Nein.«

»Was werden Sie wegen meiner Schwester unternehmen?«

»Hab' ich diese Frage schon mal irgendwo gehört?«

»Jetzt, wo Sie endlich aufkreuzen, wollten Sie bloß so dasitzen und meine Lebensgeschichte hören?«

»Ich wollte von Ihnen hören, daß Sie Donald Habeck ermordet haben.«

»Wer sind Sie?«

»I. M. Fletcher.«

»Sie sind nicht vom Sozialamt?«

»Ich sagte, daß ich von einer Zeitung bin.« Fletch stand jetzt an der Zimmertür. »Haben Sie mich denn nicht gehört?«

Felix Gabais riß die Augen auf. Er versuchte, sich aus dem riesigen Sessel zu wuchten.

Fletch sagte: »Von der *News-Tribune*.«

Felix plumpste in seinen Sessel zurück. Er wechselte die Bierflasche in die rechte Hand.

Fletch hechtete durch die Tür. In dem dunklen, vorderen Zimmer prallte er mit Therese Gabais' Rollstuhl zusammen.

Die Bierflasche krachte gegen den Türrahmen.

Therese Gabais sagte: »Mein Bruder mag die Zeitungen nicht.«

»Ich verstehe.«

»Gibt ihnen an allem die Schuld«, sagte Therese Gabais.

Fletch flitzte die Twig Street hinunter und hechtete in seinen Wagen.

Gerade als er die Wagentür öffnete, hatte Fletch gesehen, wie das von Biff Wilson benutzte Auto mitsamt seinen Scheinwerfern, Antennen und NEWS TRIBUNE-Aufschriften vor dem Haus Numer 45447 stoppte.

37

»555-2900.«

Es war Punkt halb eins.

Es gab viele Orte, die Fletch seiner Meinung nach tunlichst meiden sollte. Sein Appartement war einer davon. Die *News-Tribune* ein anderer. Auf den Straßen herumzufahren, hielt er ebenfalls für unklug – da ihm die Polizei zusammen mit seiner Brieftasche und den Schlüsseln ja nicht nur den Führerschein und die Fahrzeugpapiere abgenommen hatte, sondern auch dazu neigte, ihn als Alexander Liddicoat, den Räuber, zu identifizieren, und ihn obendrein wahrscheinlich noch als Irwin Maurice Fletcher, den Angel-Dust-Verkäufer, suchte.

Daher fuhr Fletch, nachdem er beobachtet hatte, wie Biff Wilson sich aus seinem Wagen schälte, sein Jackett zuknöpfte und ins Haus Nummer 45447 Twig Street schlurfte, auf das Gebrauchtwagengelände. Er parkte seinen Datsun 300 ZX in der vorderen Reihe der Gebrauchtwagen, mit der Schnauze zur Straße. Alle anderen Autos in der Reihe waren nicht nur größer als seins, sondern auch noch neuerer und sauberer.

Verkäufer waren keine zu sehen. Zweifellos legten sie gerade eine Pause ein, um ihr Lächeln wieder aufzupolieren und bei Suppe und Sandwiches einen Plausch zu halten.

Fletch entfernte ein Pappschild von der Windschutzscheibe eines anderen Wagens und klemmte es an seinen eigenen. Auf dem Schild stand: ZU VERKAUFEN! $ 5000 UND DIESER WAGEN GEHÖRT IHNEN!

Getarnt hinter dem Zu-verkaufen-Schild konnte Fletch sowohl seine Telefonanrufe erledigen, als auch das Haus Numer 45447 Twig Street beobachten.

Cindy meldete sich sofort. »Fletch?«

»Geht's dir gut?«

»Klar. Warum nicht?«

»Tut mir leid wegen der Pizza gestern abend.«

»Ist doch typisch Mann, oder nicht? Erst mit Frauen zu verhandeln und sie dann zu versetzen, ohne sich an die beiderseitigen Vereinbarungen zu halten? Ich meine, selbst wenn nur vereinbart war, Pizzas zurückzubringen? Mich hat's nicht überrascht. Barbara ließ natürlich die Bemerkung fallen, daß sie sowohl hungrig als auch von dir enttäuscht wäre.«

»He, Cindy. Nicht böse sein. Wenn du wüßtest, was passiert ist –«

»Das will ich gar nicht wissen. So, wie ich die Männer kenne, sind sie ebensowenig imstande, Frauen die Wahrheit zu sagen, wie Schlangen imstande sind, einen vierstimmigen Satz zu singen.«

»Du hast aber 'ne Menge Schlangen kennengelernt.«

»Das hier tu' ich nicht für dich, Fletcher, sondern für Barbara.«

»Hochzeitsgeschenke sind doch für Braut und Bräutigam bestimmt, oder irre ich mich da? Ich dachte immer, deswegen wären unter den Päckchen so häufig Ruten und Rollen zu finden.«

»Es ist wirklich unser aller Pflicht, den Männern zu schenken, was immer ihr kleines Herz begehrt, damit ein paar der guten Dinge dieser Welt auf ihre Ehesklavinnen herabtröpfeln. So funktioniert die Welt doch, oder?«

»Du tust's, um Marta in die Pfanne zu hauen.«

»Das auch.«

»Wo bist du?«

»Geht dich nichts an.«

»Cindy, ich möchte doch nur sichergehen, daß du von einem sicheren Apparat aus sprichst. Daß niemand mithören kann.«

»Es hört niemand mit.«

»Gut. Wem gehört der Ben Franklyn Freundservice?«

»Also schön. Der Waldnymphe-Aktiengesellschaft, wie ich schon sagte. Ich kam heute morgen an den Aktenschrank in Martas Büro heran. Sie hatte heute morgen überwiegend am Empfang zu tun. Ich fand Hinweise auf zwei weitere Gesellschaften. Eine heißt Cungwell Pfannen –«

»Sehr komisch.«

»Zum Totlachen. Die andere heißt Lingman Spielwaren AG.«

»Da hat jemand Sinn für Humor. Welche Verbindung besteht zwischen diesen drei Gesellschaften?«

»Das weiß ich nicht. Oder hast du vielleicht erwartet, daß in Martas Büro der haarkleine oder vollständige Beweis für die Eigentumsverhältnisse herumliegt? Ich nicht.«

»Nein. Aber damit haben wir mehr in der Hand als vorher, schätze ich.«

»Meiner Meinung nach sind Cungwell Pfannen und Lingman Spielwaren die Investoren, die Eigner von Waldnymphe.«

»Irgendein Hinweis auf die Vorstandsmitglieder der jeweiligen Gesellschaften?«

In der Twig Street stürzte Biff Wilson aus dem Haus Nummer 45447. Er knallte die Tür hinter sich zu und stolperte rückwärts schauend die Treppe hinunter.

»Marta. Präsidentin der Waldnymphe, Vizepräsidentin sowohl von Cungwell Pfannen als auch von Lingman Spielwaren. Präsidentin von Cungwell Pfannen ist eine Marietta Ramsin.«

Die Tür des Hauses Nummer 45447 in der Twig Street öffnete sich erneut. Felix Gabais, eine leere Bierflasche wie einen Football in der Hand, stand auf dem Treppenabsatz. Er war wirklich ein massiger Mensch.

Felix schleuderte die leere Flasche hinter dem fliehenden Biff Wilson her.

Die Flasche traf Biff am Ohr. Sie fiel in den Rinnstein und zerschellte.

»Scherzbolde, wo man hinschaut«, sagte Fletch.

»Und Präsidentin von Lingman Spielwaren ist eine Yvonne Heller. Finanzdirektor all dieser Gesellschaften ist ein Mann namens Jay Demarest. Den kenne ich.«

»Tatsächlich?«

Das Erdgeschoßfenster von 45447 Twig Street ging auf, und Therese Gabais lehnte sich, soweit ihr Rollstuhl es zuließ, heraus. Sie schüttelte drohend den Arm und rief Biff auf der Straße etwas zu.

»Tatsächlich. Kommt ständig vorbei. Führt sich auf, weißt du, als ob der ganze Laden nur für ihn da wäre. Bekommt nie eine Rechnung. Trainiert, kriegt alles, was er will.«

»Was ist er für ein Typ?«

Nun beugte sich Felix, soweit es seine Körperfülle zuließ, über den Rinnstein und sammelte die Scherben seiner Bierflasche ein.

»In den zwei Jahren, die ich ihn jetzt kenne, hat er sich eigentlich recht gut in Form gebracht, in der einen wie der anderen Beziehung. Er ist ungefähr Mitte Dreißig, nicht verheiratet.«

»Warum sollte er auch heiraten, bei den Freunden, die er hat?«

»Was?«

Den Kopf zur Seite geneigt, die Hand gegen sein verwundetes Ohr gepreßt, machte Biff auf dem Absatz kehrt, um Felix anzugreifen.

Felix schleuderte Biff die Glasscherben ins Gesicht.

»Nichts.«

»Wenn er verabredet war, bin ich sogar mit ihm ausgegangen, als Begleiterin. Wenn er Freunde zum Dinner ausführte, so was in der Richtung.

»Was sind seine Freunde für Typen?«

Während die Geschwister Gabais von der Straße und vom Fenster aus hinter ihm her geiferten, hastete Biff in seinen Wagen.

»Verlierer. Du weißt, was ich meine? Leute, die glauben, daß sie ihre Lügen bloß in ein ordentliches System zu bringen brauchen, um ganz groß rauszukommen und so gut wie andere Leute zu sein.«

»Glaubst du, daß Jay Demarest einer der wirklichen Eigentümer ist?«

Biff schien Schwierigkeiten zu haben, seinen Wagen in Gang zu bringen.

Alle Lampen an dem *News-Tribune*-Wagen begannen zu schwirren und zu blinken.

»Ich glaube, daß er die Bücher führt und das Elchhornmehl bestellt. Der Sündenbock.«

»Der es sich ein paar Jahre gutgehen lassen darf und für die wirklichen Eigentümer den Kopf hinhalten soll.«

Jetzt traktierte Felix den Wagen. Er trat so hart gegen den linken hinteren Kotflügel, daß der Wagen schaukelte und eine stattliche

Beule zurückblieb. Dann wuchtete er sich, die Arme an den Fäusten verbunden, mit seinem ansehnlichen Gewicht auf den Kofferraum des Wagens und dellte ihn ein.

»Genau. Er und Marta sollten lieber nicht so auf dem hohen Roß sitzen. Ich glaube, daß sie beide nur Angestellte sind.«

Der Motor von Biffs Wagen heulte auf.

»Wann kannst du das restliche Zeug für mich haben?«

Mit zwei Beulen, schwirrenden und blinkenden Lampen und schlitterndem Heck flüchtete Biffs *News-Tribune*-Wagen die Straße hinunter.

Ein Stein, den Felix schon in der Hand bereithielt, holte ihn ein und zerschmetterte die Heckscheibe.

Als er um die Ecke am anderen Straßenrand schlitterte, stieß Biff um ein Haar mit einem Bus zusammen.

»Jaja«, sagte Fletch. »Das Reporterleben hat nun mal seine Höhen und Tiefen, seine Haken und Ösen.«

»Was?«

Während sich Felix und Therese Gabais langsam, widerwillig, in ihre Hoffnungslosigkeit zurückzogen, brüllten sie und schüttelten ihre Fäuste immer wieder zu der Straßenecke hin, um die Biff verschwunden war.

»Wann kannst du das andere Zeug haben?«

»Du kannst dich mit mir treffen, wann du willst, ich werde fertig sein. Ich stelle gerade eine Liste der Dienstleistungen und Gebühren zusammen. Ich habe die Namen und Adressen einiger Kunden. Ich habe sogar einige der Standfotos und Videobänder für dich geklaut.«

»Großartig! Auch welche von Marta?«

»Klar. Sie läßt es sich nicht nehmen, hin und wieder selbst eine Nummer abzuziehen. Da hat sie ihren Stolz.«

»Mit Jay Demarest?«

»Na klar. Die hat Marta wahrscheinlich aufgenommen, um Jay bei der Stange zu halten, falls es mal erforderlich werden sollte. Reizende Dame, was? Sitzen alle miteinander in derselben Jauchegrube.«

»Ich möchte nicht, daß du dich in Gefahr bringst, Cindy.«

»Keine Bange. Wo gehobelt wird, fallen nun mal Späne.«

»Wie? Richtig! Klar. Vermutlich. Bist du auch später noch unter dieser Nummer zu erreichen?«

Fenster und Haustür von Nummer 45447 Twig Street waren jetzt geschlossen. Therese und Felix Gabais hatten sich wieder in ihre eigene Trübsinnigkeit vergraben.

»Wenn nicht, dann komme ich irgendwann zurück. Ruf mich nicht bei Ben Franklyn an.«

»'türlich nicht. Marta würde mich doch fragen, wann ich zur Arbeit erscheine.«

Auf der Straße vor Fletch zog langsam ein Polizeiwagen vorbei.

Alston Chambers sagte: »Gut, daß du anrufst. Ich hab' überall versucht, dich zu erreichen. Aber in deinem Appartement meldet sich niemand, dein Autotelefon hat sich nicht gemeldet. Kein Mensch in der Zeitung scheint zu wissen, wo du steckst. Ich hab' ein paar Neuigkeiten für dich. Bei der Gelegenheit, wo steckst du eigentlich?«

»Im Augenblick verstecke ich mich auf einem Gebrauchtwagengelände, verkleidet als zufriedene Schaufensterpuppe in einem Datsun 300 ZX.«

»Hätte ich mir eigentlich denken können.«

»Du mußt mir ein paar Gefälligkeiten erweisen, alter Kumpel.«

»Warum sollte ich? Bringe ich dich denn am Samstag nicht schon unter die Haube oder so was in der Art?«

»Weil ich herauszufinden versuche, wer deinen Boss ermordet hat, alter Kumpel.«

»Ist nicht mal hier ein Diskussionsthema. Ein Haufen kaltschnäuziger Schweinehunde. Keinen Menschen bei Habeck, Harrison und Haller wird es interessieren, wer Donald Habeck ermordet hat, sofern und bis sie nicht die Verteidigung des Angeklagten kriegen, immer vorausgesetzt, daß er oder sie reich ist oder der Publicity nützt. Bei der Gelegenheit, wer hat denn nun eigentlich Donald Habeck ermordet?«

»Man kann sich doch immer wieder darauf verlassen, daß du die naheliegende Frage stellst.«

»Das liegt an meiner juristischen Ausbildung.«

»Ich weiß nicht, wer Donald Habeck getötet hat. Mittlerweile habe ich mich mit jedem Mitglied der Familie Habeck befaßt, und ich glaube, daß einer von ihnen es getan haben könnte und es auch getan hätte, wenn, und das ist ein großes Wenn, einem von ihnen bekannt gewesen ist, daß Habeck die Familie zugunsten des Museums und des Klosters enterben wollte.«

»Kloster! Was zum Teufel redest du da?«

»Richtig, das hatte ich ganz vergessen. Wir haben ja schon eine Weile nicht mehr miteinander geredet. Ob du's glaubst oder nicht, alter Sportsfreund, ich bin überzeugt, daß ein Lügner dieses eine Mal die Wahrheit gesagt hat.«

»Und niemand hat ihm geglaubt?«

»Natürlich nicht. Ich bin überzeugt, daß Donald Habeck tatsächlich den Wunsch hatte, dem Museum fünf Millionen Dollar zu schenken, und daß er, erfahren im Umgang mit der Presse, das Museum durch die Presseankündigung in die peinliche Lage versetzen wollte, das Geschenk annehmen und versprechen zu müssen, es zum Aufbau einer Sammlung zeitgenössischer religiöser Kunst zu verwenden. Und ich und die *News-Tribune* dienten bei diesem durchtriebenen Habeck-Plan unwissentlich als Werkzeuge.«

»Wenn du einmal in deinem Leben die Wahrheit sagst, wird aus dir aber noch kein Mönch. Oder?«

»Ich bin überzeugt, daß Donald Habeck den Wunsch hatte, in ein Kloster einzutreten. Und falls man überhaupt einer meiner geisteskranken und anderen unzuverlässigen Quellen Glauben schenken kann, dann ist diese Überzeugung berechtigt. Im Verlauf der Jahre hat er sich in Religion unterweisen lassen. Er hat sich nie von der einzigen Ehefrau, die er jemals hatte, scheiden lassen. Der ist schon vor Jahren ein lebenslanger Platz in einer Anstalt gestiftet worden. Möglicherweise hat Donald versucht, sich auf diese Weise mit seinem Sohn, einem Mönch, zu verbünden. Möglicherweise hatten beide den gleichen Instinkt. Möglicherweise, was ja manchmal vorkommt, hat der Sohn, in der Meinung, gegen seinen Vater zu rebellieren, instinktiv und unabsichtlich die geheimsten Wünsche seines Vaters erahnt und erfüllt. Habeck hat natürlich auch nicht gelogen, als er sagte, daß ›kein Hahn nach ihm krähen‹ würde. Es hat nämlich kein Hahn nach ihm gekräht. Hinzu kommt, daß der selige Habeck russische Romane gelesen hat, in denen es von Ikonen nur so wimmelt und das Thema des Sichzurückziehens sehr ausgeprägt ist, insbesondere bei Dostojewski.«

Es entstand eine lange Pause, bevor Alston als nächster sprach. »Ähmm, Fletch?«

»Ja, Alston?«

»Bist du ebenfalls davon überzeugt, daß du dich in dieser Sache an die bewährten polizeilichen Ermittlungsmethoden hältst?«

»Selbstverständlich. Warum denn nicht?«

Alstons Stimme schien aus weiter Ferne zu kommen. »Ich habe noch nie gehört, daß die Polizei die jüngste Lektüre des Opfers als Beweis für irgendwas betrachtet hat.«

»Warum denn nicht? Gibt es eine bessere Möglichkeit, die Gedanken eines Menschen zu erfahren?«

»Zurück zu harten Fakten.« Alstons Stimme wurde wieder kräftiger.

»Bist du sicher, daß Habeck und Jasmine nie geheiratet haben?«

»Donald und Louise wurden nie geschieden. Ich weiß, daß Jasmine nicht Mrs. Habeck ist. Ich weiß, daß sie nicht einmal Jasmine ist. Womit ich zu einer deiner Gefälligkeiten komme, um die ich dich bitten möchte, alter Kumpel.«

»Jasmine ist nicht was?«

»Sie meint, daß sie im Federal Witness Protection Program ist. Genauer gesagt, während sie in einem Prozeß in Miami als Zeugin aussagte, hat sich Donald Habeck heimlich mit ihr aus dem Staub gemacht.«

»Mitten in ihrer Zeugenaussage?«

»Ich glaube schon. Donald hat offensichtlich bei ihr den Eindruck erweckt, daß sie mit ihrer Aussage fertig wäre, daß sie gehen könnte und daß er so was wie eine Amtsperson wäre. Jasmine hat ein einzelliges Gehirn. Sie glaubte ihm, weil er Anwalt war, weil er nett zu ihr war, auf seine Weise, und weil er einen hübschen Anzug trug.«

»Er hatte wirklich hübsche Anzüge«, sagte Alston nachdenklich.

»Nur rein äußerlich betrachtet. Würdest du bitte einen Bundeskriminalbeamten bitten, sich mit ihr im Palmiera Drive in Verbindung zu setzen und zu versuchen, ihr Leben für sie in Ordnung zu bringen? Vielleicht hat sie ja immer noch Beweise, für die sich die Gerichte in Miami interessieren würden, vielleicht auch bestimmte Stellen im Norden und Westen.«

»Das nennst du eine Gefälligkeit? Klar. Bin immer froh, wenn ich mich mit dem FBI gutstellen kann. Meine Neuigkeit lautet, daß Donald Habeck tatsächlich ein Testament gemacht hat, wurde vor fünf Jahren ausgearbeitet und seither nicht geändert.«

»Und dieses Testament ist immer noch gültig?«

»Ja. Es bestimmt, daß alles direkt an die Kinder von Nancy Habeck und Thomas Farleigh geht, sobald sie volljährig werden.«

»Wau! Diese Schusterkinder haben Schuhe. Beziehungsweise werden welche haben.«

»Nicht ungewöhnlich, alles direkt den Enkelkindern zu hinterlassen.«

»Du hast nicht erlebt, wie sich diese Enkelkinder wegen eines lauten Spielzeugpanzers prügelten.«

»Rabauken, was?«

»Mit einer Erbschaft wären diese Bälger imstande, eine Gewalttätigkeit zu entfalten, die die westliche Welt, wie wir sie kennen, in Angst und Schrecken versetzen könnte.«

»Großartig. Klingt, als könnten sie alle mal Anwälte gebrauchen.«
»Von der einen oder anderen Sorte.«
»Und du meinst nicht, daß ihr Papa, der Poet der Gewalt, ihren Großpapa umgelegt hat?«
»Das einzige, was Tom Farliegh wirklich hervorragend kann, ist, seinen Bälgern Matsch in den Rachen zu stopfen.«
»Wie war das?«
»Gewalttätigkeit liegt nicht in Tom Farleighs Natur. Er borgt sie sich von seinen Schwiegereltern.«
»Und ich hatte gehofft, du würdest diesen Affen festnageln. Dann hat also keiner von der Familie Habeck umgelegt?«
»Jeder von ihnen könnte es getan haben, eingeschlossen Louise, eingeschlossen Nancy, sogar eingeschlossen der Sohn, Robert, der Mönch ist. Jeder hat auf ihre oder seine Weise das Gefühl zum Ausdruck gebracht: *Zur Hölle mit Donald Habeck*. Zwei Aspekte, einer wichtig, einer weniger wichtig, machen mir zu schaffen. Der wichtige ist, daß ich nicht nachweisen kann, daß einer von ihnen vor dem Mord an Donald wußte, daß dieser vorhatte, sie zugunsten eines Museums und eines Klosters zu enterben. Natürlich ist es schwer zu beweisen, was Leute wissen und wann sie es erfahren haben. Aber wie kann man ihnen keinen Glauben schenken, wenn die Ehefrau in einer Anstalt, die Tochter in einem Schweinestall und der Sohn in einem Kloster lebt, und jeder von ihnen sagt, sie oder er hätten nichts von der Veränderung in Donalds Leben und seinen Plänen für den Todesfall gewußt?«
»Ein Anwalt glaubt nie jemandem, und das ist die Wahrheit.«
»Das Ulkige, was mir zu schaffen macht, ist, wie diese Leute von einem Ort zum anderen kommen. Kannst du dir vorstellen, daß keiner von ihnen, und das in der heutigen Zeit, ein Auto hat? Das Auto der Farleighs ist nur ein weiteres kaputtes Spielzeug auf dem Stück Gras vor ihrem Haus. Roberts Benutzung von Fortbewegungsmitteln ist begrenzt. Louise setzt sich in fremde Autos, bis ihre Besitzer zurückkommen und sie schließlich dorthin bringen, wo sie gerade hin will. Keiner scheint fähig zu sein, Dinge, wie zum Beispiel einen Mord, zeitlich genau zu planen. Ich glaube zwar nicht, daß der Mörder auf den Parkplatz der *News-Tribune* fuhr, aber wie sind er oder sie ohne Auto dann dahin gekommen?«
»Nimm's mir nicht übel, wenn ich das sage, Fletch, aber es gibt noch andere Richtungen, in denen Ermittlungen angestellt werden müssen. Ich hoffe, du läßt der Polizei noch etwas Arbeit übrig. Du kannst

mich jetzt einen krummen Hund schimpfen, aber Habecks Partner zum Beispiel.«

»Du hast ja recht. Aber die Familie kam zuerst dran. Donald Habeck war im Begriff zu verkünden, daß er sie enterben wollte. Das ist doch ein einwandfreies Mordmotiv, oder etwa nicht?«

»... Die Liste seiner momentanen und früheren Mandanten ...«

»Ja, Gabais habe ich besucht. Habeck hat ihn zu Publicityzwecken benutzt; hat, mit Gabais Worten gesprochen, nicht nur ihn, sondern auch seine verkrüppelte Schwester fertiggemacht. Haßt Habeck. Aber ich glaube nicht, daß Gabais sich dazu aufraffen konnte, einen Mord zu begehen. Ich glaube, daß er mit seinem Leben so ziemlich abgeschlossen hat, als er die eingeschlagenen Schädel seiner Hunde sah.«

»... Stuart Childers.«

»Richtig. Erzähl mir was über ihn. Wie überzeugend war der Beweis, daß er seinen Bruder getötet hat?«

»Sehr überzeugend, aber leider alles freiwillig gestanden. Ich habe die Akte hier irgendwo in meinem Schreibtisch. Dachte mir schon, daß du sie haben möchtest. Hier ist sie. Richard war der ältere Bruder, ungefähr zwei Jahre älter. Ein Playboy wie er im Buche steht. Hat nie geheiratet, nie gearbeitet, hat auf Kosten seiner Eltern gelebt, sich bei der Jachtschickeria herumgetrieben, pro Jahr einen Sportwagen zu Schrott gefahren. In seinem letzten Autowrack wurde das Mädchen, das ihn begleitete, getötet. Im Laufe der Jahre wurde ihm mehrmals der Besitz von kleinen Mengen verbotener Substanzen zur Last gelegt, zweimal Vaterschaft, Vandalismus, ein Fall von Brandstiftung. Er versuchte, einen Bootsschuppen niederzubrennen. Seine Eltern haben ihn immer wieder herausboxen können.«

»Mit Hilfe von Habeck, Harrison und Haller?«

»Ja. Daher weiß ich's ja.«

»Reiche Eltern?«

»Du hast sicher schon von Childers Versicherungen gehört. Größte, älteste, reichste Versicherungsagentur der Stadt.«

»Am City Boulevard, richtig?«

»Dort ist das Hauptbüro, ja. Stuart, andererseits, war der gute Sohn, pflichtbewußt, fleißig, all das, nie irgendwelche Probleme, Collegeabschluß mit Auszeichnungen, arbeitete jeden Sommer seit seinem sechzehnten Lebensjahr für Childers Versicherungen, trat im November nach seiner Graduierung als autorisierter Makler in die Firma ein.«

»Guter Sohn, böser Sohn, blabla«, sagte Fletch.

Vor ihm auf der Straße zog wieder ein Polizeiwagen langsam vorbei.

»Nach dem letzten Schrottauto, in dem das Mädchen umkam, haben Mama und Papa Childers ihren Richard vor die Tür gesetzt. Von der Familie bekam er keinen Penny mehr. Er sollte sich bewähren, sich einen Job besorgen, sich aus Schwierigkeiten raushalten, et cetera, et cetera.«

»Ungefähr an dieser Stelle gibt's in solchen Geschichten immer ein *statt dessen*.«

»Statt dessen bewährte sich Richard, indem er seinen Bruder erpreßte. Oder es zumindest versuchte.«

»Was hatte Stuart denn angestellt?«

»Sich seine akademischen Weihen erschwindelt. Hatte irgendeinen Dozenten dafür bezahlt, daß er ihm seine Examensarbeit schrieb. Richard hatte das College natürlich nie mit einem akademischen Titel abgeschlossen, besaß jedoch noch Kontakte dorthin, kannte den Dozenten et cetera.«

»Und der Gedanke, bloßgestellt zu werden, insbesondere vor seinen Eltern, sich als keinen Deut besser als sein Bruder zu erweisen, machte Stuart wahnsinnig.«

»So behauptete er.«

»Wer?«

»Stuart. Richard wurde tot auf dem Gehweg vierzehn Stockwerke unterhalb der Terrasse seines Appartements gefunden. Es gab jede Menge Beweise dafür, daß in dem Appartement ein Kampf stattgefunden hatte, umgekippte Stühle, Tische, Glasscherben et cetera. Stuarts Fingerabdrücke wurden in dem Appartement gefunden. Andere auch. Wegen Richards abenteuerlichem Bekanntenkreis lautete das Ergebnis der gerichtlichen Untersuchung: Tod durch eine oder mehrere unbekannte Personen.«

»Ich weiß, daß Stuart gestanden hat.«

»Laut und deutlich. Er spazierte eines späten Nachmittags ins Polizeirevier, sagte, daß er ein Geständnis ablegen wollte, wurde über seine Rechte belehrt, in einen Raum gebracht, wo er sein Geständnis auf Tonband sprach, wartete, bis das Geständnis abgetippt war, und es dann unterschrieb.«

»Auftritt Donald Habeck.«

»Donald Habeck trat augenblicklich auf, sobald die Childers erfahren hatten, daß ihr Sohn auf dem Revier war und den Mord an seinem Bruder gestanden hatte. Habeck ordnete eine sofortige Blutprobe an.

Offensichtlich hatte Stuart sich an diesem Tag mit fast einem Liter Gin Mut angetrunken, bevor er sich zu seinem Geständnis auf den Weg machte.

»Also taugte das Geständnis nichts?«

»Die Bullen wußten nicht nur, daß er betrunken war, während er das Geständnis ablegte, sie versorgten ihn sogar noch mit Drinks. Whiskey, um ihn während des Geständnisses und vor seiner Unterschrift am Leben zu halten.«

»Wie konnten sie bloß so dämlich sein?«

»Die Bullen versuchen zu kriegen, was sie kriegen können, bevor der Anwalt auftaucht. Und dabei unterlaufen ihnen dann gewöhnlich die Fehler.«

»*In vino vertias* ist also kein Grundsatz des Gesetzes, was?«

»Ich lese dir mal vor, was in Habecks Handschrift in der Akte steht: ›*Im Gericht Stuart sediert halten.*‹«

»Sie haben ihn unter Drogen gesetzt.«

»Ganz recht.«

Fletch fiel ein, was Felix Gabais gesagt hatte: *Wissen Sie, wie sich ein Angeklagter in einem Prozeß vorkommt? Er ist wie gelähmt . . . Was die sagen, hat nix mit dem zu tun, was du selbst immer über dich gedacht hast . . . Es hat dir die Sprache verschlagen.* Möglicherweise hätten sie sich gar keine Sorgen machen brauchen.«

»Das Gericht hielt das Geständnis für unzulässig. Und obwohl bekannt war, daß Richard und Stuart nicht gerade Freunde waren, machte Habeck klar, daß Fingerabdrücke einer Person, die im Appartement gefunden wurden, keine ausreichende Grundlage für eine Mordanklage seien, vor allem dann nicht, wenn sich dort viele, nicht zu identifizierende Fingerabdrücke fanden.«

»Du sagtest doch, daß jeder ein Recht auf die bestmögliche Verteidigung hat.«

»Selbstverständlich.«

»Sogar gegen seinen Willen?«

»Das weiß ich nicht. Habeck brauchte in diesem Fall ja nichts weiter zu tun, als die Frage des berechtigten Zweifels aufzuwerfen, und genau das hat er auch getan.«

»Stuart Childer hat aber doch gestanden!«

»Eben, Fletch.«

»Was?«

»Eben, Fletch . . . Hast du immer absolut alles, was du in betrunkenem Zustand gesagt hast, auch wirklich so gemeint?«

»Aber sicher!«

»Wenn ich dir glaubte, würde ich nicht mit dir reden. Oder du mit mir.«

»Im *vino* liegt also doch ein Körnchen Wahrheit?«

»Unzulässig. Vor allem, wenn der *vino* aus dem Spind eines Bullen stammt.«

»Ich geb's auf.« Am Rande des Gebrauchtwagengeländes warf ein Mann mit einsatzbereitem Lächeln und lavendelfarbener Krawatte ein Lunchpaket aus einem Schnellimbiß in einen Abfallbehälter. »Um nichts unversucht zu lassen, sollte ich wohl besser Stuart Childers aufsuchen. Die Bullen werden ihm nicht noch einmal zuhören.«

»Vielleicht gesteht er ja nur deswegen ständig jedes Verbrechen in der Stadt, weil er sich noch einen Gratisdrink auf dem Polizeirevier erhofft.«

»Ich muß dir eine Geschichte erzählen.«

»Keine Geschichten mehr.«

»Du liebst doch Geschichten über Rechtsanwälte.«

»Nicht mehr, nein.«

»Mir fiel ein, daß in alten Zeiten, als mein Großvater Anwalt in Nordkalifornien war, die Anwälte ihre Honorare mehr nach dem Fall als nach der Arbeitszeit zu berechnen pflegten. Deshalb sägten sie in ihren Büros ein Stücken von den Vorderbeinen der Stühle ab, auf denen die Mandanten saßen. Du weißt schon, damit sie gezwungen waren, sich vorzubeugen, ihren Fall vorzutragen und wieder zu verschwinden.«

»Was ist daran komisch? Die Stühle in modernen Schnellimbissen haben die gleiche Form.«

»Das Komische daran ist, daß sich alle Anwälte, als sie anfingen ihre Honorare nach der Arbeitszeit anstatt nach dem Fall zu berechnen, neue Stühle für ihre Mandanten kauften und ein Stück von den Hinterbeinen absägten. Verstehst du? Damit sich die Mandanten entspannten und über ihren letzten Urlaub redeten.«

Der Autoverkäufer stand jetzt auf dem Gehweg und hielt, die Arme in die Seiten gestemmt, das Lächeln einsatzbereit, nach einem Käufer Ausschau.

Fletch räusperte sich, während Alston lachte. »Die zweite Gefälligkeit, alter Kumpel ...«

»Ja?«

»Wäre eine echte Gefälligkeit. Drei Aktiengesellschaften mit den

Namen Waldnymphe, Cungwell Pfannen und Lingman Spielwaren ...«

»Ich glaube nicht, daß sie an der Börse sind.«

»Nicht mal an der Puppenbörse. Ich muß ihre Beziehung zueinander wissen. Und, was am wichtigsten ist, wem sie gehören.«

»Ich stelle das sofort fest.«

»Nicht nötig. Irgendwann innerhalb der nächsten halben Stunde langt.«

»Nein. Ernsthaft. Ich erledige das sofort.«

Der Verkäufer entdeckte Fletch, der in dem Datsun saß. »Hat Habeck, Harrison und Haller keine andere Beschäftigung für dich?«

»Nicht mehr. Ich bin vor einer Stunde aus Habeck, Harrison und Haller ausgetreten.«

»Was?«

Alston hatte aufgelegt.

»Nun. Wie gefällt er Ihnen?« fragte der Gebrauchtwagenverkäufer Fletch durch das Seitenfenster des Wagens.

»Wer?« fragte Fletch.

»Der Wagen. Wollen Sie ihn kaufen?«

»Ich kann ihn nicht ausstehen.« Fletch drehte den Zündschlüssel im Schloß herum. »Hören Sie sich doch das mal an! Der Auspuff ist total im Eimer!«

Zur Verblüffung des Gebrauchtwagenhändlers legte Fletch den Gang ein und röhrte vom Parkplatz herunter auf die Straße und weg. Das Zu-verkaufen-Schild fegte von der Windschutzscheibe und landete, nicht weit entfernt von den Füßen des Verkäufers, auf dem Gehweg.

38

»Sie sind von der *New-Tribune*?« Stuart Childers machte, wie er da in Straßenanzug und Krawatte hinter seinem Holzschreibtisch saß, einen jungen und gepflegten Eindruck. Er machte eigentlich auch einen gesunden Eindruck, wenn da nicht die Säcke unter seinen Augen gewesen wären, die auf schlaflose Nächte schließen ließen. Seine Zähne nagten ständig an seinen Lippen.

»Ja. Name Fletcher.«

»Ich nehme an, daß Sie mich nicht wegen einer Versicherung aufsuchen, oder?«

»Nein. Deswegen nicht. Der Portier in Ihrem Appartementhaus sagte, daß Sie hier in Ihrem Büro wären.«

»Vielleicht sind Sie die Antwort auf ein Gebet.« Stuart Childers nahm einen Revolver Kaliber 22 aus der obersten Schublade seines Schreibtisches und legte ihn mitten auf die Schreibtischunterlage vor ihm. »Wenn ich nicht heute bis fünf Uhr wegen Mordes verhaftet werde, beabsichtige ich mir eine Kugel in den Kopf zu jagen.«

»Das ist ja eine tolle Drohung.« Fletch saß in einem Stuhl gegenüber dem Schreibtisch. Er zitierte: »›Wenn die Götter uns bestrafen wollen, erhören sie unsere Gebete.‹«

Das Büro war klein, aber mit echtem Holz getäfelt. Auf dem Boden lag ein türkischer Teppich.

»Sie wollen herausfinden, wer Donald Habeck ermordet hat, stimmt das?« fragte Childers.

»Das ist Aufgabe der Polizei und der Gerichte«, antwortete Fletch.

»Der Polizei!« höhnte Childers. »Der Gerichte! Oh, mein Gott!«

»Ich will die Story«, sagte Fletch. »Ich bin Journalist. Mein persönliches Ziel ist, Donald Habeck zu verstehen, so gut wie möglich, und warum er ermordet wurde.«

»Sind Sie schon weit gekommen?«

»Ja. Ich habe schon einige gute Hintergrundinformationen sammeln können.«

Childers betrachtete nachdenklich die Waffe auf seinem Schreibtisch. »Ich habe Donald Habeck ermordet.«

»Was Sie nicht sagen.«

»Die Polizei wollte mich nicht anhören.«

»Sie haben schließlich alles gestanden, was in den letzten zwei Monaten in dieser Gegend passiert ist.«

»Ich weiß«, sagte Childers. »Das war ein Fehler.«

Flecht zuckte die Achseln. »Wir machen alle mal Fehler.«

»Meinen Sie denn nicht auch, daß wir bestraft werden müssen?« An seinen Lippen nagend, sah Childers Fletch antwortheischend an, wartete. »Denn wenn wir für das Unrecht, das wir begangen haben, bestraft werden, können wir wenigstens in Frieden mit uns leben und sterben.« Er wedelte mit den Fingern zu der Waffe. »Einfach nur Päng zu machen, ist nicht die bessere Lösung.«

Fletch sagte immer noch nichts.

»Was wissen Sie über den Tod meines Bruders?«

»Ich weiß, daß Sie betrunken waren, als Sie bei der Polizei ein

Geständnis ablegten. Ich weiß, daß Habeck Sie während des Prozesses unter Drogen hielt.«

»Ja. Tranquilizer. Habeck sagte, daß er sie allen seinen Mandanten während eines Prozesses verabreicht. Ich hatte keine Ahnung, wie stark sie waren. Der Prozeß zog wie im Nebel an mir vorüber, wie ein Schnellzug.« Childers Zähne traktierten seine Lippen. »Ich habe meinen Bruder ermordet.«

»Das nehme ich an«, sagte Fletch.

»Wie kann man das verzeihen?« Wieder schien er Fletch eine echte Frage zu stellen. »Richard sagte, daß er mich erpressen wollte, weil er Geld brauchte, um sein ausschweifendes, verantwortungsloses Leben weiterführen zu können. Aber selbst wenn ich ihn bezahlt hätte, hätte man sich nicht darauf verlassen können, daß er seinen Mund hielt. Sein Bedürfnis, mir weh zu tun und auch meinen Eltern, war zu stark. Mein Fehler war, daß ich entsetzt war über die Drohung, daß das College, die Leute, meine Eltern erfahren würden, daß ich geschwindelt, einen Dozenten angeheuert hatte, um meine Examensarbeit zu schreiben. Ich ging zu Richards Appartement. Ich hatte nicht vor, ihn zu töten. Wir kämpften miteinander wie zwei keifende, kreischende, schreiende zornige Kinder. Plötzlich waren wir auf seinem kleinen Balkon. Plötzlich veränderte sich sein Gesichtsausdruck. Er fiel rückwärts. Stürzte ab.«

»Sie gestehen sehr überzeugend.«

»Ich wachte erst nach dem Prozeß wieder auf. Ich lebte wieder in meinem Appartement, kam jeden Tag zur Arbeit her. Jeder sagte mir, der Vorfall wäre vorbei, erledigt, daß ich mein Leben weiterführen müßte. Aber wie konnte ich denn mein Leben weiterführen? Der sogenannte Vorfall war nicht vorbei. Meine Eltern wußten, daß ich bei meiner Examensarbeit geschwindelt hatte. Der eine Sohn war tot. Der andere Sohn hatte ihn ermordet. Und meine Eltern wußten es. Ich hatte jeden Traum meiner Eltern zerstört, jede Wirklichkeit. Ich hätte ebensogut auch sie töten können.« Aus der Art, wie er ihn anschaute, wußte Fletch, daß eine weitere, nicht zu beantwortende Frage bevorstand. »Meine Eltern taten, was sie für das Beste hielten, als sie Habeck anheuerten, meinen Freispruch erwirkten. Aber würde es ihnen im Grunde ihres Herzens nicht besser gehen, wenn der einzige Sohn, der ihnen geblieben war, die Verantwortung für seine Tat übernommen hätte?«

Fletch sagte nichts.

»Sie wollten doch eine Story haben«, sagte Childers.

»Also verlegen Sie sich aufs Gestehen.«

»Ja. Ich las jedesmal soviel über ein Verbrechen, daß ich in der Lage war, zur Polizei zu gehen und zu sagen, daß ich es begangen hätte. Anfangs mußten sie mich noch anhören. Dann dachte ich mir Beweismaterial gegen mich selbst aus. Das war mein Fehler. Das Beweismaterial hielt der Prüfung nie stand. Also glaubten sie mir kein Wort mehr.«

»Sind Sie sicher, daß Sie nicht einfach noch einmal eine Hauptrolle vor Gericht spielen wollten?« Childers warf ihm den Blick eines Starlets zu, dem man vorwarf, attraktiv zu sein. »Manchen Leuten macht so was nämlich einen Heidenspaß.«

Childers seufzte und blickte auf die Waffe.

»Stuart, Sie können nicht noch einmal wegen Mordes an Ihrem Bruder vor Gericht gestellt werden.«

»Das weiß ich. Deswegen habe ich ja Habeck ermordet.«

»Jetzt wird die Story aber ein bißchen schwer zu schlucken.«

»Warum?«

»Der Mord an Ihrem Bruder war ein Verbrechen aus Leidenschaft. Zwei Brüder, die sehr zornig aufeinander gewesen sind, wahrscheinlich nie imstande gewesen sind, freundlich miteinander zu reden, prallen plötzlich aufeinander, balgen sich, verprügeln sich gegenseitig, jedweder Zorn, der sich seit Ihren Windelzeiten auf den anderen aufgestaut hatte, kommt hoch und quillt Ihnen aus den Augen. Und einer von Ihnen beiden wird getötet. Da besteht ein großer Unterschied zu dem reichlich überlegten Verbrechen, die Person zu töten, die Sie vor der Strafe für das erste Verbrechen bewahrt hat.«

»Tatsächlich?« Er sah Fletch durchdringend an. »Trotzdem, Frustration bleibt Frustration, nicht wahr? Wenn man einmal jemanden umgebracht hat, fällt es einem leichter, den nächsten umzubringen.«

»Das ist ein Klischee. Leute, die ein Verbrechen aus Leidenschaft begehen, tun dies selten. Die Zielscheibe Ihres Zorns existierte nicht mehr.«

»Könnte ich meinen Zorn nicht von meinem Bruder auf Habeck übertragen haben?«

»Versuchen Sie's nur weiter, Stuart. Irgendwann werden Sie's schon schaffen.«

»Wer sagt denn, daß ein Mensch, der, wie Sie es nennen, ein Verbrechen aus Leidenschaft begeht, nicht imstande ist, einen gänzlich anderen, einen rationalen Mord zu begehen?«

»Was ist daran rational, wenn Sie Habeck ermorden? Der Dreckskerl hat immerhin Ihren Freispruch erwirkt!«

»Eben, er hat meinen Freispruch erwirkt!« Childers lehnte sich an seinem Schreibtisch vor und sprach mit eindringlicher Stimme. »Und der Dreckskerl wußte, daß ich schuldig war! Er hat sich der Gerechtigkeit in den Weg gestellt!«

»Zu Ihren Gunsten! Sie sind schließlich derjenige, der frei herumläuft!«

Childers lehnte sich wieder zurück. »Ich kenne mich im Gesetz nicht so gut aus, aber ich würde Donald Habeck einen Mordkomplizen nennen, nach der Tat. Käme das nicht in etwa hin? Denken Sie darüber nach.«

Fletch dachte darüber nach.

»Wie oft hat Donald Habeck wohl als Komplize bei einem Verbrechen mitgewirkt, nach der Tat?«

»Vor der Tat auch, fürchte ich«, sagte Fletch.

»Wie bitte?«

Fletch erinnerte sich daran, was er zu Louise Habeck über ihren Sohn Robert gesagt hatte: *Wenn er seinen Vater erschösse, würde er damit zwei Ziele erreichen, nicht wahr?* Und ihre Antwort darauf: *Bravourös!*

»Also schön, Stuart. Wenn Sie Habeck erschossen haben, weil Sie unbedingt bestraft werden wollten, wieso sind Sie dann nicht am Tatort geblieben? Wieso wurden Sie dann nicht mit der Waffe über ihm stehend angetroffen?«

Childers lachte. »Würden Sie mir glauben, daß ich pinkeln mußte?«

»Nein.«

»Gehen Sie mal jemanden erschießen und warten Sie ab, was mit Ihrer Blase passiert.« Stuart Childers saß hinter seinem Schreibtisch und sprach mit so gelassener Stimme weiter, als diskutierte er über die Feuer- und Diebstahlspolice eines Hauseigentümers. »Ich habe dort gewartet. Ich hatte angenommen, daß irgendwer den Schuß hören würde. Ich erschoß Habeck irgendwo weit hinten auf dem Gelände, auf dem er parkte. Ich erschoß ihn, als er gerade aus dem Auto stieg. Niemand war in der Nähe. Der Wächter am Tor sprach mit irgendwem, der gerade den Parkplatz betrat. Ich konnte ihn sehen. Ich wartete. Ich mußte ganz fürchterlich pinkeln. Ich meine, echt schlimm. Ich wollte nicht die ganze Verhaftungsprozedur mit vollgeschissenen Hosen über mich ergehen lassen, wissen Sie. Daher ging ich in die Eingangshalle der *News-Tribune* und fragte den dortigen Wächter, ob ich die Herrentoilette benutzen könnte.«

»Warum sind Sie nicht wieder zurückgekommen? Da waren Polizisten, Reporter, Fotografen, die alle daran interessiert gewesen wären, Sie mal leibhaftig am Schauplatz einer Ihrer Verbrechen zu sehen.«

»Ich fühlte mich elend. Hatte eine Heidenangst.«

»Das hätte man sicher verstanden.«

Stuart Childers sagte etwas, was Fletch nicht hörte.

»Wie bitte?«

»Ich wollte einen Drink. Ein paar Drinks, bevor ich mich freiwillig stellte.«

»Sie wollten sich wieder betrinken, bevor Sie ein Geständnis ablegten, meinen Sie das? Was haben Sie angeblich gewollt, Stuart?«

»Ich wollte mich in die Gewalt kriegen. Ich ging nach Hause, nahm ein paar Drinks zu mir, badete, schlief die Nacht durch. Am Morgen frühstückte ich. Dann ging ich aufs Polizeirevier, um ein Geständnis abzulegen.« Childers zuckte mit den Schultern. »Wie sich das für einen Gentleman gehört, nehme ich an. Ich wurde so erzogen.«

Fletch schüttelte den Kopf. Dann fragte er: »Woher wußten Sie, daß Habeck am Montagmorgen kurz vor zehn auf dem Parkplatz der *News-Tribune* sein würde?«

»Ich wußte es nicht. Den Entschluß, Habeck zu ermorden, hatte ich am Wochenende gefaßt. Daher fuhr ich am Montagmorgen zu seinem Haus. Kam dort etwa gegen halb acht an. Wartete auf ihn. Er fuhr in einem blauen Cadillac Seville aus seiner Garage. Ich folgte ihm. Er fuhr zur *News-Tribune*. Während er mit dem Wächter am Tor sprach, parkte ich draußen und spazierte hinein. Es war das erste Mal, daß er anhielt. Als er seine Wagentür öffnete, erschoß ich ihn.«

»Und dann hatten Sie das unwiderstehliche Bedürfnis zu pinkeln.«

»Ich hatte doch schon seit vor sieben Uhr in meinem Wagen gesessen! Dann, nachdem ich gepinkelt hatte, fühlte ich mich wirklich elend im Magen. Meine Beine zitterten. Ich hatte entsetzliche Nakkenschmerzen.« Childers rieb sich den Nacken. »Ich wollte Zeit gewinnen! Ist das denn nicht verständlich?«

»Ich weiß nicht. Sie behaupten, daß Sie geschnappt werden wollten, aber Sie rannten weg. Es gibt keinerlei Beweise dafür, daß Sie am Tatort waren. Alles, was Sie mir bis jetzt erzählt haben, daß Habeck einen blauen Cadillac Seville fuhr, daß er im hinteren Teil des Parkplatzes erschossen wurde, als er gerade aus dem Auto stieg, all das stand in der Presse.«

»Tut mir leid, wenn meine Geschichte mit der Wahrheit übereinstimmt.«

»Sie legten erst ein Geständnis ab, nachdem Sie Gelegenheit hatten, die Einzelheiten des Verbrechens in der Zeitung nachzulesen.«

Childers starrte die Waffe auf seinem Schreibtisch an.

»Also schön, Stuart. Was haben Sie mit der Mordwaffe gemacht?«

»Sie wissen, was?«

»Was?«

»Ich weiß es nicht.«

»Sie wissen nicht, was Sie mit der Waffe gemacht haben?«

»Ich weiß es nicht. Als ich nach Hause kam, hatte ich die Waffe nicht mehr. Ich habe versucht, mich zu erinnern. Ich war außer mir...«

»Sie mußten pinkeln.«

»... Versuchte zu rekonstruieren.«

»Versteht sich.«

»Ich konnt die Waffe nicht in der Hand gehabt haben, als ich in die Halle der *News-Tribune* ging. Ich muß sie ins Gebüsch geworfen haben.«

Fletch beobachtete ihn aufmerksam. »Sie warfen sie ins Gebüsch vor dem Gebäude?«

»Das muß ich getan haben.«

»Was für eine Waffe war es.«

»Eine Übungspistole Kaliber zweiundzwanzig.«

»Stuart, Ihre Übungspistole Kaliber zweiundzwanzig liegt vor Ihnen auf dem Schreibtisch.«

»Die habe ich letzte Nacht gekauft. Die, die ich bei Habeck benutzte, hatte ich schon seit Jahren. Mein Vater schenkte sie mir an meinem siebzehnten Geburtstag.« Childers grinste. »Richard hat er nie eine Pistole geschenkt.«

»Oh, mein Gott.«

»Wie bitte?«

Fletch stand auf.

»Warum hat die Polizei die Waffe nicht gefunden?« fragte Fletch.

»Ich hab's ja versucht. Ich ging zurück, um nach ihr zu suchen. Aber sie war nicht da.«

Fletch nickte zu der Pistole auf dem Schreibtisch. »Darf ich die mal in die Hand nehmen?«

Childers legte seine Hand darüber. »Versuchen Sie's nicht, wenn Sie nicht erschossen werden wollen.«

»Oh, bestimmt nicht«, sagte Fletch. »Das würde Sie ja nur in die unangenehme Situation bringen, schon wieder ein Geständnis ablegen zu müssen!«

39

»Hallo, hallo?« Fletch hörte sein Autotelefon summen, als er gerade die Tür aufschloß.

»Hier spricht die Dokumentationsabteilung der *News-Tribune*. Name und Code, bitte.«

»Oh, hallo, Mary.«

»Hier spricht Pilar. Code, bitte.«

»Siebzehn neunzig Strich neun.«

»Mr. Fletcher. Sie sollen sich um drei Uhr zu einer Konferenz mit Biff Wilson in Frank Jaffes Büro einfinden.«

»Oh. Also daher weht der Wind.«

»Daher weht der Wind.«

Auf der Uhr am Armaturenbrett war es zwanzig nach zwei. »Bin nicht sicher, daß ich das schaffe.«

Pilar sagt: »Der Rest der Nachricht von Mr. Jaffe lautet: ›Entweder sind Sie um drei Uhr zu dieser Konferenz in meinem Büro oder Sie brauchen erst gar nicht zur *News-Tribune* zurückkommen, Punkt.‹«

»Das Leben hält doch immer Alternativen bereit.«

»Die *News-Tribune* auch. Irgendwelche Abschiedsworte?«

»Klar«, sagte Fletch. »›Und das waren seine letzten Worte, die er zu Papier brachte.‹«

Fletch saß in dem geparkten Wagen, spähte immer wieder auf die Uhr an seinem Armaturenbrett und dachte solange nach, wie ihm Zeit blieb.

Als es zu spät wurde, die *News-Tribune* gerade noch bis drei Uhr zu erreichen, ließ er den Wagen an.

Langsam fädelte er sich in den Verkehr ein und steuerte auf sein Appartement zu.

»Alston? Ich weiß, daß du noch keine Zeit hattest . . .«

»Und ob ich schon Zeit hatte, alter Kumpel.« Fletchs Wagen zuckelte auf der langsamen Spur des Boulevards gen Heimat. »Sobald ich heute morgen meinen Austritt bei Habeck, Harrison und Haller erklärt hatte, kam eine Frau vorbei und holte alle Aktenmappen von meinem Schreibtisch. Selbst den Fall, an dem ich gerade arbeitete! Wie findest du das?«

»O ja, richtig. Du bist ja ausgetreten. Erzähl mir darüber.«

»Ich bin nicht Rechtsanwalt geworden, um krumme Dinger zu drehen. Ich glaube, daß sie gerade jetzt nichts dagegen hätten, wenn ich nach Hause ginge und erst am Freitag wieder hereinschaute, um meinen letzten Gehaltsscheck abzuholen. Vielleicht mache ich das auch. Wollen wir uns bei Manolo's auf ein Bier treffen?«

»Alston, ich habe den Verdacht, daß am Samstag auf meiner Hochzeit keiner sein wird, der Arbeit hat.«

»Verrate das bloß nicht dem Partyservice. Bei der Gelegenheit, alter Kumpel, das Hochzeitsgeschenk deines Trauzeugen wird sich zwar einfinden, keine Bange, aber aus naheliegenden Gründen etwas verspätet.«

»Sollte ich nicht eigentlich dir ein Geschenk machen, für deine Dienste als Trauzeuge oder so?«

»Meinst du?«

»Das wird sich auch verspäten.«

»Hauptsache, die Hochzeit geht pünktlich über die Bühne und wird ein rauschendes Fest.«

»Mmhh.« Fletch stoppte den Wagen, damit eine Taube einen Zigarrenstummel auf der Straße inspizieren konnte. »Rauschend.«

»Also, während der letzten Stunde oder so habe ich – unter Ausnutzung des beachtlichen Archivs von Habeck, Haller und Harrison – für dich gearbeitet. Keine Sorge: Du kannst es dir nicht leisten.«

»Das ist die Wahrheit.«

»Was diese Gesellschaften angeht, die ich auf deine Bitte hin überprüfen sollte . . . Bist du bereit?«

»Es kann losgehen.«

»Lingman Spielwaren und Cungwell Pfannen scheinen nur zu dem einzigen Zweck zu existieren, daß jede Firma die Hälfte der Waldnymphe besitzt. Als Aktiengesellschaft eingetragen. Lingman Spielwaren und Cungwell Pfannen wiederum sind im Besitz einer Körperschaft mit dem Namen Paraska Dampfschiff-Gesellschaft. Das Ganze ist eine typische Firmenkonstruktion, die dazu dient, Neugierige abzuschrecken und Interessen zu verschleiern. Der Zweck all dieser Fragen scheint ausschließlich der zu sein, ein einziges Unternehmen mit dem Namen Ben Franklyn Freundservice zu besitzen, im wesentlichen ein Bordell, gelegen an der . . .« Eine Frau in chartreusefarbenen

Shorts, rückenfreiem Top und Stöckelschuhen führte auf dem Gehweg einen Pudel an der Leine spazieren. Das Grau ihrer Haare paßte zum Fell des Pudels. Die Shorts der Frau entblößten die Hälfte ihrer Pobacken. Alston war dabei, die Namen der Vorstandsmitglieder der diversen Firmen aufzusagen. Namen, die sich ständig wiederholten: Jay Demarest, Yvonne Heller, Marta Holsome, Marietta Ramsin. Frau und Hund schwenkten in einen Paßbilderladen ein.

»Alston, ist ja gut, halt. Wem zum Teufel gehört die Paraksa Dampfschiff oder was auch immer die ist?«

»Vier Frauen.« Woraufhin Alston wieder begann, einen Mischmasch von Namen herunterzuleiern.

Fletch hielt an einer Gelb zeigenden Verkehrsampel. Der Wagen hinter ihm hupte. »Was sagst du? Sag das noch mal!« Ein Streifenwagen schob sich neben Fletch. Der Cop studierte sorgfältig Fletchs Gesichtszüge.

Alston wiederholte die Namen.

»Tschüs, Alston!« Er ließ den Hörer in den Schoß fallen.

Und trat das Gaspedal durch.

Er überfuhr die rote Ampel, machte eine Kehrtwende mitten auf der Kreuzung und überfuhr die rote Ampel noch einmal.

Der Streifenwagen, der ihn verfolgte, tat es ihm nach.

»Lieutenant Francisco Gomez, bitte. Notfall!«

Ein Notfall war es tatsächlich. Denn mittlerweile verfolgten ihn zwei Streifenwagen durch die Straßen der Stadt. Mit seinem Versuch, sie abzuhängen, während er telefonierte, gefährdete er eindeutig den Vekehr.

»Wer spricht?«

Fletch zögerte keine Sekunde. »Biff Wilson.«

Er blinkte links und bog von der linken Spur nach rechts ab. Dieser Trick war zwar nicht raffiniert genug, um seine Verfolger abzuschütteln, aber zumindest hatte er ein lautstarkes Chaos an der Kreuzung zur Folge.

»Was ist?« Gomez klang, als wäre er bereits mitten in einer Unterhaltung und nicht erst am Anfang.

»Gomez, Biff Wilson ist in Schwierigkeiten.«

»Wer spricht denn da?«

»Fletcher, alias Alexander Liddicoat. Erinnern Sie sich an uns?«

»Scheiße! Wo sind Sie?«

»Teufel auch, das wissen Sie nicht?« Fletch wirbelte das Steuer in der Mitte der Häuserblocks herum und jagte eine Seitenstraße hinunter. »Ich dachte, die Polizei hört alles und sieht alles.«

»Wovon reden Sie eigentlich? Was hat dieser ganze Lärm zu bedeuten, den ich höre? Sirenen? Quietschende Reifen?«

»Genau, danke für die Polizeieskorte. Ich hab's eilig. Haben Sie schon den forensischen Bericht über diese Pistole?«

»Welche Pistole?«

»Die Pistole, die ich Ihnen gegeben habe. Die Pistole, von der ich Ihnen erzählt habe.«

»Na und? Wen juckt's? Ein Jüngelchen, das versucht Karriere zu machen . . .«

»Sie haben sie noch nicht mal untersucht?«

»Sie sind genauso schlimm wie dieser Charles Dingsbums, Childers, Stuart Childers. Wollt beide Räuber und Gendarm spielen. Sie möchten der Gendarm sein, er der Räuber.«

»Der Ballistikbericht müßte doch inzwischen auch fertig sein.« Fletch fuhr eine Einbahnstraße in verkehrter Richtung hoch, was ihm für einen Moment relative Ruhe verschaffte.

»Ich habe einen Haftbefehl gegen Sie erwirkt, Fletcher. Besitz einer Handelsdosis Angel Dust. Das Beweismaterial liegt direkt vor mir auf meinem Schreibtisch.«

»Kann's kaum erwarten, mir's anzusehen.« Drei Streifenwagen entdeckten Fletch an der Ecke und setzten sich mit zunehmender Geschwindigkeit hinter ihn. »Hören Sie mir eigentlich nicht zu, Gomez? Ihr Busenfreund Biff ist in Schwierigkeiten.«

»Ja und?«

»Bei der Zeitung. Er ist in Frank Jaffes Büro. Klein mit Hut, könnte man sagen. In Gefahr, seinen Job zu verlieren.«

»Ausgeschlossen.«

»Sie wissen, daß das möglich ist.«

Gomez sagte nichts.

Fletch schaltete die Scheinwerfer ein und schob sich mitten in einen Begräbniszug. Wenig respektvoll jaulten die drei Streifenwagen an dem Leichenzug vorbei.

»Er braucht Ihre Hilfe«, sagte Fletch. »Er braucht die ballistischen und forensischen Berichte über diese Pistole. Umgehend.«

»Ja und?«

»Würde ich Sie anlügen?«

»Was soll das?«

Fletch schaltete die Scheinwerfer wieder aus und verdrückte sich in eine Seitenstraße. »Sobald Sie die Berichte haben, rufen Sie die *News-Tribune* an. Fragen Sie nach Frank Jaffes Büro. Biff ist in Franks Büro.«

Zwei Häuserblocks von der nächsten Ecke entfernt hielt ein Streifenwagen unschlüssig mitten auf der Kreuzung an. Sobald die Polizisten Fletchs Wagen entdeckt hatten, wendeten sie und kamen mit blinkenden Lichtern und jaulenden Sirenen hinter ihm her.

»Gomez, wollen Sie Biff auf der Straße sitzen sehen?«

Die Leitung verstummte.

Fletch ließ den Hörer wieder in den Schoß fallen. Er konnte bereits das Dach des *News-Tribune*-Gebäudes sehen. Die drei Streifenwagen waren wieder da und verfolgten ihn in V-Formation.

Nur noch zwei Ecken, um die er herumschlittern mußte . . .

40

»Heda! Sie können den Wagen da nicht stehenlassen!«

Der Wächter in der Eingangshalle der *News-Tribune* war bekannt dafür, daß ihm rasch das Blut zu Kopfe stieg. Fletch hatte seinen Wagen halb auf dem Gehweg vor der Eingangstür der *News-Tribune* abgestellt.

Fletch stand auf der zur Lokalredaktion hinauffahrenden Rolltreppe.

»Was?« fragte er.

Am Fuße der Rolltreppe blickte der Wächter zur Eingangstür. »Was haben diese ganzen Sirenen zu bedeuten?«

»Ich kann Sie nicht verstehen«, sagte Fletch. »Zu viele Sirenen.«

In der Lokalredaktion kam er an Morton Rickmers, dem Literaturredakteur, vorbei.

»Haben Sie Tom Farliegh getroffen?« fragte Morton. »Lohnt sich ein Interview mit ihm?«

»Nee«, antwortete Fletch. »Er ist eine kleine, blauhaarige alte Dame in grünen Tennisschuhen.«

Morton runzelte die Augenbrauen. »Na schön.«

Durch die Glastür von Franks Büro sah Fletch Frank hinter dem Schreibtisch und Biff Wilson in einem seitlich daneben stehenden Stuhl sitzen. Ihre Gesichtsfarbe paßte zu der des Wächters unten in der Halle, der sich jetzt zweifellos mit sechs Polizisten unterhielt.

»Sie kommen zu spät«, sagte Franks Sekretärin.

»Alles ist relativ.« Er flitzte an ihr vorbei.

Fletch schloß Franks Bürotür hinter sich. »Guten Tag, Frank. Nett von Ihnen, mich zu bitten, mal kurz reinzuschauen.« Franks wäßrigen Augen nahmen Fletchs T-Shirt, seine Jeans und durchlöcherten Turnschuhe in sich auf. »Guten Tag, Biff.« Biffs Kiefer spannte sich. Er wandte den Blick ab. Sein rechtes Ohr war geschwollen und rot. Fletch empfand Mitleid. »Das sieht ja wie ein echtes Wehweh aus.« Biffs Gesicht war gesprenkelt mit kleinen Schnitten von den Glasgeschossen. »Ein Glück für Sie, daß Ihnen keine Scherbe von dieser Bierflasche ins Auge geflogen ist.« Biff sah Fletch befremdet an. Fletch sagte zu Frank: »Aber das ist ja noch gar nichts. Sie sollten erst einmal den *News-Tribune*-Wagen sehen, den Biff fährt. Riesendellen. Heckscheibe zertrümmert. Bezweifle, ob Sie für den noch viel auf dem Gebrauchtwagenmarkt kriegen können.«

»Woher zum Teufel wissen Sie das?« begehrte Biff zu wissen.

»Ich bin Reporter.« Fletch ließ sich auf einem Stuhl nieder. »Nun, Frank, es freut mich, berichten zu können, daß Mrs. Donald Habeck nicht heimlich Wodka in ihren Tee kippt. Genauer gesagt, die Arme bekommt überhaupt keinen Tee zu trinken. Ich habe meine Lektion in Bescheidenheit gelernt. Niemals mit Vorurteilen an eine Story herangehen. Hab' ich recht, Biff?«

»Ich bin überrascht, daß Sie hier aufkreuzen«, sagte Frank zu ihm.

»Frank«, sagte Fletch. »Gleich wird Ihr Telefon klingeln. Ein Police Lieutenant Francisco Gomez wird am Apparat sein, der Biff sprechen will. Er weiß, daß Biff in Ihrem Büro ist. Ich möchte gern, daß Sie die Nachricht für Bill entgegennehmen, bitte.«

»Allmächtiger!« Bill schlug die Beine übereinander.

»Jetzt schreibt dir dieser Klugscheißer auch schon vor, was du zu tun hast!«

Durch die Glasscheiben von Franks Büro sah Fletch, wie sechs uniformierte Polizisten in der Lokalredaktion herumirrten.

»Was spielt sich da eigentlich ab zwischen euch zwei Burschen?« Obwohl hochrot im Gesicht, gab sich Frank Mühe, sachlich zu klingen. »Fletch, Biff erzählt mir, daß Sie ihm auf eine Weise ins Handwerk pfuschen, die selbst ich nicht glauben kann. Überall, wo er wegen dieser Habeck-Story hinkommt, sind Sie bereits dagewesen, haben ihm ins Handwerk gepfuscht, sind mit nacktem Arsch in Habecks Pool herumgeschwommen, haben Habecks Sohn, einen

Mönch, derart aus der Fassung gebracht, daß er sich weigerte, Biff zu empfangen, haben einen weiteren Verdächtigen derart verärgert, daß dieser Gangster als Biff aufkreuzt, ihm eine Bierflasche ins Gesicht schleudert. Zweimal.« Fletch grinste. »Das ist gar nicht komisch. Sie wissen, daß Sie nicht auf die Habeck-Story angesetzt waren. Ann McGarrahan und ich haben Ihnen das unmißverständlich klar gemacht. Es gibt einfachere Methoden, gefeuert zu werden.«

»Kein Grünschnabel sollte mir jemals irgendwo in die Quere kommen«, sagte Biff. »Vor allem kein klugscheißender, elender Pfuscher.«

Frank lächelte in sich hinein. »Ich dachte, Sie würden Ihre überschüssige Energie bei der Bordellstory verbrauchen. Statt dessen glaube ich, gestern abend von Ihnen gehört zu haben, daß Sie die Story nicht machen können.«

»Ich kann sie machen.«

»Sie sagten, daß Sie mehr Zeit dafür brauchten. Wie wäre es, wenn Sie Ihre Zeit der Story widmen, auf die Sie angesetzt sind, anstatt hinter Biff herzuschnüffeln ...«

Durch die Scheibe sah Fletch, wie Morton Rickmers mit einem der Polizisten sprach. Morton deutete zu Franks Büro.

»Zum Teufel damit.« Biff machte Anstalten sich zu erheben. »Das ist reine Zeitverschwendung. Schmeiß den Dreckskerl einfach raus und laß mich wieder an die Arbeit gehen.«

»Mögen Sie Sadisten, Frank?« fragte Fletch. »Ich mag keine Sadisten.«

Frank lachte gequält. »Biff ist schon sein ganzes Erwachsenenleben bei der *News-Tribune*. Sie sind wie lange bei uns? Drei Monate? Er ist der beste Kriminalreporter in der Gegend. Er hat ein Recht darauf, seine Arbeit zu tun, ohne daß ein junger Stümper hinter ihm herschnüffelt.«

»Er ist ein Sadist«, sagte Fletch. »Ich mag keine Sadisten.«

»Sie sind hinter Biff hergelaufen, weil er ein Sadist ist?« fragte Frank. »Nie im Leben. Sie sind hinter Biff hergelaufen, weil Sie glaubten, Sie könnten ihn in seiner eigenen Story schlagen. Sie haben ja keine Ahnung.«

»Ich habe ihn aber geschlagen.«

»Klar doch«, sagte Biff. »Sie meinen also, die Story über den Habeck-Mord abschließen zu können! Nie im Leben!«

»Stimmt«, sagte Fletch. »Genau das meine ich.«

Frank beobachtete Fletch scharf. »Ich sagte Ihnen bereits vor zwei

Tagen, Fletch, am Montag, daß wir den Mist, den Sie hier verzapfen, ziemlich satt haben. Ich dachte, wenn ich Ihnen einen wirklichen Auftrag gäbe, die Ben-Franklyn-Bordellstory –«

»Die habe ich auch nahezu abgeschlossen.« Fletch schaute das stumme Telefon auf Franks Schreibtisch an.

»Klar doch«, sagte Biff. »Dann verrat uns doch mal, wer Donald Habeck getötet hat, du Klugscheißer. Wir können's kaum erwarten, es aus deinem Mund zu erfahren. Ein Mitglied der Familie, wette ich. Die verrückte Louise? Die hirnlose Jasmine? Tochter Nancy läßt ihre fünf Bälger in nassen Windeln allein und rennt hinaus und erschießt ihren Pa? Wie wär's mit ihrem Ehemann, diesem mickrigen Dichter? Oder noch besser, mit dem Mönch, Robert? Erzähl uns, daß der Mönch seinen alten Herrn ermordet hat. Das hebt die Auflage.«

Das Telefon auf Franks Schreibtisch blieb stumm. In diesem Augenblick wäre Fletch für irgendeinen sachlichen Beweis dankbar gewesen. Er holte tief Luft. »Stuart Childers hat Donald Habeck ermordet.«

Biff lachte. »Allmächtiger! Ich wette, das wissen Sie, weil er's gestanden hat!«

»Ganz recht«, sagte Fletch. »Das hat er.« Biff lachte lauter. »Man muß nur zuhören«, sagte Fletch. »Manchmal sagen Lügner die Wahrheit.«

Frank sah durch seine Bürofenster in die Lokalredaktion. »Was machen denn diese Bullen da draußen?«

Sechs von ihnen standen um Franks Sekretärin herum.

»Ein Verbrecher ist das Opfer seines eigenen Verbrechens«, sagte Fletch zu Biff, »wie Sie noch erfahren werden, glaube ich.«

Das Telefon läutete. Die Sekretärin draußen war zu sehr mit der Polizei beschäftigt, um dranzugehen.

Frank nahm unwirsch den Hörer ab. »Hallo! ... Wer spricht da? ... Er schielte zu Biff. »Lieutenant Gomez ... Richtig, Biff ist hier ... Nein.« Dann schielte Frank zu Fletch. »Geben Sie die Nachricht mir, Lieutenant ... Die Pistole? Okay ... Zweiundzwanzig-Kaliber-Pistole. Eingetragen auf Stuart Childers ...« Biff blickte hoch. »Stuart Childers' Fingerabdrücke ...« Frank schielte zu Bifff. »... Ballistik ... Es ist die Pistole, mit der Donald Habeck ermordet wurde ... In Ordnung. Ich richte es ihm aus ...« Langsam legte Frank den Hörer auf.

Frank lehnte sich in seinen Stuhl zurück, Hände im Schoß gefaltet. Sein Blick wanderte von Biff zu Fletch und wieder zu Biff.

Biff saß kerzengerade da, mit der wachsamen Miene eines Kaninchens.

Vor dem Büro nahm das Palaver, das die sechs Polizisten veranstalteten, hörbar zu. Offensichtlich stritten sich zwei miteinander. Jeder deutete durch das Fenster auf Fletch.

Auch die Sekretärin hatte die Stimme erhoben.

Irritiert fragte Frank: »Was geht da draußen eigentlich vor?«

»Na schön.« Biff zog die Bügelfalte an einem Hosenbein gerade. »Gomez hat bei dem Habeck-Mord eng mit mir zusammengearbeitet.« Er räusperte sich. »Dieser Anruf war für mich.«

»Sie wußten ja nicht mal, daß er anrufen wollte«, sagte Frank.

Draußen war Hamm Starbuck eingetroffen. Er stand zwischen der Polizei und der Tür zu Franks Büro.

Fletch beugte sich auf seinem Stuhl vor. »Nun, Frank, zu der Ben-Franklyn-Story . . .«

»Verpiß dich!« schrie Biff.

Frank hob die Augenbrauen und sagte zu Fletch: »Erzählen Sie!«

»Der Ben Franklyn Freundservice gehört der Waldnymphe Aktiengesellschaft«, sagte Fletch. »Die wiederum zwei Gesellschaften gehört, Cungwell Pfannen und Lingman Spielwaren.« Frank, dessen Blick von Biff zu dem Krawall vor seiner Bürotür und dann weiter zu Fletch wanderte, schien trotzdem zuzuhören. »Cungwell Pfannen und Lingman Spielwaren gehören zu hundert Prozent der Paraska Dampfschiff-Gesellschaft, die wiederum zu hundert Prozent vier Frauen gehört: Yvonne Heller, Anita Gomez, Marietta Ramsin und Aurora Wilson.«

Die Farbe, die Biffs Gesicht annahm, übertünchte die blutigen Schrammen.

Vor der Tür schrie jetzt sogar Hamm Starbuck.

Frank blickte zu seinem Telefon. »Anita Gomez.« Dann blickte er zu Biff. »Aurora Wilson.« Frank schob seinen Stuhl dichter an den Schreibtisch. »Gomez und Wilson. Ihr zwei scheint wirklich eng zusammengearbeitet zu haben.« Er langte nach dem Hörer. »Und so sind auch die Bilder von diesen Huren auf meine Sportseiten am Montagmorgen gekommen.«

Biff explodierte. »Du Dreckskerl!«

»Matt?« sagte Frank ins Telefon. »Frank Jaffe. Stelle einen Abfindungsscheck für Biff Wilson aus. Ich wünsche, daß er bis fünf Uhr von hier verschwunden ist. Gefeuert? Ja, gefeuert. Die *News-Tribune* wird weder ihn noch seine Aktivitäten auch nur eine Minute länger unterstützen.«

Biff sprang auf. Seine Hände waren zu Fäusten geballt. »Du Dreckskerl!«

Er machte die zwei Schritte auf Fletch zu und holte aus.

Fletch rollte sich von seinem Stuhl, der umkippte.

Die Tür ging auf.

Hamm Starbuck sagte: »Tut mir leid, Frank, die Cops, irgendwas wegen Fletch.« Er sah zu Fletch auf den Boden. »Was sind Sie, ein Teppichfetischist?«

Biff holte zu einem Schlag gegen Fletch aus, doch Fletch rollte sich außer Reichweite.

Die Cops drängten sich in Franks Büro. Dicke, dünne, junge, alte, alle stritten sich lautstark miteinander. Sie zeigten mit den Fingern aufeinander und gelegentlich auch auf den am Boden liegenden Fletch.

Biff, die Füße zu beiden seiten von Fletch aufgepflanzt, beugte sich vornüber und zog Fletch am Hals hoch.

»Alexander Liddicoat!« schrie einer der Cops. »Ich hab' ihn an der roten Ampel wiedererkannt!«

»Du hast seine Nummernschilder nicht überprüft!« schrie ein anderer Cop. »Aber wir! Das ist Irwin Fletcher, gesucht wegen PCP-Handels!«

Fletch gurgelte. »Hilfe! Polizei!«

»Bewaffneter Raubüberfall...«

»Hast du heute morgen bei der Namensverlesung gepennt?«

»Angel Dust...«

»Hör zu, Fletch.« Frank war um seinen Schreibtisch herumgekommen und beugte sich nun, die Hände auf die Knie gestützt, über Fletch, der gerade von Biff Wilson auf dem Fußboden erdrosselt wurde. Es war Frank deutlich anzusehen, wie angestrengt er sich konzentrierte. »Ich will die komplette Story über Habecks Ermordung, Childers' Geständnis und Verhaftung in der Morgenausgabe. Gomez sagte, daß sie ihn heute nachmittag verhaften. Die andere Presse wird die Geschichte von der Verhaftung zwar auch bringen, aber wir bringen den gesamten Hintergrund. Und obendrein die noch nicht bekannten Fakten, die er einem *News-Tribune*-Reporter gestanden hat. Für die Samstagsausgabe schreibst du eine Fortsetzung.«

»Grr-aggg!« Fletch versuchte, Biffs Arme auseinanderzuzerren.

»Hör auf damit!« Frank schlug Biff auf den Unterarm.

»Jede Verkehrsübertretung ist aufgeschrieben!« schrie ein Cop.

»Egal, wer das ist, dafür kriegen wir ihn ran! Sogar ein kaputter Auspuff!«

Frank sprach weiter. »Wir wollen einen kompletten Abschlußbericht, den gesamten Hintergrund, über die Habeck-Story für die Samstagsausgabe. Wir brauchen das bis Samstag sechs Uhr.«

Hamm Starbuck, der zunächst überlegt hatte, was sich da eigentlich vor seinen Augen abspielte, trat in Aktion. Fletchs Gesicht, das erst rot und dann weiß geworden war, wechselte jetzt zu Blau über. Hamm schlang die Arme um Biffs Schultern, verschränkte die Hände unter Biffs Brust und hob an.

Da Biff Fletchs Hals nicht losließ, hob er Fletch noch ein Stück mehr vom Boden hoch.

Sechs Polizisten stritten sich verhement.

Das Telefon läutete.

Als Fletch in die Höhe ging, richtete sich auch Frank auf. »Nun, was ist mit der Ben-Franklyn-Story? Ich meine, das sollte als Enthüllungsbericht in der Sonntagsausgabe behandelt werden. Morgen, Freitag und Samstag werden wir Köderanzeigen darüber veröffentlichen. Das bedeutet, daß wir die Story, komplett, bis Samstagmittag brauchen, wegen der Bilder.«

Hamm zerrte Biff endlich von Fletch weg.

Biffs Klammer um Fletchs Hals löste sich.

Fletch plumpste flach auf den Boden. Sein Kopf knallte auf den Teppich.

»Schaffst du das?« fragte Frank.

Nach Luft ringend sagte Fletch: »Ich heirate am Samstag!«

»Ach, zur Hölle damit!« Frank wandte sich angewidert ab. »In diesem Gewerbe gibt es keinen Sportsgeist mehr!«

Er sah sich in seinem Büro um.

In der einen Ecke mühte sich Hamm Starbuck ab, Biff Wilson zu bändigen.

Fünf Cops stritten sich miteinander über Irwin Fletcher, Angel Dust, Alexander Liddicoat, bewaffnete Raubüberfälle und Verkehrsübertretungen. Zwei hatten ihre Gummiknüppel gezogen.

Der sechste Polizist beugte sich über Fletch und versuchte, ihm Handschellen anzulegen.

Fletch massierte seine Kehle.

Nahezu der gesamte Lokalredaktionsstab glotzte durch die Tür und die Fenster in Franks Büro.

»Was soll das?« brüllte Frank. Er packte den Arm des Polizisten, der gerade im Begriff war, Fletch Handschellen anzulegen. »Lassen Sie das! Ich brauche ihn!« Der Cop hielt inne. »Allmächtiger«, sagte Frank. »Was in aller Welt ist nur aus der Unantastbarkeit eines Zeitungsbüros geworden!«

»›Nur ein bißchen frischen Wind,‹«, zitierte Fletch vom Fußboden aus, »›einen jungen Außenseiter, der die Dinge vielleicht ein bißchen durcheinanderwirbeln würde . . .‹«

Frank Jaffes Sekretärin beugte sich über ihn. »Fletcher, da ist eine Frau am Telefon, die sagt, daß sie mit Ihnen sprechen muß. Sie sagt, es sei dringend.«

»›. . . sie mit anderen Augen zu sehen‹«, zitierte Fletch weiter, als er sich hochrappelte, »›und die Leute aus ihren eingefahrenen Gleisen reißen würde.‹« Er schwankte, als er auf den Beinen stand. »Das lautet doch mein Auftrag, Frank, nicht? Wurde ich nicht deswegen angeheuert?« Sechs Polizisten redeten auf Frank ein, meistens alle auf einmal. Fletch murmelte: »Manche Gleise sind eben eingefahrener als andere.«

Unter den Leuten, die verwundert durch die Tür schauten, war auch Ann McGarrahan. Um ihre Mundwinkel spielte ein Lächeln.

Hamm Starbuck sagte Biff etwas ins Ohr. Biff nickte zweimal zustimmend. Hamm ließ ihn los.

Biff brachte sein Jackett in Ordnung, ballte dann erneut die Hände zu Fäusten, machte einen Bogen um die streitende Polizistenrunde und stiefelte aus dem Büro.

»Biff!« Fletch hielt sich die Kehle, als er hinter ihm herrief: »Ich kenne einen guten Anwalt! Er hat Zeit!«

Die Sekretärin sagte: »Sie sagt, ihr Name sei Barbara Soundso.«

Frank sagte mit lauter Stimme zu der versammelten Polizei: »Seht mal, Jungs, er kann jetzt nicht zum Revier kommen. Er wird hier gebraucht.« Frank beobachtete, wie Fletch den Telefonhörer auf seinem Schreibtisch abnahm. »Ich werde euch zum Präsidium begleiten und die Sache selbst in Ordnung bringen.«

»Hallo, Barbara!« krächzte Fletch in den Hörer. »Ich werde es nicht schaffen, heute abend zum Dinner mit deiner Mutter zu kommen. Heute abend nicht. Morgen abend nicht. Freitag nicht. Ausgeschlossen. Ich muß arbeiten. Hab' einen Job bekommen. Ich werde versuchen, dich am Samstag zu sehen. Warte eine Minute. Bleib dran . . .« Fletch legte die Hand über die Sprechmuschel. »Frank?«

Abseits von den anderen stand Hamm Starbuck und atmete tief ein und aus.

Frank, umringt von Polizisten, blickte zu Fletch.

»Wenn ich die Story über Ben Franklyn schreibe«, sagte Fletch, seine Kehle massierend, »soll ich dann auch in allen Einzelheiten berichten, wie Biff Wilson, ehemaliger Mitarbeiter der *News-Tribune*, in die Sache verwickelt ist?«

»Und ob du das sollst.« Frank grinste. »Hau den Sadisten in die Pfanne.«

Loren D. Estleman

Der Tod in Detroit

Deutsche Erstausgabe

Ullstein Buch 10283

ein Ullstein Krimi

Dies ist der zweite Band der Saga um den Detroiter Privatdetektiv Amos Walker. Diesmal wird Walker von der Nachtklubtänzerin Ann Maringer gerufen. Und er kämpft sich erneut durch den Hexenkessel von Detroit und gerät von einer Gefahr in die nächste. Denn der Tod herrscht in der Autostadt . . .

Gregory Mcdonald

Fletch – Vermögen bringt Ärger

Ullstein Buch 10279

ein Ullstein Krimi

Zwei Beamte der CIA tauchen bei Fletch auf und stellen ihn vor die Alternative: Entweder hört er alle Kollegen beim Journalistenkongreß ab – und besonders den Zeitungszar Walter March –, oder er kommt wegen Steuerhinterziehung ins Gefängnis. Dieser freundlichen Aufforderung kann Fletch nicht widerstehen.

Richard Hoyt

Lockente

Ullstein Buch 10406

Zu John Denson, dem Privatdetektiv, kommt eine sehr attraktive Frau, stellt sich als Kollegin vor und bittet ihn um Unterstützung. Sie ist auf der Jagd nach einem Zuhälter, der vier seiner Mädchen auf grausame Weise umgebracht hat und seitdem untergetaucht ist. Sie will ihn aufspüren und hinter Gitter bringen.
Denson, ganz der ritterliche Kollege, will ihr gern helfen. Zu spät merkt er, daß sie ihn nur als Lockvogel benutzt und daß es um viel mehr geht als um die Verhaftung eines Mörders . . .

Dieser witzige Roman ist das Debüt eines neuen amerikanischen Autors, der Chandler und Hammett genau gelesen hat und auf seine Weise die Tradition des »private eye«-Thrillers fortführt.

ein Ullstein Krimi

Donald Carter

Case

Ullstein Buch 10344

ein Ullstein Krimi

Sie sind mit dem Umsatz Ihrer Firma nicht zufrieden? Ihre Mitarbeiter zeigen zu wenig Leistung? Ihre Vertreter arbeiten nebenbei für die Konkurrenz?
Ganz klar, sie brauchen einen Mann wie Case. Natürlich sind seine Methoden ungewöhnlich, aber er bringt auch den müdesten Laden wieder auf Vordermann.
Der Aufwand? Kein Problem, Case ist das Vielfache dessen wert, was Sie ihm für seine schmutzige Arbeit bezahlen müssen. Und um die Provision kümmert er sich ganz alleine.
Aber hüten Sie sich, Case mit seinen eigenen Waffen schlagen zu wollen. Denn so ungewöhnlich wie die Methoden sind auch seine Morde.

Ullstein Krimis

»Bestechen durch ihre Vielfalt«
(Westfälische Rundschau)

Anthony Price
Aufmarsch der Esel (10425)

Dorothy Dunnett
Dolly und der Todesvogel (10426)

Dan Sherman
Operation Octopus (10427)

Charlotte Jay
Bis auf die Knochen (10428)

Hitchcocks Kriminalmagazin,
Band 192 (10429)

James H. Chase
An einem Freitag um halb zwölf . . .
(10430)

Anthony Price
Kein Platz für Krieger (10431)

Liza Cody
Jäger-Latein (10432)

David Wiltse
Der fünfte Engel (10433)

James Melville
Das neunte Netsuke (10434)

Hitchcocks Kriminalmagazin,
Band 193 (10435)

Tucker Coe
Der Wachsapfel (10436)

Shannon OCork
Sportsnarr (10438)

Ted Allbeury
Ein nützlicher Deutscher (10439)

James Melville
Sayonara für eine Sängerin (10440)

L. A. Morse
Ein fetter Brocken (10441)

Hitchcocks Kriminalmagazin,
Band 194 (10442)

Tucker Coe
Keine Schonzeit für Widder (10443)

Anthony Price
Das Vengeful-Komplott (10444)

Brian Freemantle
Hartmanns Dilemma (10445)

Sue Grafton
A wie Alibi (10446)

L. A. Morse
Sleaze (10447)

Hitchcocks Kriminalmagazin,
Band 195 (10448)

Dick Francis
Voll Blut (10449)

Loren D. Estleman
Rosen für den Killer (10450)

Sue Grafton
B wie Bruch (10451)

Dorothy Dunnett
Dolly und der Nachtvogel (10452)

Gregory Mcdonald
Fletch siegt (10453)

Hitchcocks Kriminalmagazin,
Band 196 (10454)

Tucker Coe
Sag die Wahrheit, Kollege (10455)

ein Ullstein Buch